2014年重庆师范大学学术专著出版基金资助

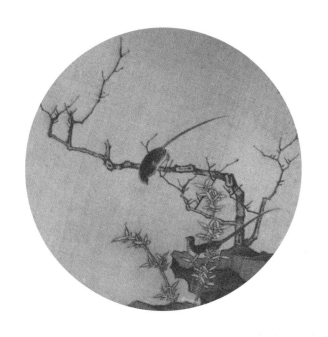

中国古代文论创作论中的
言意诗学

陈洪娟　著

中国社会科学出版社

图书在版编目（CIP）数据

中国古代文论创作论中的言意诗学/陈洪娟著.—北京：中国社会科学
出版社，2016.7

ISBN 978 - 7 - 5161 - 8194 - 2

Ⅰ.①中…　Ⅱ.①陈…　Ⅲ.①中国文学—古代文论—研究　Ⅳ.①I206.2

中国版本图书馆 CIP 数据核字（2016）第 109549 号

出 版 人	赵剑英	
责任编辑	吴丽平	
责任校对	周　昊	
责任印制	李寡寡	

出　　　版	中国社会科学出版社	
社　　　址	北京鼓楼西大街甲 158 号	
邮　　　编	100720	
网　　　址	http://www.csspw.cn	
发 行 部	010 - 84083685	
门 市 部	010 - 84029450	
经　　　销	新华书店及其他书店	

印　　　刷	北京金瀑印刷有限责任公司	
装　　　订	廊坊市广阳区广增装订厂	
版　　　次	2016 年 7 月第 1 版	
印　　　次	2016 年 7 月第 1 次印刷	

开　　　本	710 × 1000　1/16	
印　　　张	12.75	
插　　　页	2	
字　　　数	216 千字	
定　　　价	48.00 元	

目　　录

前　言

　　中国古代文论的言意问题，包括两个方面的内容，一方面是从创作上讲，文学是对作家心意的表达，即"诗言志"；另一方面是从接受上讲，"意"是读者阅读文本时对文本话语意义的理解和阐释。本书的研究对象——中国古代文论创作心理研究中的言意问题，属于前者的范围，不涉及后者。之所以探讨这个问题，是出于以下三个方面的原因。

　　首先，语言和心意的问题，是困扰文学创作的一个重要问题。

　　简单地说，文学创作就是怎么样用语言形式把心中之意表达出来，同时具有艺术的美感。因此，文学创作必然会涉及"言"和"意"两方面的问题，"言"是语言形式结构的考虑，"意"是心理内涵的追求。而究竟怎样用"言"表"意"，一直困扰着古今中外哲学家、文学家的心智，他们常常叹恨语言不足以表达所思所想。陆机在《文赋》里讲："恒患意不称物，文不逮意。"刘勰在《文心雕龙·神思》中认为："思表纤旨，文外曲致，言所不追，笔固知止。"陶潜在《饮酒》里说："此中有真意，欲辨已忘言。"刘禹锡在《视刀环歌》里感叹："常恨言语浅，不如人意深。"黄庭坚在《品令》里也认为："口不能言，心下快活自省。"古希腊柏拉图认为文字不是真实界的本身，而只是真实界的形似①；古希腊文学家 Favorinus 曰："目所能辨之色，多于语言文字所能道。"但丁叹言为意胜；斯宾诺莎说文字乃迷误之源（the Cause of many and great errors）；歌德谓事物的真实的特殊性质非笔舌所能传达；尼采鄙视语言文

---

　　① ［古希腊］《柏拉图文艺对话集·斐德若篇》，朱光潜译，人民文学出版社 1959 年版，第 135 页。

字为可落言筌的凡庸事物而设，所以"开口便俗"①；席勒相信"脱灵魂而有言说，言说已非灵魂"②。凡此种种，比比皆是。所以，通过分析我国古代文论创作心理研究中的言意问题，一方面可总结出古人对创作的观点、理论；另一方面可在此基础上，进一步指导不仅是中国，而且是世界的文学创作实践。

其次，关于创作心理研究中的言意问题，中国古代文论有着丰富的内容和深刻的思想。在当代西方文论对语言和心意问题研究的理论喧哗中，有必要挖掘自身的文论传统。

20世纪，西方哲学文化出现的"语言学转向"（linguistic turn）将语言符号和社会心理的问题视为诗学的核心范畴，且突出了研究的深度和力度。语言学家索绪尔设想，"有一门研究社会生活中符号生命的科学，它将构成社会心理学的一部分，因而也是普通心理学的一部分"，他还说道，"语言学和社会心理学究竟有什么关系？语言中的一切，包括它的物质的和机械的表现，比如声音的变化，归根到底是心理的"③；语言学家布龙菲尔德强调，引起人们说话的情境包括人类世界中的每一件客观事物和发生的情况，以及说话人的神经系统素质④；维特根斯坦认为"我的语言的界限意味着我的世界的界限"⑤；伊格尔顿总结指出："从索绪尔（Ferdinand de Saussure）和维特根斯坦（L. Wittgenstein）到当代文学理论，20世纪'语言学革命'的标志，是承认意思不仅仅是在语言里'表现'或'反映'的东西：意思实际上产生于语言。这不是像我们有一些意思或经验，然后给它们披上言语的外衣；我们只能一开始就有这些意思和经验，因为我们有一种把它们包含在内的语言。另外，这种情况表示我们作为个人的经验从根本上讲是社会性的；因为不可能存在私人语言这样的东西，而且想象一种语言便是想象一种完整的社会生活方式。"⑥

---

① 参见钱钟书《管锥编》第2册，生活·读书·新知三联书店2007年版，第636—637页。

② 同上书，第703页。

③ ［瑞士］索绪尔：《普通语言学教程》，高名凯译，商务印书馆1980年版，第27—38页。

④ 参见［美］布龙菲尔德《语言论》，袁家骅等译，商务印书馆1985年版，第166—168页。

⑤ ［英］维特根斯坦：《逻辑哲学论》，商务印书馆2002年版，第85页。

⑥ ［英］特里·伊格尔顿：《当代西方文学理论》，王逢振译，中国社会科学出版社1988年版，第94页。

所以，语言不再是单纯的媒介、载体，而是我们存在本身。20世纪80年代，西方的语言哲学大量传入中国，我国的文学理论研究借鉴了其中很多成果。

在中国，先贤哲人对语言问题很早就进行了艰难的探索。王汶成在《中国古代文学语言研究的五条路向——兼论其当代文学语言研究的借鉴意义》中提出中国古代文学语言研究的五条路向：第一条路向是由孔子开端的"文质论"；第二条路向是以庄子"得意忘言"和《周易》中有关论述为发端的"言、象、意"理论；第三条路向是肇始于《诗大序》中的"赋、比、兴"理论；第四条路向是中国古代文论中的文体学理论；第五条路向是以"声律论"为主体的诗歌音韵学。① 其中"言、象、意"理论是最具哲学基础的文学创作心理和语言研究之路。先秦时代，诸子百家就言意问题展开了热烈的哲学争论，从认识论角度来讨论语言能否尽意、达道的问题。自此之后，这个问题一直是个争论不休的论题。魏晋玄学、中国化的佛教般若学对言意问题的探讨在充分继承了先秦思想的基础上展开。到了六朝，文学艺术取得了长足的发展，其独立性凸显出来，文学创作的繁荣为文学全面深入人们的研究视野中提出了必然要求。诗人们开始认真细致地研究文艺创作思维的特殊性。西晋陆机的《文赋》首次对创作心理中的言意问题做了贴切的讨论，具有开创性意义。正如殷国明的评价："《文赋》是一篇探讨艺术创作过程的专题文章，意味着艺术创作心理成为中国古代艺术理论中一个独特领域。陆机拓宽了中国古代文艺心理美学探讨的道路，给后人以深刻的影响。"② 之后，刘勰的《文心雕龙》对此问题加以了发展和完善，提出了许多非常丰富的创见性思想。可以说，魏晋南北朝时期的众多文论、乐论、画论在吸收哲学思想的基础上，使哲学上的言意问题成了一个重要的诗学论题。他们立足于创作经验，形象地讨论创作心理中言意的顺滞状态，理性地分析言不尽意的原因，从而揭示出文学创作的思维特征。并且从言不尽意的困苦体验中跳出，发展了文外之旨的审美追求，在充分发挥诗学语

---

① 参见王汶成《中国古代文学语言研究的五条路向——兼论其当代文学语言研究的借鉴意义》，《齐鲁学刊》2002年第1期。

② 殷国明：《中国古代文艺理论中的文艺心理学》，《古代文学理论研究丛刊》第15辑，上海古籍出版社1991年版。

言功能的同时，又逐渐开拓出超脱筌蹄的审美路线。

宋元明清出现的大量诗话，也孜孜不倦地探索了创作心理中的言意问题，并逐步从对创作中言意顺滞状态、矛盾现象的揭示以及原因分析转向侧重于"如何表达"这个方面的探讨。因为，既然"言不尽意"已成为不争的事实，那么寻觅解决言意矛盾的途径，多角度、多层面地探讨文学语言怎样尽可能地摆脱或避免意不称物、文不逮意的困境，怎样才能更好地传达作家之意，怎样使作品意义带有更大的弹性，有余而不尽，这些问题便成了文论的追求。所以，中国古人说文学创造的极境"不著一字，尽得风流"（《诗品二十四则·含蓄》）、"羚羊挂角，无迹可求"（《沧浪诗话》），绝不是轻视语言的淘炼，相反，正是对文学语言功能的高度重视。总体上说，诗家对语言的态度是不在文字，又不离文字。不在文字，是说作家对语言的运用不要拘束于一般日常语言方式，应该使文学作品的意旨远远超出它的字面意义之外，如果滞于语言运用的表层意义，不去追求其所暗示之深层意义，则意隐而泯；不离文字，是说只能凭借语言来进行艺术创造，作家要力求运用"有限"的语言文字创造出"无限"丰富的艺术境界，如果离开文字，文学便没有存在的价值。因此，"不离文字"与"不在文字"看似相反，实际上相辅相成。一方面，吸收了释、道对语言背后无限意蕴的追求，对言外之意，象外之象给予了应有的重视；另一方面，摒弃了释、道轻视语言的思想（虽然释、道也"不离文字"，但对语言的态度是轻视的），强调诗人应尊重语言规律，立足于诗性语言的创造，重视向语言的回归，语言尽意，是暗示、指点之尽，是有余而不尽。从而，文学作为语言文字的艺术的存在价值得以从根本上确定。但是，一方面反对落于言筌，另一方面又强调诗是语言艺术，这一矛盾似乎向人昭示，要使自己成为真正的艺术家，必须走出语言的误区，走出一条正确的掌握语言艺术的道路，至于说这条道路该怎样走，这恐怕将是人们永远都要探索的问题。

从对语言达意的怀疑到语思其工、意思其深、意在言外的追求，逐渐形成了一条富有民族特色的美学理论路线。陈跃红在《语言的激活——言意之争的比较诗学分析》中认为："中国诗学传统对言意问题的关注，并没有满足于'言不尽意'的诗学创造功能的体认和总结，而是在其历史发展中进一步将'言不尽意'推向所谓'言外之意'美学追求的深化，从而实现了由一般性言意命题的诗学考察至独具特色的诗学和美学范畴的建构，完成了一次历史性的飞跃。相对于西方诗哲仅仅是在语言框架内左冲右突，于语义成规之外四顾茫茫的仓皇感，中国诗学似乎从容潇洒得多。如果以比较诗学的立场去观察，至少在'言外之意'问题的提出和美学内涵的提示方面，中国诗学是走在前列并有独到见解的。"① 的确，在当代西方诗学对言意问题研究的理论喧哗中，发掘我国诗学传统的精华，在显示自身民族理论经得起历史考验的同时，以自身民族智慧和诗学独特性去参与世界性的诗学对话，不仅会有利于推动人们对言意问题的认识，也将有利于中国诗学在新的历史条件下的现代转化。

最后，20 世纪以来关于此问题的研究为本文提供了重要参考对象的同时，更为本文提供了深入研究的空间。

目前对古代文论的研究，一般从三个方面着手：一是发现和整理古代文论的文献材料；二是研究古代文论发展史；三是用当代美学、艺术理论以及相关哲学、心理学、语言学、人类学等最新成果来阐释这些材料。就古代文论创作心理研究中的言意问题而言，从文献材料方面来看，涉及中国古代文论方方面面的文献材料；从对文献材料的阐释方面来看，主要是侧重从文艺心理学、语言哲学的角度阐释文论中相关材料。

从对古代文论文献资料的整理、结集方面来看，为本书对此问题的探讨提供了丰富而可靠的一手材料。20 世纪以来，许多老一辈的专家和学者对我国文艺理论遗产的整理工作做出了巨大贡献，收集和整理了许多重要资料，并且为很多古典文艺理论专著做了注解。比如，在历代诗话的辑录方面，除了清人王夫之辑《清诗话》、何文焕辑《历代诗话》在80 年代初出版外，还有近人丁福保辑《历代诗话续编》、郭绍虞辑《清诗话续编》《宋诗话辑佚》《中国历代文论选》等相继出版。在单部诗话的整理与校注方面，从 50 年代开始，古典文论专家郭绍虞、罗根泽主编了《中国古典文学理论批评专著选辑》，选目几乎涵盖了诸如《文心雕龙》《文赋》《诗品》《沧浪诗话》《诗话总龟》《四溟诗话》《随园诗话》《人间词话》等所有古代文论的重要作品，至今仍在不断补充完善中。除

---

① 　陈跃红：《语言的激活——言意之争的比较诗学分析》，《文学评论》1994 年第 4 期。

此之外，学者们还以范畴为单位对历代文论话语做了语录式的分类编选。1982 年出版的贾文昭等编纂的《中国古代文论类编》做了奠基性工作，他们按"创作""文源""因革""文用""鉴赏""作家"六个专题，将原始资料按出现的时代顺序排列，收罗丰富。1991 年，徐中玉等编的《中国古代文艺理论专题资料丛刊》也分册陆续面世，列"本原""教化""意境""典型""文气""音"等 15 个专题，每个专题又设中题（如"意境"下分"境""境界""情境""意境"），中题之下又分小题（如"境"之下列 10 小题），眉目清楚，查索便利。2001 年，由胡经之等编的《中国古典文艺学丛编》由北京大学出版社出版，此书分为三编，第一编创造论，第二编作品论，第三编接受论。每编都归纳了十余个美学范畴，每一范畴之下又按历史顺序罗列理论资料。"丛编"把"言意"这个范畴放在第三编"接受论"环节。当然，在"创造论"这一编中，其实也涉及大量关于"言意"问题的理论资料。

从对古代文论发展史的研究来看，为本书对此问题的探讨提供了一种全局的信息和总体的把握。陈钟凡的《中国文学批评》（上海中华书局 1927 年版），方孝岳的《中国文学批评史》（上海世界书局 1934 年版），郭绍虞的《中国文学批评史》上卷（商务印书馆 1934 年版），罗根泽的《中国文学批评史》（人文书店 1934 年版）等，是较早出现的古代文论的历史研究著作。1949 年以后，影响较大的有郭绍虞改写的《中国文学批评史》，刘大杰主编的《中国文学批评史》，刘大杰去世后，由王运熙、顾易生继续其工作，完成了三卷本的《中国文学批评史》。还有敏泽的两卷本《中国文学理论批评史》，蔡仲翔等主编的五卷本《中国文学理论史》，王运熙、顾易生主编的篇幅浩繁的七卷本《中国文学批评通史》以及张少康、刘三富著《中国文学理论批评发展史》等。20 世纪，随着中国文论的西播，西方学者对中国文论史的研究日趋繁荣，观点也较新颖。代表性的著作有刘若愚的《中国文学理论》（1975 年刊于芝加哥），论者将中国传统的文学观点分为"玄学论""决定论""表现论""技巧论""审美论"和"实用论"六种理论，分别梳理了其发展脉络，归纳了其主要论点，在可能的地方还做了中西诗学比较研究；宇文所安（Stephen Owen）《中国文学思想的解读》（1992 年刊于坎布里奇，中译版《中国文论：英译与评论》），重点介绍了《典论·论文》《文赋》《文心雕龙》

《诗品》《沧浪诗话》《姜斋诗话》《原诗》和《毛诗大序》等著作，为中国古典文论大致勾勒出一条发展脉络，书末所附"基本术语汇编"，颇具特色，选术语五十余种，并有简释和辨析。此类著作对中国文学理论的研究，其贡献是巨大的，学者们考订了文论的事实，收集了丰富的文论资料，梳理了中国文论的历史流变，不同程度地对历代文论进行了阐释，采用的中西诗学比较方式更深刻地把握了对象。这些研究，或多或少都对言意问题有所涉及，只不过论述较为宏观，是鸟瞰式的概述，有时提出了观点与问题，但没有阐发。

从文艺心理学、语言哲学角度对文论中相关材料的阐释来看，言意问题是现代文艺心理学和语言学关注的重要问题，但至今没有专著对古代文论创作心理研究中的言意问题展开自成体系的论述。

在文学心理学方面，19、20 世纪之交，现代心理学成为独立学科时，文学心理学才渐渐成为专门性学科。20 世纪初，王国维在《人间词话》中提出"出入说"，是我国文艺心理学取得的最早成就。1936 年由开明书店出版的朱光潜《文艺心理学》（1931 年已完稿），从西方美学和心理学角度（"形象的直觉""心理的距离""移情作用""内模仿"等不同的方面），结合中国古代的诗论以及古今中外的创作实例，对文艺现象的核心"美感经验"进行了细致剖析。在随后出版的《诗论》中，朱光潜借鉴西方美学、心理学成果专门论述了"情感思想与语言文字的关系"问题，认为情感思想和语言的关系不是实质与形式的关系，不是语言对思想情感翻译的关系，它们的关系是平行一致的；不过其范围大小不同，情感思想是全体，语言是部分，语言必定伴随情感思想，而情感思想有不伴随语言的可能性。这个观点对后来学者影响甚深。之后，中国的文艺心理学荒废了半个世纪。20 世纪 80 年代初，金开诚的《文艺心理学论稿》出版（1982 年），有学者评价为"是我国建国以来文艺心理学研究上的一个可喜的收获"，此书分为"反映论篇""表象篇""思维篇""情感篇""欣赏心理篇"，各篇对后来研究文艺心理学的学者都有相当的启发。在这前后，出版的王元化的《文心雕龙创作论》（上海古籍出版社 1979年版，后更名为《文心雕龙讲疏》）和张少康的《中国古代文学创作论》（北京大学出版社 1983 年版），将文艺心理学的目光投向了中国古代文论的创作心理理论，探讨其创作思维的一般规律性问题。无论在研究角度，还是在研究观点上，都有很大的开创性和很深的影响。

20世纪80年代中后期，出版了大量"文学心理学"之类的专著[1]，学者们吸收了诸多西方心理学派（格式塔心理学、认识心理学、马斯洛心理学、精神分析、神经语言学等）的研究成果，对文学心理机制的产生、过程、接受等方方面面的问题进行了阐释。在语言与思维这个问题上，他们吸收了现代心理学的科学研究成果，认识到文学作为一门语言艺术，在创作思维中不可能没有语言因素的介入，因此语言的问题不只是出现在传达环节，而是贯穿于创作思维的始终；不过，语言作为思维的工具和作为传达的工具是有区别的。但是，也许由于时代的局限性和问题本身的复杂性，语言在创作思维中到底怎么运作，都说得很模糊。在这些专著中，作者虽然不乏引用中国古代文论的创作心理资料作为理论支撑材料，但是一方面引用的古代文论材料相当少，另一方面这不是对其本体价值的挖掘，只是资料的引证。

在文学心理学得到全面介绍和深入研究的基础上，学者们尝试用文艺心理学目光来审视中国古代诗学，力图将中国传统文艺心理学与西方现代文艺心理学的全新理念、科学方法有机结合，使古代丰富而混沌不明的文艺心理学在理论上可以有逻辑证明，并使之发扬光大。这方面最为引人注目的学者是童庆炳先生，其《中国古代心理诗学与美学》（中华书局1992年版）对中国古典诗学许多带有浓厚心理色彩的命题、概念、范畴做了深入浅出的论述。他的学生陶东风先生的《中国心理美学六论》（百花文艺出版社1990年版）也卓有建树，作者以"虚静论""空灵论""言意论""意境论""心物论""发愤论"为思想线索，展开了中国古代文论的现代审美心理学的阐释。李建中的《汉魏六朝文艺心理学》（北岳文艺出版社1992年版）是国内第一部文艺心理学断代史，也是迄今为止第一部研究汉魏六朝文艺心理学思想的专著，作者将汉魏六朝文艺心理学视为"文心的哲学"，并揭示其"以心物为纲、才性出发的"文心之

---

[1]　例如鲁枢元《创作心理研究》（黄河文艺出版社1985年版）、孙绍振《文学创作论》（春风文艺出版社1987年版）、王先霈《文学心理学概论》（华中师范大学出版社1988年版）、高楠《艺术心理学》（辽宁人民出版社1988年版）、夏中义《艺术链》（上海文艺出版社1988年版）、畅广元《诗创作心理学》（陕西师范大学出版社1988年版）、李希贤和张晧《潜创作论》（长江文艺出版社1988年版）等。

秘，从而对中国古代文艺心理学的学科性质、理论纲领、演变历程等问题提出了自己的见解。其他，如殷国明《中国古代文艺理论中的文艺心理学》（《古代文学理论研究》丛刊第十五辑，古代文学理论研究编委会编，上海古籍出版社1991年版）立足于本民族古代文艺心理论的自身特点，来显示其独特价值。刘琦和徐潜的《言意之辨与魏晋南北朝文学思维理论的发展》（《文艺研究》1992年第4期）也是立足于本民族文论的自身特点，较早全面论述了《文赋》《文心雕龙》《诗品》中的言意问题。

在语言哲学方面，由于西方语言哲学思潮的深入渗透和影响，20世纪八九十年代以来，从本体论视角阐述文学语言的论者不断涌现，他们对文学语言的理解不仅超越了"工具论"的层面，也远远超越了修辞学、风格学的层面。他们是在哲学意义上认识语言、语言与存在的关系，使语言本体论得到了进一步阐扬。在这样的背景下，一批文学理论家、批评家开始重新审视中国古代文论中言意问题。比如，陈跃红的《语言的激活——言意之争的比较诗学分析》（《文学评论》1994年第4期）从当代比较诗学的角度出发，在中西古今诗学对话中去考查言意问题，肯定中国传统言意论在20世纪"语言学转向"中的重要地位，正如作者所说："这不仅是一种思路的开启，同时也利于中国传统诗学的再认识及其在世界文化语境中的重新定位。"王大辉的《超越语言——陆机、刘勰的文学语言创造论》（《社会科学辑刊》1994年第1期）提出六朝时期"语言自觉论"。李贵和周裕锴的《语言：筌蹄与家园——庄子言意之辨的现代观照》（《四川师范大学学报（社会科学版）》1997年第1期）认为庄子"言不尽意论"是对语言表达困境的深刻概括，面对其困境中西方有不同的解救方法，并对其做了现代审视。曹顺庆等著《中国古代文论话语》（巴蜀书社2001年版）中第一编"言、象、意、道：从存在到超越"，从语言本体论出发，探讨先秦、两汉、宋元明清传统哲学、诗学理论对语言问题的基本看法。胡经之和李健的《言不尽意：语言的困惑与文学理论的拓展》（《深圳大学学报（人文社会科学版）》2003年第5期）采用西方20世纪语言学的成果阐释中国传统美学"言不尽意"语言困境的原因以及在作家、文本、读者中不同的美学效果。比如，作者认为中国古代作家常忧患的"文不逮意"就充分证明西方20世纪语言学革命的观点：意义不仅是某种以语言"表达"或"反映"的东西，意义其实就被语言创造出来的。陈小妹和龚举善的《中国古典诗学"言意之辨"的美学生成》（《中南民族大学学报（人文社会科学版）》2003 年第 7 期）全面论述了书不尽言、言不尽意和意生文外等美学参数及生成机制，以期与西方语言哲学对话。李贵的《言尽意论：中唐—北宋的语言哲学与诗歌艺术》（《文学评论》2006 年第 2 期）认为中唐—北宋的诗歌革新实质上是语言本体观的反转，是诗歌语言的革新，语言取代意象被视为诗歌的第一要素，诗歌的优劣不在意象的优劣，而在语言的表现力，在于是否表达之"尽"和是否"造语"之"工"，中唐—北宋的诗歌发展实质是一次"语言学转向"的运动。

所以，虽然中国古代文论创作心理研究中的言意问题材料丰富，在某些方面也有较为深入的研究，但其研究还不够全面，也还未形成一个整体。本书受近 20 年来现代文艺心理学和语言哲学中一些新理论的启发，采取心理学和语言哲学相结合的方法，提出了一个中国古代文论具有当代意义的研究课题——中国古代文论创作心理研究中的言意问题。在研究思路上，本书从纵和横两个方面展开论述：一是从创作心理的纵向生成角度，对言意问题在创作产生、构思、传达各个演进环节上的不同表现特征及其相互关系做出系统的讨论；二是从创作心理的横向分类角度，不仅探讨了在一般创作心理环节中的言意表现，而且还探讨了特殊创作心理"兴"起（中国传统的灵感论）中的言意表现。本书在选题和研究思路上具有一定的创新性。在一些具体研究领域上，也具有一定的创新性、前沿性。比如，在讨论哲学对文论创作心理中言意问题的影响时，不仅对先秦诸子哲学、魏晋"言意之辨"做了详尽阐述，而且还分析了受其直接影响的中国佛教般若学的言意观，进一步完善了哲学领域的"言意"思想研究；过去关于中国古代文论言意问题研究往往较为注重对哲学上言意问题的吸收，而相对忽视言意问题在文论中的自身发展体系，因此，本书更为重视"言意"在中国古代文论创作心理研究中的自身发展体系，及其对哲学领域言意思想的扬弃和发展；在讨论创作构思时，认为并不只是"意象"在运转，语言因素是存在的，并起着重要作用，本书对语言作为思维工具的表现特征以及与意象思维融合关系进行了探索，进一步深化了对创作构思思维特征的分析；更为全面地分析了创作传达中的"语言痛苦"现象，一是从"意"的复杂性论述了语言的痛苦，二是从作者心中的内部言语向外部言语转化，且做到文学的"辞达"这个角度进行了深入分析；在论述语言形式更贴近心灵真实的问题上，运用中国古代相关文论，对古代文人不同性质、不同体例的优秀代表作品进行了深入的分析，归纳总结出"言随意遣"和"意随笔生"的创作原则，对文学创作实践具有一定的指导意义。

为了把研究对象论述得清楚、具体，本书按照内在的逻辑顺序分为五章。按照如下的思路结构：创作心理中言意问题的提出——言意问题分别在创作产生、构思、传达心理中的表现及特征——一种特别的创作心理状态"兴"的言意问题。每章末都有结语，以总结本章，开启下章。

第一章主要论述文论对哲学领域言意问题的吸收和发展。文学创作心理中言意问题在六朝时提出并受到极大的关注，并非偶然，一方面，先秦诸子哲学和魏晋玄学"言意之辨"的思想以及东传的佛教思想，为其提供了很深刻的思想基础和很广泛的内容；另一方面，魏晋南北朝文学创作的繁荣为文学全面深入人们的研究视野中提出了必然要求。文论在吸收哲学思想的同时，根据文学自身性质，使哲学上的言意问题成了一个重要的诗学论题。第二、三、四章是论述言意问题在创作心理不同环节中的表现及特征。根据古人对创作过程的区分，分为这样三个环节来说明，即创作产生、创作构思、创作传达。郑板桥在《题画·竹》中说：

> 江馆清秋，晨起看竹，烟光、日影、露气，皆浮动于疏枝密叶之间。胸中勃勃，遂有画意。其实，胸中之竹，并不是眼中之竹也。因而磨墨展纸，落笔倏作变相，手中之竹，又不是胸中之竹也。①

郑板桥把画竹的过程区分为"眼中之竹""胸中之竹""手中之竹"三个发展阶段，虽然说的是绘画的创作，其理也适用文章创作。"眼中之竹"就是通过感觉、知觉而在头脑中留下的物象，实际上是对以前的感知在记忆中保留下来的事物的感性映像，它具有直观映像性和初步概括

---

① 郑板桥：《题画·竹》，载《郑板桥全集》，齐鲁书社1985年版，第199页。

性的特点，也是一切思维（包括意象思维和抽象思维）的基础材料，是创作产生的环节。"胸中之竹"就是脑中构思成熟的意象，是创作构思的环节。"手中之竹"则是将意象物化为作品的艺术形象，是创作传达的环节。可见，它们是三个不同层次、不同性质的概念。意中的"物象"和"意象"虽然都是"象"，但它们在心理活动中的层次是不同的。物象是感性状态的东西，虽然也有所概括，但物象的概括一般是在无意识的状态下自然进行的，即使有概括性比较大的物象，或者具有某种程度的自觉概括的性质，也只是停留在事物的状态上；而意象，则是人按照一定的意图、愿望，进行创作性想象活动的产物，所以，"胸中之竹，并不是眼中之竹也"。创作心理中的语言，主要是在构思活动和思维成果向物质化的书面转换的表达活动中起重要作用（感知阶段几乎可以不通过词语形式而实现），只不过语言在构思中和在传达中的性质是不同的，正因为这种不同，导致在传达过程中，存在一定的变数，又加之在创作中存在着无意识、非自觉的因素，有很多原来并没有想好或想到的会在写作中不知不觉地跑出来，所以，才会有"落笔倏作变相，手中之竹，又不是胸中之竹也"。第三、四章会重点论述构思和传达中的言意问题。虽然论文把创作过程分为三个环节来说明，但这三者间并没有明确的界限划分。因为，本来文学创作的心理因素就十分复杂，这三者可能相互渗透，前后贯通，动机中即已包含构思，构思中即已包含传达，传达亦包含构思，比如古人崇尚的"兴"的创作状态，完全没有什么产生、构思、传达过程的区分，灵思妙想不期而至，佳言妙句摇笔自来，并且来去迅捷、不可控制，这也是第五章要特别论述的创作心理状态。值得一提的是，文学创作的"兴"在实践中始终是一个难以把握的问题，可遇而不可求。所以，古今中外，很多学者又把它归结为天才的才能，归结为先天的禀赋，天才之说源源不断。这还有待于以后进一步探讨。

　　本书涉及的对象主要是心理内部的问题，而古人对创作心理中言意问题的论述很多只是根据创作经验和作品对象对这一问题做出印象式的描述，有些具体环节上的问题也说得较为笼统，虽也总结了不少概念和范畴，但古人往往只注意去使用这些概念，而很少从理性逻辑上去加以清晰的界定和系统的阐释，很少为人们提供某一方面现成的理性结论，感悟性的话语方式是其总体书写特色。比如，心理活动中的语言问题，是一个复杂而微妙的心理操作活动，古人根据创作经验，是认识到这一语言现象的，但没有再进一步说明这种现象。该书在论述过程中，为了尽可能靠近心理的事实，在忠实于原汁原味的中国古代文论话语的同时，还采用观察自身和他人的心理、行为、语言的方法，以及结合国内外美学、心理学、语言哲学等相关理论抽象思辨的方法，以做出细密的分析，愿能阐释得较完善和科学。

在本书探讨过程中，也许会因读书不博、思路不甚开阔，只见树木不见森林，以致得出的结论不那么客观，但还是要努力、尽力去尝试探索的，因此也诚恳希望学术界各位专家、学者指正，不胜感谢之至！

第 一 章

文论对哲学领域言意
问题的吸收与发展

　　语言与心意的问题，是文学创作的一个重要问题。简单地说，就是怎样用语言形式把心中之意表达出来，但在具体文学创作实践中，这个问题相当复杂。从古至今，历代文人墨客都一直困扰其中，他们著书立说，对问题的探索之路可谓是"路漫漫其修远兮"。古代，文学自觉之前，对文学创作上的言意问题并没有自觉的认识。对言意问题的讨论首先兴起于先秦时期，百家争鸣。诸子从"道"的本体论引出了对此问题的关注。诸子展开的激烈讨论对魏晋玄学"言意之辨"、佛教般若学均产生了深刻的直接影响。六朝文学独立之后，文学研究者在吸收哲学思想的基础上，更加注重从文学自身的特点来谈创作心理中的言意，如何使情志和语言完美的结合，如何使语言更为彰显丰富的意义，成了诗学的首要问题。

第一节　中国轴心期的言意问题

　　"轴心期"（Axial Period）这一概念是德国哲学家雅斯贝斯（Karl Jaspers，1883—1969）提出的，其历史区间指公元前 800 年至公元前 200 年。雅斯贝斯认为，在这一时期，中国、印度、西方三个地区的人类全都开始意识到整体的存在、自身和自身的限度，哲学家、理智和个性首次出现，人类开始了大规模的精神运动，这是人类得以飞跃的历史阶段。轴心期不但是人类文明的精神起点，而且也是现代世界的精神轴心，直到今日，人类一直靠轴心期所产生、思考和创造的一切而生存。每一次新的飞跃都回顾这一时期,并被它重燃火焰。自那以后,情况就是这样,轴心期潜力的苏醒和对轴心期权力的回忆,或曰复兴,总是提供了精神动力。对这一开端的复归是中国、印度和西方不断发生的事。① 中国,公元前 800 年至公元前 200 年,西周至战国前后。这个时期,诸子就语言与意义的问题展开了激烈的讨论,其中,做出最明确的哲学概括的是道家代表老庄和儒家经典《周易》。鉴于其思想对后世产生的深刻而广泛的影响,故用"轴心期"一词以示强调。

一　言意与道

先秦时期,言意问题和对"道"的讨论紧密相连,诸子往往从"道"的本体论引出各自对言意问题的深刻理解。

《老子》五千精言,"道"是其中心观念。虽然在不同章节中,"道"有着不同所指,或指形而上的实存者,或指事物的规律,或指人生的准则、指标、典范,但是它们都有着共同性质,那便是"道"无可名言。《老子》中常常表述道"道可道,非常道;名可名,非常名"② "道常无名"③ "道隐无名"④。老子认为,"道",无形无状,不是我们时空中的具体之物,不在我们人类已有的知识经验范围之内,其深奥的含义不能用名言来表达,但老子确信世界上"道"这个本体真实地存在着。为了进一步表达自己对"道"的理解,他说:"道之为物,惟恍惟惚。惚兮恍兮,其中有象;恍兮惚兮,其中有物。窈兮冥兮,其中有精;其精甚真,其中有信。"⑤ 物、象,都是形之可见者;精,就是最微小的原质;其精甚真,就是说这微小的原质是很真实的;信,信验、信实的意义。⑥ 所以,说"道"之中有"象""物""精""真""信",就是表示"道"的真实存在性,正如王弼将"无状之状,无物之象,是谓惚恍"解释为:

---

① 参见 [德] 雅斯贝斯《历史的起源和目标》,魏楚雄、俞新天译,华夏出版社 1989 年版,第 7—15 页。

② 陈鼓应:《老子注译及评介》,中华书局 1984 年版,第 53 页。

③ 同上书,第 194 页。

④ 同上书,第 228 页。

⑤ 同上书,第 148 页。

⑥ 同上书,第 150—151 页。

"欲言无邪，而物由以成。"① 老子把这个真实存在的本体勉强称为
"道"，他说："有物混成，先天地生。寂兮寥兮，独立而不改，周行而不
殆，可以为天地母。吾不知其名，强字之曰'道'。"②

　　孔子在言意问题上一方面认为言辞是用以达意的，也可以达意，他
说："辞达而已矣。"③《左传》引孔子语曰："志有之：'言以足志，文以
足言。'不言，谁知其志？言之无文，行而不远。"④ 虽然《左传》成书
时间学界有争议，其中所引孔子话不一定可靠，但此书毕竟与孔子时代
相距不远，而且孔子赞同的"言以足志"思想与《论语》中言辞达意的
思想也是吻合的，因此，可以参证孔子确有言可以达意的观点。另一方
面孔子又感到某些玄虚的理念，是无法完全准确地用语言来说明道尽的。
在《颜渊》篇里有这样一段对话："司马牛问仁，子曰：'仁者，其言也
讱。'曰：'其言也讱，斯谓之仁已乎？'子说：'为之难，言之得无讱
乎。'"⑤ 讱，难也。在《子罕》篇里也说："子罕言利与命与仁。"⑥ 孔子
在这里表现出对"仁""命""利"的复杂、丰富、深刻的意义难以言说
的窘迫。再如，在《公冶长》篇中孔子弟子子贡说："夫子之文章，可得
而闻也，夫子之言性与天道，不可得而闻也。"邢昺疏："夫子之述作威
仪礼法，有文彩形质著明，可以耳听目视，依循学习，故可得而闻也"，
"夫子言天命之性，及元亨日新之道，其理深微，故不可得而闻也。"⑦ 说
明孔子的文章是经验可感知的范围，可以通过语言得到充分表现，而孔
子说的"性""天道"是形而上的范畴，语言是不易表达的，而孔子又只
有用日常语言表达，故他的学生虽能闻其言但不解其意。

　　孟子继承和发展了孔子的言意观。当公孙丑问他有何长处，孟子回
答："我知言。"当公孙丑进一步问："何谓知言？"孟子说得更具体：

---

① 楼宇烈：《王弼集校释》，中华书局 1980 年版，第 32 页。

② 陈鼓应：《老子注译及评介》，中华书局 1984 年版，第 163 页。

③ 《论语注疏·卫灵公》，载《十三经注疏》，中华书局 1980 年影印本，第 2519 页。

④ 《春秋左传正义·襄公二十五》，载《十三经注疏》，中华书局 1980 年影印本，第
1985 页。

⑤ 《论语注疏·颜渊》，载《十三经注疏》，中华书局 1980 年影印本，第 2502 页。

⑥ 《论语注疏·子罕》，载《十三经注疏》，中华书局 1980 年影印本，第 2489 页。

⑦ 《论语注疏·公冶长》，载《十三经注疏》，中华书局 1980 年影印本，第 2474 页。

"诐辞知其所蔽，淫辞知其所陷，邪辞知其所离，遁辞知其所穷。"① 什么样的话，就有什么样的意，听者通过其话便知其情意，这里透露出"言尽意"的思想。孟子还明确提出："言近而指远者，善言也。"② 即不但认识到语言的基本表达功能，而且还进一步认识到"善言"所造就的"意在言外"的美学功能。但他仍然认为某些玄虚的概念是难言的。他说："天不言，以行与事示之而已矣"③；又说："梓匠轮舆，能与人规矩，不能使人巧。"④ 即梓匠轮舆能告诉别人规矩尺寸，却不能使人"巧"，这与庄子"轮扁斫轮"的寓言如出一辙。在回答公孙丑提出的"何谓浩然之气"时，孟子说："难言也。其为气也，至大至刚，以直养而无害，则塞于天地之间。"赵岐注云："贯洞纤维，洽于神明，故言之难也。"⑤ 焦循疏："谓其微而未著，虚而未彰，故难言也。"⑥ 难言的原因就在于形而上本体的隐、深、幽、微。在孟子看来，"气，至大至刚"，"塞天地之间"，是本质、是整体、是无限、是语言文字无法表达和陈述的存在。

庄子对这一问题阐述得最多，主要体现在以下言辞中：

夫言非吹也，言者有言，其所言者特未定也。果有言邪？其未尝有言邪？其以为异于鷇音，亦有辩乎，其无辩乎？道恶乎隐而有真伪？言恶乎隐而有是非？道恶乎往而不存？言恶乎存而不可？道隐于小成，言隐于荣华。故有儒墨之是非，以是其所非而非其所是。欲是其所非而非其所是，则莫若以明。⑦

世之所贵道者书也，书不过语，语有贵也。语之所贵者意也，意有所随。意之所随者，不可以言传也，而世因贵言传书。世虽贵之，我犹不足贵也，为其贵非其贵也。故视而可见者，形与色也；听而可闻者，名与声也。悲夫！世人以形色名声为足以得彼之情！

---

① 《孟子注疏·公孙丑上》，载《十三经注疏》，中华书局1980年影印本，第2686页。
② 《孟子注疏·尽心下》，载《十三经注疏》，中华书局1980年影印本，第2778页。
③ 《孟子注疏·万章上》，载《十三经注疏》，中华书局1980年影印本，第2737页。
④ 《孟子注疏·尽心下》，载《十三经注疏》，中华书局1980年影印本，第2773页。
⑤ 《孟子注疏·公孙丑上》，载《十三经注疏》，中华书局1980年影印本，第2685页。
⑥ 焦循著，沈文倬点校：《孟子正义》，中华书局1987年版，第200页。
⑦ 郭庆藩：《庄子集释·齐物论》，中华书局2004年版，第63页。

夫形色名声果不足以得彼之情，则知者不言，言者不知，而世岂识之哉！①

可以言论者，物之粗也；可以意致者，物之精也；言之所不能论，意之所不能察致者，不期精粗焉。②

夫知者不言，言者不知，故圣人行不言之教。道不可致，德不可至。③

天地有大美而不言，四时有明法而不议，万物有成理而不说。④

筌者所以在鱼，得鱼而忘筌；蹄者所以在兔，得兔而忘蹄；言者所以在意，得意而忘言。吾安得夫忘言之人而与之言哉！⑤

不言则齐，齐与言不齐，言与齐不齐也，故曰无言。言无言，终身言，未尝不言；终身不言，未尝不言。⑥

这几段话中大致谈了以下几层意思：

第一层，语言是表达意义的工具。"筌"用于捕鱼，"蹄"用于逮兔，"言"用于达（表达）意，这也是语言可贵的地方。

第二层，语言可以尽"意"，即"语之所贵者，意也"。但是如果停留于言辩论说、形色名声，就只能得"物之粗"；如果"忘言"以"意致"，不拘泥于言的领会，就能得"物之精"。

第三层，意义所附带的言外之音（即"意之所随""道""大美""明法""成理"）难认用语言表达，难以用心意体察。故轮扁的神奇凿轮技巧，不但"不能以喻其子"，其子"亦不能受之于"轮扁，"是以行年七十而老斫轮"。综合第二层和第三层意思，可见在庄子眼中，"意"包括几个不同层次的意思，一是"物之粗"，是一种很表面的意；二是"物之精"，是需要用理智认知方式或很深刻的体悟把握的"意"；三是"意之所随"，就是"道"，不可名言、不可体察。前两者可致，后者不

---

① 郭庆藩：《庄子集释·天道》，中华书局 2004 年版，第 488 页。
② 郭庆藩：《庄子集释·秋水》，中华书局 2004 年版，第 572 页。
③ 郭庆藩：《庄子集释·知北游》，中华书局 2004 年版，第 731 页。
④ 同上书，第 735 页。
⑤ 郭庆藩：《庄子集释·外物》，中华书局 2004 年版，第 944 页。
⑥ 郭庆藩：《庄子集释·寓言》，中华书局 2004 年版，第 949 页。

可致。

第四层，"无言"才是合道之言。庄子认为，说话不等于吹气，总说一些东西，但所说的往往被"成心"所蒙蔽而产生了是非，与其是非相争，不如还原语言为不带任何意义的话语，即无是无非。引文所说的"无言""不言"，并不是否定语言，而是主张"无心之言"，无成见、无是非、无分别的合"道"之言。说这样的话，事理得以一体而保存，不致造成"判天地之美，析万物之理""道术将为天下裂"① 的局面。庄子把"无言"当作最高语言，把"语言"灵活运用到此种不可能的程度，真可谓浪漫、超脱至极。②

在战国中后期的《周易》中，正式出现了"言不尽意"这个概念。

> 子曰："'书不尽言，言不尽意。'然则圣人之意，其不可见乎？"
> 子曰："圣人立象以尽意，设卦以尽情伪，系辞焉以尽其言，变而通之以尽利，鼓之舞之以尽神。"
>
> 孔颖达疏："言有烦碎或楚夏不同，有言无字虽欲书录，不可尽竭于其言，故云书不尽言也。言不尽意者，意有深邃委曲非言可写，是言不尽意也。圣人之意，意又深远，若言之不能尽圣人之意，书又不能尽圣人之言，是圣人之意其不可见也"，"圣人立象以尽意者，虽言不尽意，立象可以尽之也。设卦以尽情伪者，非唯立象以尽圣人之意，又设卦以尽百姓之情伪也。系辞焉以尽其言者，虽书不尽言，系辞可以尽其言也。"③

上文中，"书""系辞""言""卦象""意"这几个概念之间的逻辑关系是书不尽言，而系辞可以尽其言；言不尽意，而立象可以尽意，通过卦象及其变通鼓舞以尽圣人之意；同时，由于卦象比较抽象，又可通过系辞来描述象，提示其意，使意更为明了。简单地说，就是书可通过系辞以尽言，言可通过卦象以尽意。可见，系辞和卦象是不同于日常方

---

① 郭庆藩：《庄子集释·天下》，中华书局 2004 年版，第 1069 页。
② 《庄子》中所出现的"大言炎炎""至道若是，大言亦然""至言去言"中的"大言"与"至言"当与"无言"同意，是合道之言。
③ 《周易正义·系辞上》，载《十三经注疏》，中华书局 1980 年影印本，第 82 页。

式的一种特殊的尽意方式。王夫之在《周易内传》里面给"系辞"下了一个定义，他说：

> 象与象皆系乎卦而相引伸，故曰"系辞"。系云者，数以画生，积画而象成，象成而德著，德立而义起，义可喻而以辞达之，相与属系而不相离。故无数外之象，无象外之辞。辞者，即理数之藏也。①

"数以画生"，就是"数"通过一阳一阴的这种"画"体现出来。"积画而象成"，就是这些一阳一阴之画积累起来，形成完整的卦，易象就形成了。"象成而德著"，就是易象形成以后，这个易卦之德就显出来了。这个德不是我们现在说的品德、道德，而是每个卦象的内在本质，以及对应于社会人事的基本精神。"德立而义起"，就是有了"德"，就有了深刻的意义。最后，"义可喻而以辞达之"，即需用语言把这一切意义表达出来。可见，"系辞"是一种含义很深刻的语言，能够系"数""画""象""德""义"的意思为一体，所谓"辞者，即理数之藏也"。但是不管是卦辞也好，爻辞也好，都没有超出这个卦象所表达的意思。《周易》中的每一句言辞都不能离开象，不能凭空产生，都是以卦象为依据的，所以，《周易》中，卦象实居于中心地位，《周易·系辞》中说："故易者，象也。"② 王夫之说"故无数外之象，无象外之辞"；又说："辞也，皆象之所生也，非象则无以见易。"③ 因此，"象"的概念十分重要。"象"是卦象，关于圣人如何"立象"，《易传·系辞》中说：

> 圣人有以见天下之赜，而拟诸其形容，象其物宜，是故谓之象。④
>
> 古者包牺氏之王天下也，仰则观象于天，俯则观法于地，观鸟兽之文与地之宜，近取诸身，远取诸物，于是始作八卦，以通神明

---

① 王夫之：《周易内传》，载《船山全书》第 1 册，岳麓书社 1992 年版，第 505 页。
② 《周易正义·系辞下》，载《十三经注疏》，中华书局 1980 年影印本，第 87 页。
③ 王夫之：《周易内传》，载《船山全书》第 1 册，岳麓书社 1992 年版，第 586 页。
④ 《周易正义·系辞上》，载《十三经注疏》，中华书局 1980 年影印本，第 79 页。

之德，以类万物之情。①

据此，《易》之卦象，是圣人仰观俯察，抓住天地万物外在形态的本质、规律，用阴、阳两种符号组合搭配，遂有两仪、四象、八卦、六十四卦，拟诸形容，象其物宜，用以表达和传达圣人之"意"。《周易》这种说法意在说明，语言无法完全表达圣人之意（上天的意旨），圣人之意只能透过神秘的卦象来表现。这里的"（卦）象"虽然来源于"物之形容"，但"象"和物之间并不是形象的、具体的反映关系，而是一种运用抽象符号来象征的关系。因此，"象"和物之间实际上并没有直接联系，或者说"象"并非物的形象具体再现，而是要通过想象才能理解与物的关系，"象"在这里只是引导和启发人们去联想它所象征的物的一种工具和手段，"象"并不是物，也不等于物。正因为如此，它才能有具体丰富的内涵。这样的"象"虽然在占筮功用中显现出来，并非那种具体描写的"艺术形象"，但是与艺术形象有相通之处，都是对外界事物的象征，都是人发挥其想象功能所创造的，都是主体和客体相结合的产物。在言意关系外，一个"象"的概念的引入十分关键，对后来的文论发展影响甚深。

战国末期的荀子在《乐论》中也提出了"声乐之象"问题，他说："夫乐者，乐也，人情之所必不能免也"②；"凡奸声感人而逆气应之，逆气成象而乱生焉；正声感人而顺气应之，顺气成象而治生焉。"③《乐记》认为音乐是"成象"的艺术，人具有"成象"的感受力。"声乐"之内寓有"人情"，"人情"则有正邪善恶之分，所以"声乐"也有"奸声"和"正声"之分。"奸声"和"正声"影响人的性情，形成不同的"形象"，从而影响社会风尚、治乱。西汉初期的《乐记》就是在荀子《乐论》"声乐之象"思想的基础上，更细致、更深入地分析了音乐创作问题，他说：

---

① 《周易正义·系辞下》，载《十三经注疏》，中华书局 1980 年影印本，第 86 页。
② 王先谦：《荀子集解·乐论》，中华书局 1988 年版，第 379 页。
③ 同上书，第 381 页。

> 乐者，心之动也；声者，乐之象也，文采节奏，声之饰也。君子动其本，乐其象，然后治其饰。①

"乐"指心动情生这样一种心理活动，它来自人心之"本"，"声"指"乐"形成的和谐的音乐之象②，此种"象"又要用外在的文采节奏来修饰，这就是"饰"。这里，"本"，与文学创作的心中之情或意是一致的；"象"，与文学创作的"象"是一致的；"饰"，相当于文学创作的物质手段语言。所以，音乐创作的"本""象""饰"可以与文学创作的"意""象""言"的相对应。

综上所述，孔、孟、老、庄，围绕本体之"道"是否可以言说为核心，建立了一个三项结构言—意（志）—道（或天、气、大美等）。"言"，包括口头语言和书面语言，是达"意"的工具，可以确切描述具体时空中的存在物。至于道，他们普遍认为，是根本无法用语言表述的，无法意致，"道"之称为"道"，只是强为之名。"言"和"道"之间，存在一条不可逾越的鸿沟。孔孟儒家虽然不乏形而上的思考，但在性、天道等本体论问题上，采取了"不言"的态度，不再深入下去。《庄子》在继承《老子》"道不可言"的基础上，并没有否定语言的"达意"功能这样一种价值，他认为，语言是达意的，也可以尽意，但若要尽意（指"物之精"），还须"忘言"以"意致"；至于"道"，只有"无言"才是合道之言，而"无言"是几乎不可能达到的程度，所以"道"无可名言。在《周易·系辞》中把庄子"意"和"道"分而论之的观念（言可尽意，而不可尽道）合二之一，统称为"言不尽意"，"意"即指"物之精"，也指"意之所随""道""气"等，并且这样的"意"可以用"象"以"尽"之。卦象之尽，虽象、卦、辞，变通、鼓舞以各尽其所当尽，但正如牟宗三先生认为的，是尽而不尽，"其尽也，非一一恰当相应之尽，非指实（指物）之尽，非名实相应之尽，非可道之尽，乃不可道之尽。不可道之尽，乃启发暗示之尽、指点之尽也。凡启发暗示之尽、

---

① 《礼记正义·乐记》，载《十三经注疏》，中华书局 1980 年影印本，第 1537 页。

② 值得注意的是，此"象"可以理解为心中之象，也可以理解为物质化了的具体形象。对应于文学创作，前者就是意象，后者就是形象。

指点之尽，皆有余而不尽。以有余而不尽，故尽之者皆筌、蹄也，皆可忘也。忘之而不为其所限，则不尽之意显矣。不忘而滞于象言，则不尽之意隐而泯矣。"① 牟宗三解读了"得意而忘言"之"言"与"立象以尽意"之"象"两者的深刻含义，它们之所"尽"，是暗示、指点之尽，是有余而不尽。如果滞于言、象的表层意义，不去理解其所暗示之深层意义，则意隐而泯。

二 尽意之方

语言是人类思维的工具之一，在言辞能否完全尽意、达道的问题上，先秦诸子总体上怀疑语言的表达功能，但他们并没有逃避言和意的困境，而是积极探索一定的思维方式以"意致"或者非常规的言说方式以体道尽意。本文着重论述"目击而道存"的思维方式和"正言若反""隐喻"等非常规言说方式。

（一）"目击而道存"的方式

《庄子》中有这样一个故事：孔子见到温伯雪子而没有说话，于是子路就问孔子："吾子欲见温伯雪子久矣，见之而不言，何邪？"孔子就说："若夫人者，目击而道存矣，亦不可以容声矣！"② 孔、温均为体道之人，二人相遇，目光接触就已得玄道，这之中没有做分析性了解，没有借助语言，但远比知性思维更为深刻，远比语言表达更为复杂和丰富，此谓"目击而道存"。从现代心理学角度来讲，也可以说是一种直觉状态。西方哲学家柏格森描述直觉为："所谓直觉，就是一种理智的交融，这种交融使人们自己置于对象之内，以便与其中独特的，从而是无法表达的东西相符合。"③ 这个道理，中国思维哲学早在公元前三四世纪就有了深刻的认识，并对其交融的心理状态做了诸多探讨。

《老子》说"涤除玄鉴"④，即谓洗清杂念、摒除妄见，保持内心明澈如镜，才能体道。又说："致虚极，守静笃。万物并作，吾以观复。夫

---

① 牟宗三：《才性与玄理》，广西师范大学出版社 2006 年版，第 216 页。

② 郭庆藩：《庄子集释·田子方》，中华书局 2004 年版，第 706 页。

③ ［法］柏格森：《形而上学导言》，刘放桐译，商务印书馆 1969 年版，第 3 页。

④ 陈鼓应：《老子注译及评介》，中华书局 1984 年版，第 96 页。

物芸芸，各复归其根。归根曰静，静曰复命。复命曰常，知常曰明。"①
王弼注："以虚静观其反复。凡有起于虚，动起于静，故万物虽并动作，
卒复归于虚静，是物之极笃也。"② 这里"虚""复""常""明"都是一
个意思。在老子看来，大千世界，万物生长茂盛，是由静而动，形成纷
纷扰扰的世界，但最后要返回自己的本根，即虚静的状态，才能对"道"
绝对体认，也就是"明"。老子提出的"涤除玄鉴""虚静"说为庄子所
继承和发展。兹将庄子"心斋""坐忘"两段材料录于下。

　　若一志，无听之以耳而听之以心，无听之以心而听之以气！听
止于耳，心止于符。气也者，虚而待物者也。唯道集虚。虚者，心
斋也。③

　　颜回曰："回益矣。"仲尼曰："何谓也?"曰："回忘仁义矣。"
曰："可矣，犹未也。"他日，复见，曰："回益矣。"曰："何谓
也?"曰："回忘礼乐矣。"曰："可矣，犹未也。"他日，复见，曰：
"回益矣。"曰："何谓也?"曰："回坐忘矣。"仲尼蹴然曰："何谓
坐忘?"颜回曰："堕肢体，黜聪明，离形去知，同于大通，此谓
坐忘。"④

"心斋""坐忘"，就是毁废四肢百体，屏黜聪明心智，虚其心则至道
集于怀也。庄子讲"吾丧我"（《齐物论》）、"外物"（《外物篇》）亦此
意。观照"道"时，心须处于虚静状态，具体而言，一则是要摆脱由生
理而来的欲望。《庄子·应帝王》中讲了一个"浑沌"被凿七窍而死的寓
言，形象地描绘了此理。庄子以浑沌为中央之帝，说明庄子是崇尚浑沌
的。七窍，即眼（两窍）、耳（两窍）、鼻（两窍）、口（一窍），都是生
理感官器官。浑沌无七窍而善，有七窍而死，说明感官经验对浑然一体
的直觉体认是妨碍的。一则是要摆脱所谓分析性、概念性的认识活动。
正如庖丁开始解牛时只凭技术解牛，全以"目视"，三年后，"进乎技

---

①　陈鼓应：《老子注译及评介》，中华书局1984年版，第124页。
②　楼宇烈：《王弼集校释》，中华书局1980年版，第36页。
③　郭庆藩：《庄子集释·人间世》，中华书局2004年版，第147页。
④　郭庆藩：《庄子集释·大宗师》，中华书局2004年版，第282页。

矣"，不以目视，乃以"神遇"，即心无分解性、概念性的技能知识，而直接进入物象内在机枢（"道枢"）的状态，这种状态可直接透视牛体以解牛，这便可谓得"道"矣。《庄子》中所说的："言者所以在意，得意而忘言。"① 对"忘言"的理解，不能局限于忘记语言、丢弃工具，它与"坐忘"的"忘"异曲同工，当指摆脱知性思维的束缚，直觉对象以达到更高的境界。

　　儒家思想代表荀子在《解蔽篇》中亦言及心如何存养以知"道"的功夫，他说："心何以知？曰：虚壹而静。"② 所谓"虚"是针对"藏"而言的，他说："人生而有知，知而有志。志也者，藏也，然而有所谓虚，不以所已藏害所将受谓之虚。"③ 即不以已有的认识、成见去妨碍新的接受，这就是"虚"。所谓"壹"是针对"两"而言的，他说："心生而有知，知而有异，异也者，同时兼知之。同时兼知之，两也，然而有所谓一，不以夫一害此一谓之壹。"④ 意思是说心有分辨差异、"兼知"多种事物的能力，但另一方面，要深刻认识一种事物、精通一门学问，就必须专心一意、集中思想，不能因对那一种事物的认识而妨碍对这一种事物的认识，这就是"壹"。所谓"静"是针对"动"而言的，他说："心，卧则梦，偷则自行，使之则谋。故心未尝不动也，然而有所谓静，不以梦剧乱知谓之静。"⑤ 这里所说的心，实际就是说的脑，脑要思维，自然就要动，不动就不能思维，但要保持正确的思维，不受干扰，就必须"静"。所以，"虚壹而静"是荀子认为求道者应具有的心境。

　　当处于"虚静""心斋""坐忘""丧我"的状态时，去掉名理、成心、自我中心，自我的情思和外物化为交融统一的生命整体，就像庄周梦为蝴蝶一样。《庄子·齐物论》载：

　　　　昔者庄周梦为胡蝶，栩栩然胡蝶也，自喻适志与！不知周也。俄然觉，则蘧蘧然周也。不知周之梦为胡蝶与，胡蝶之梦为周与？

---

① 郭庆藩：《庄子集释·外物》，中华书局 2004 年版，第 944 页。
② 王先谦：《荀子集解·解蔽》，中华书局 1988 年版，第 395 页。
③ 同上。
④ 同上书，第 396 页。
⑤ 同上。

周与胡蝶，则必有分矣。此之谓物化。①

庄周与蝴蝶浑然不分，不知有我，不知有物，皆相忘也。在这里，"蝴蝶"不仅是一物，而是寓意天地万物，人与天地万物皆相忘，则"天地与我并生，万物与我为一"②。因物自然，照之以天，才能真正体悟与万物之"道"交融的境界。正如叶维廉先生说："带着'名制'的心，是充满执见的；道家的心却是空的，空而万物得以完全感印，不被歪曲，不被干扰。止水，万物得以全然自鉴。"③

（二）"正言若反"的方式

"正言若反"见于《老子》第七十八章："是以圣人云：'受国之垢，是谓社稷主；受国不祥，是谓天下王。'正言若反。"④钱钟书先生云："夫'正言若反'，乃老子立言之方。《五千言》中触处弥望，即修词所谓'翻案语'与'冤亲词'，固神秘家言之句势语式耳。"⑤"翻案语"，分为两种类型，一类是"有两言于此，世人皆以为其意相同相合……翻案语中则同者异而合者背矣"，一类是"有两言于此，世人皆以为其意相违相反……翻案语中则违者谐而反者合矣"⑥。现举例说明：

> 上士闻道，勤而行之；中士闻道，若存若亡；下士闻道，大笑之。不笑不足以为道。故建言有之：明道若昧；进道若退；夷道若类；上德若谷；广德若不足；建德若偷；质真若渝；大白若辱；大方无隅；大器晚成；大音希声；大象无形；道隐无名。夫唯"道"，善贷且成。⑦

在这段老子论道的文字中，从"明道若昧"一直到"大白若辱"，属于后一类翻案语，"明"和"昧"、"进"和"退"、"夷"和"类"、

---

① 郭庆藩：《庄子集释·齐物论》，中华书局 2004 年版，第 112 页。
② 同上书，第 79 页。
③ 叶维廉：《中国诗学》，人民文学出版社 2006 年版，第 58 页。
④ 陈鼓应：《老子注译及评介》，中华书局 1984 年版，第 350 页。
⑤ 钱钟书：《管锥编》第 2 册，生活·读书·新知三联书店 2007 年版，第 717 页。
⑥ 同上。
⑦ 陈鼓应：《老子注译及评介》，中华书局 1984 年版，第 227 页。

"上"和"谷"、"广"和"不足"、"建"和"偷"、"质真"和"渝"、"白"和"辱",意义相反,在句中却说成相同相合;"大方无隅""大器晚成""大音希声""大象无形"属于前一类翻案语,"方"和"隅"、"器"和"成"、"音"和"声"、"象"和"形",意义相同,在句中却说成相异相合。"冤亲词",即"有两言于此,一正一负,世人皆以为相仇相克,例如'上'与'下',冤亲词乃和解而无间焉"。① 比如,"道常无为,而无不为"②,就是说"道"永远顺应自然,无所作为,然而没有一件事不是它所为;又如"上德不德,是以有德"③,就是说上德的人不自恃有德,所以实是有德。为什么说这些冤亲翻案的反俗之言又合道呢?因为说道之明、形、为、德等,对道就有了某种限定、分别,所以又必须用相反的一面来否定它,比如光明的大道好似暗昧,最大的形象反而看不见形迹,无不为而无为,有德而无德,老子认为这样是合乎道的,是正言,而此正言和一般的看法相反,所谓"正言若反"。这种表述方式,可以表示出"道"的无限、神秘、至高无上、不可言说。

所以,"正言若反"的"反",如钱钟书所说有两层意义,"'反有两义'。一者,正反之反,违反也;二者,往反(返)之反,回反(返)也('回'亦有逆与还两义,常作还义)。……《老子》之'反'融贯两义,即正、反而合"。④ 所以,"反"的表层含义与"正"相悖,深层含义是与"正"相合的,"与物反矣,然后乃至大顺"⑤。故老子曰:"吾不知其名,强字之曰道,强为之名曰大。大曰逝。逝曰远,远曰反"⑥,"反者道之动"⑦。

孙中原在《〈老子〉中"正言若反"的朴素辩证思维原则》一文中列举了大量诸多相反相成、正言若反的句式,他认为,"在同一个判断中,(在这里只有四五个字)就包括了对立概念的流动、转化,体现了概

① 钱钟书:《管锥编》第 2 册,生活·读书·新知三联书店 2007 年版,第 717 页。
② 陈鼓应:《老子注译及评介》,中华书局 1984 年版,第 209 页。
③ 同上书,第 212 页。
④ 钱钟书:《管锥编》第 2 册,生活·读书·新知三联书店 2007 年版,第 690 页。
⑤ 陈鼓应:《老子注译及评介》,中华书局 1984 年版,第 312 页。
⑥ 同上书,第 163 页。
⑦ 同上书,第 223 页。

念的灵活性。"① 老子常常用这种灵活的语言表述方式来表述"道"。如：

> 道冲，而用之或不盈。渊兮，似万物之宗。②
>
> 无状之状，无物之象。③
>
> 道之出口，淡乎其无味，视之不足见，听之不足闻，用之不足既。④
>
> 天之道，不争而善胜，不言而善应，不召而自来，繟然而善谋。⑤

"道"是什么呢？道，其体是虚的，但又蕴藏无尽的创造因子；它无形无状，但又有形有象；看又看不见，听又听不见，用又用不完；不争而善于得胜，不说话而善于回应，不召唤而自然到来，宽缓而善于筹策。

《老子》开创的这种方法为庄子所继承。陆德明在《经典释文序录》中说庄子"辞趣华深，正言若反"⑥。《庄子》中表述"道"说"大道不称""道未始有封"⑦ "无为也而无不为也"⑧ 等。现把《庄子》中论"道"最重要最完整的文字引述如下：

> 夫道，有情有信，无为无形；可传而不可受，可得而不可见；自本自根，未有天地，自古以固存；神鬼神帝，生天生地；在太极之先而不为高，在六极之下而不为深，先天地生而不为久，长于上古而不为老。⑨

引文中，只有"有情有信"是正面描述，说明道是实而不妄的，其

---

① 孙中原：《〈老子〉中"正言若反"的朴素辩证思维原则》，《中州学报》1981 年第 3 期。

② 陈鼓应：《老子注译及评介》，中华书局 1984 年版，第 75 页。

③ 同上书，第 114 页。

④ 同上书，第 203 页。

⑤ 陈鼓应：《老子注译及评介》，中华书局 1984 年版，第 334 页。

⑥ 郭庆藩：《庄子集释·经典释文序录》，中华书局 2004 年版，第 4 页。

⑦ 郭庆藩：《庄子集释·齐物论》，中华书局 2004 年版，第 83 页。

⑧ 郭庆藩：《庄子集释·至乐》，中华书局 2004 年版，第 612 页。

⑨ 郭庆藩：《庄子集释·大宗师》，中华书局 2004 年版，第 247 页。

他地方说"道",无为无形,不见动静形迹,可传而不可受,可得而不可见,在太极之先又不为高,在六极之下又不为深,先天地生又不为久,比上古还长又不为老,一正一负,在句中和谐统一。这些都是"正言若反"的方式述道。

"道"是个超验的存在体,老庄用一种特殊的方法去描述它,将经验世界的许多概念用上,然后又一一否定它们的适当性,把经验世界的种种限制都加以突破,使人通过这貌似荒唐的反正之言去领悟那不可言说的玄妙之道。

(三)隐喻的方式

在先秦文献中没有"隐喻"的专门概念,作为一种修辞理论,出现的是泛指比喻的"辟""譬""比""依"等词语。

> 凡同类、同情者,其天官之意物也同,故比方之凝似而通。是所以共其约名以相期也。[1]
>
> 谈说之术:矜庄以莅之,端诚以处之,坚疆以持之,分别以喻之,譬称以明之。[2]
>
> 辟也者,举他物而以明之也。[3]
>
> 不学博依,不能安诗。郑玄注:"博依,广譬喻也。"孔颖达疏:"若欲学诗,先依倚广博譬喻。"[4]
>
> (梁惠王)谓惠子曰:"愿先生言事则直言耳,无譬也。"惠子曰:"今有人于此而不知弹者。曰:'弹之状若何?'应曰:'弹之状若弹',则喻乎?"王曰:"未喻也。""于是,更应曰:'弹之状如弓,而以竹为弦',则知乎?"王曰:"可知矣。"惠子曰:"夫说者,固以其所知喻其所不知,而使人知之。今王曰'无譬'则不可矣。"[5]

可见,当时已有"喻"的概念,并了解了其功能。荀子谈到了喻的

---

①   王先谦:《荀子集解·正名》,中华书局1988年版,第415页。
②   王先谦:《荀子集解·非相》,中华书局1988年版,第86页。
③   孙诒让:《墨子闲诂·小取》,中华书局1986年版,第379页。
④   《礼记正义·学记》,载《十三经注疏》,中华书局1980年影印本,第1522页。
⑤   刘向:《说苑校证》,中华书局1987年版,第272页。

特性，他说，喻体的意义似乎令人怀疑，实际上是很有道理的，可以让本体更为明了；墨子则观察到本体和喻体（他物）的关系；《礼记》谈到了"喻"在作诗中的重要价值；惠子认为，譬喻是"以其所知喻其所不知"，是言谈达到说明清楚道理、说服别人的必经之途。

从先秦时期"喻"实际运用的突出和普遍性来看，上述的"辟""譬""喻"等概念的意义涵盖面很广，相当于今天一些学者认为的"隐喻"概念，即用另一间接有关的事物说明此事物，其共同特征是"本体"与"喻体"的相似性，包括类比、明喻、比喻、象征和寓言等。① 所以，我们可以统称为"隐喻的方式"。现举例说明：

> 天地之间，其犹橐籥乎！虚而不屈，动而愈出。②
> 上善若水。水善利万物而不争，处众人之所恶，故几于道。③
> 古之善为道者，微妙玄通，深不可识。夫唯不可识，故强为之容：豫兮若冬涉川；犹兮若畏四邻；俨兮其若客；涣兮其若凌释；敦兮其若朴；旷兮其若谷；混兮其若浊；澹兮其若海；飂兮若无止。④

"道"，精妙深玄、恍惚不可捉摸；善于行道之人，是深不可识的，老子怎样"勉强"地描述"道"以及体道之人的呢？老子以"橐籥""水"喻"道"，"橐籥"犹今之风箱，风箱中空，但随着往复拉动，却能不断生风，老子以此喻"道"虽虚而无形，却生化不已、取之不竭；"水"，柔性，滋润万物而不与相争，停留在卑下的地方，所以最近于"道"。老子描述体道之人的性情，慎重就像冬天如履薄冰，融合就像春天冰柱消融，淳朴就像未经雕琢的素材，豁达就像深山的幽谷等。这些都是用有共同特征的、感知性强的形象以隐喻宇宙之"道"。

对于做人处世之道，孔子谈得很多。如："人而无信，不知其可也。

---

① 参见胡壮麟《认知隐喻学》，北京大学出版社 2004 年版，第 153 页。
② 陈鼓应：《老子注译及评介》，中华书局 1984 年版，第 78 页。
③ 同上书，第 89 页。
④ 同上书，第 117 页。

大车无輗，小车无軏，其可以行之哉。"① 輗是大车横木上的关键，軏是小车横木上的关键，缺少它们，车则不能自如行走，孔子用此当时常见之物来"喻"人没有信用就不能立足于社会的道理。又如："岁寒，然后知松柏之后凋也。"这里只出现了喻体"岁寒之后凋的松柏"，何晏做了很好的注解："大寒之岁，众木皆死，然后知松柏小凋伤。平岁则众木亦有不死者，故须岁寒而后别之。喻凡人处治世，亦能自修整与君子同。在浊世，然后知君子之正不苟容。"② 再如："君子之德风，小人之德草。草上之风必偃。"③ 出现了隐喻的两个主要成分，本体"君子之德"和"小人之德"，喻体"风"和"草"，以风向哪边吹，草就向哪边倒，说明君子正己身即可教化小人的道理。

值得注意的是，先秦诸子普遍大量使用"寓言"喻"道"，他们假借各种神仙、鬼怪、古代圣贤、动物等，虚构许多丰富浪漫、诡谲变化的故事，把隐喻从简单的类比、取譬等手段，发展为借整体故事形象以寄托那不可言说的真理，令人省思。司马迁说庄子："著书十余万言，大抵率寓言也。"④ 的确，一部《庄子》几乎是寓言故事连缀而成的艺术。据统计，《韩非子》中的寓言故事（除去重复出现以及一事两记标出"一曰"的）有 340 余则⑤，《吕氏春秋》有 200 多则⑥。其他如《战国策》《列子》等著作中都有大量的寓言故事。这个时期对寓言的艺术特征也有了一定认识，《庄子·寓言》："寓言十九。"陆德明释文："寓，寄也。以人不信己。故托之他人，十言而九见信也。"⑦ 简单地说，就是作者自己的意见借别人或由外物表现出来，而不是直接说出来，这样的方式更为形象生动，更易达到让人信服的效果。借别人或外物，多半是虚构的，而虚构让人信实，让人感动，这就是艺术创作上讲究的"虚构的真实"。《庄子·天下》又说："寓言为广。"成玄英疏："寄之他人，其理深

---

① 《论语注疏·为政》，载《十三经注疏》，中华书局 1980 年影印本，第 2463 页。
② 《论语注疏·子罕》，载《十三经注疏》，中华书局 1980 年影印本，第 2491 页。
③ 《论语注疏·颜渊》，载《十三经注疏》，中华书局 1980 年影印本，第 2504 页。
④ 司马迁：《史记·老子韩非列传》，中华书局 1982 年版，第 2143 页。
⑤ 参见公木《先秦寓言概论》，齐鲁书社 1984 年版，第 129 页。
⑥ 同上书，第 155 页。
⑦ 郭庆藩：《庄子集释·寓言》，中华书局 2004 年版，第 947 页。

广。"① 即虚构的真实是很深刻的。先秦寓言以极高的艺术成就展现着自己的风采，寓言也因此而成了一种文体。

胡壮麟先生根据当代隐喻理论的情况把隐喻的实质分为三类，一类是表达词语的"替代"（如"山麓"也可以说成"山脚"）；一类是语义特征的"比较"（如将悍妇对丈夫的苛责与苏轼诗句"忽闻河东狮子吼"中的"狮吼"比较）；一类是新语义、新概念的"创造"（如在计算机科学中创造性地应用生物学中的"病毒"概念）。并且认为，常规隐喻以词语的替代为主（因此也叫作"语言学隐喻"），文学隐喻是非常规的隐喻，创新味应重一些。② 我们读先秦哲学论述"道"的语言，似乎漫步在艺术的长廊中，恐怕其原因之一就在于其创新的隐喻语言，使其哲理成为诗性的言说，在形象的生动鲜明与哲理的深刻含蓄两方面，达到了艺术的完美统一。

先秦时期，隐喻的运用和《周易》中提出的"立象以尽意"思想相得益彰。隐喻中的"喻体"在充分发挥主体的想象、对现实事物的象征性等方面与《周易》中的卦象有相通之处。只不过《周易》中的"象"是非语言的符号，文学隐喻中的"象"得以语言的塑造。由此可见，古人早已对"象"这一概念的重要性有深刻的认识。

上述这些方式，打破了人们日常的思维习惯和对日常语言的执着，是从一个更高的层面、更深刻的角度来探讨思维与语言的关系。可知，体道、尽意并不是不可能，只是普通语言和思维方式不能穷尽而已。

第二节　魏晋玄风下的中国佛教般若学言意观

佛教在汉代传入中国，并在很多方面产生了一定的影响，但在汉魏，佛法并不兴盛。到西晋，虽有上千卷佛法经典的译出，但真正引起思想界兴趣和注意的则是般若学。汤用彤在《汉魏两晋南北朝佛教史》中说："自汉之末叶，讫刘宋初年，中国佛典之最流行者，当为般若经。"③ 般若

---

① 郭庆藩：《庄子集释·天下》，中华书局 2004 年版，第 1098 页。
② 参见胡壮麟《认知隐喻学》，北京大学出版社 2004 年版，第 156 页。
③ 汤用彤：《汉魏两晋南北朝佛教史》，中华书局 1983 年版，第 164 页。

是梵文的音译（也译作"波若""钵罗若"等），吕澂先生认为："般若，就其客观方面说是性空，就其主观方面说是大智（能洞照性空之理的智慧）。"①《般若经》是印度大乘佛教一学派所收集的一部规模较大的丛书，按篇幅大小、品数多少，则可分为《小品》和《大品》两类。《小品》始译于东汉，至东晋时已有以下三种异译本：《道行般若经》十卷（东汉支娄迦谶译）、《大明度无极经》四卷（吴支谦译）、《小品般若波罗蜜经》十卷（后秦鸠摩罗什译）。《大品》始译于西晋，至东晋时也已有下述三种异译本：《放光般若经》二十卷（西晋竺叔兰、无罗叉译）、《光赞般若经》十卷（西晋竺法护译）、《摩诃般若波罗蜜经》二十七卷（后秦鸠摩罗什译）。般若学之所以为当时中国思想界广泛关注，学术界普遍认为主要是由于佛教般若学在教义上可以和玄学牵强比附、互相发挥。如般若讲的无相、性空，就与道家的"无名""本无"等概念甚为相似，东汉支娄迦谶译出的小品般若《道行般若经》，把"空"译成"无"，"性空"译为"本无"，"诸法性空"译成"诸法本无"。晋代高僧道安就已认识到这种情况，他说："自经流秦土，有自来矣……以斯邦人老庄教行，与方等经兼忘相似，故因风易行也。"魏晋时期的般若学，一方面标示了印度佛学与中国思想的融会，另一方面亦是为中国佛学的后来发展起着一个重要的承上启下的作用。他说："阿难出经，面承圣旨，五百应真，更互定察，分为十二部。……又抄十二部为四阿含、阿毗昙、毗奈耶，则三藏备也。……经流秦土，有自来矣。随天竺沙门所持来经，遇而便出于十二部，《毗日罗》（笔者注：《方等经》）部最多。以斯邦人老庄教行，与《方等》经兼忘相似，故因风易行也。"② 罗什以前的般若学研究，经历了"格义"和"六家"学派。之后，姚秦时期，鸠摩罗什在长安译经，译作侧重于般若类经，特别是龙树一系的中观经典，并把般若学的宣传、讲论推到了一个高潮。虽然罗什忙于主持译事，著述不多又残佚不全，但他的高足僧肇以非有非无、即有即无、有无双遣的般若中道观，完整地、较为忠实地阐述和发挥了大乘佛教般若性空的思想，

---

① 吕澂：《中国佛学源流略讲》，中华书局 1979 年版，第 46 页。
② 《鼻奈耶序》，载《大正新修大藏经》第 24 卷，大正一切经刊行会大正十五年版，第 851 页。

把魏晋以来般若学的发展推向了一个新的高峰。同时，罗什的另一高足竺道生据般若绝言、涅槃超象的玄旨，就成佛的根据、方法、目的等问题提出一系列新见解，其中最具影响力的是佛性论和顿悟论。道生认为，佛性是人人具有的成就佛果的本性，一阐提人（不信佛法之人）也有佛性，成佛是一个以不二的智慧契合不可分的真理而豁然开朗的顿悟过程。

言意之辨是魏晋玄学的一个重要命题，当时的佛教般若学在中国老庄、玄学思想的影响下，进一步深化了对言意问题的讨论，提出了诸多富有创见性的见解。

一　言语道断——语言的局限性

"言语道断"为佛家语，指意义深奥微妙，无法用言辞表达。流行于西晋时期的《放光经·住二空品第七十八》说：

> 于第一最要义者无有分数。何以故？是法常寂，无所分别，亦无所说。五阴亦无生灭，亦无著断，用本空末空故。①

"第一最要义"指深妙的真理，又名真谛、圣谛、胜义谛、真如、实相等。"分"为分别、认识。"数"为数法，指用言语表达。"分别"为思量识别诸事理。这句话意思是说深妙的真理，超言绝象，性本空。《摩诃经·实际品第八十》说："第一义相者，无作、无为、无生、无相、无说，是名第一义，亦名性空，亦名诸佛道。"② 《摩诃经·平等品第八十六》又说"最第一义过一切语言、论议、音声"③。这些描写都强调"真谛"这种神秘本体无以用语言表达。

两晋之际形成的"六家七宗"般若学派，虽然其思想主旨不同，但在讲佛道不可言说这点上是一致的。"本无"宗的释道安在《道地经序》中这样描述"道地"象状："夫道地者，应真之玄堂，升仙之奥室也。……其为像也，含弘静泊，绵绵若存，寂寥无言，辩之者几矣。恍

---

① 《放光经》，载《大正新修大藏经》第 8 卷，大正一切经刊行会大正十三年版，第128 页。

② 同上书，第 403 页。

③ 同上书，第 413 页。

惚无行，求矣渀乎其难测。"① 意思是说"道地"包容广大而又恬静，绵绵不绝如同存在，寂静空洞无可言说，它难以辨认而不易求，广大无际而不可测。"即色"宗的支道林在《大小品对比要抄序》中说："智存于物，实无迹也；名生于彼，理无言也。何则？至理冥壑，归乎无名。无名无始，道之体也。"② 智，般若之智。这句话的意思是说智慧存在于万物之中，但实际上又是无迹象的；名词、名称产生于语言，但真理又是语言不能表达的。为什么呢？因为最高真理幽虚，应归结于无名。无开始、无名言，才是佛道的内在本质。

东晋佛教学者僧肇在《般若无知论》中引《放光般若经》说："《放光》云：般若无所有相，无生灭相。"又描述道："圣智幽微，深隐难测。无相无名，乃非言象之所得。为试罔象其怀，寄之狂言耳，岂曰圣心而可辨哉？"③ "圣智"指能洞照性空之理的智慧，"无所有相"或"无相"，是佛教的专门术语，僧肇在《注维摩诘经·见阿众佛品第十二》中描述"无相之体"为，"同真际，等法性，言所不能及，意所不能思，越图度之境，过称量之域"④，指摆脱世俗有相认识、不可言说的真如实相。这里是说"般若"深幽玄奥，无生无灭，常情难以测度，既无形象，又非概念，完全不是人们言语所能理解和把握的。其《不真空论》中讲"真谛"："独静于名教之外，岂曰文言之能辩哉？"⑤ 其《注维摩诘经·菩萨品第四》中讲"菩提"："道之极也，称曰菩提。秦无言以译之。菩提者，盖是正觉无相之真智乎？其道虚玄，妙绝常境，听者无以容其听，智者无以运其智，辩者无以措其言，像者无以状其仪。故其为道也，微妙无相，不可为有。……此无名之法，固非名所能名也。不知所以言，故强

---

① 释道安：《道地经序》，载石峻等编《中国佛教思想资料选编》第 1 卷，中华书局 1981 年版，第 45 页。

② 支道林：《大小品对比要抄序》，载石峻等编《中国佛教思想资料选编》第 1 卷，中华书局 1981 年版，第 60 页。

③ 僧肇：《般若无知论》，载石峻等编《中国佛教思想资料选编》第 1 卷，中华书局 1981 年版，第 147 页。

④ 僧肇：《注维摩诘经·见阿众佛品第十二》，载石峻等编《中国佛教思想资料选编》第 1 卷，中华书局 1981 年版，第 187 页。

⑤ 僧肇：《不真空论》，载石峻等编《中国佛教思想资料选编》第 1 卷，中华书局 1981 年版，第 145 页。

名曰菩提。斯无为之道，岂可以身心而得乎?"① "菩提"是梵文的意译，意译为觉悟、智慧。这里对"菩提"之名的表述方式与老子论"道"之名的表述方式相同。老子笔下的"道"，无以言表，无以象状，强之名曰"道"; "菩提"，也是不知所以言，强之为曰"菩提"的。总之，无论是客观本体的"真谛"，还是主观的"圣智""菩提"，都是无法用语言表达的。

对于拥有"圣智"的至人、佛、圣人，昙影说："至人以无心之妙慧，而契彼无相之虚宗。内外并冥，缘智俱寂，岂容名数于其间哉!"② 至人用这种真心妙慧，与无相之万物契合无间，之间没有名数所存。僧肇说："佛者，何也? 盖穷理尽性大觉之称也。其道虚玄，固以妙绝常境。心不可以智知，形不可以像测。"③ 佛，为觉悟真理者之称也，其"道"不可用语言描述。他又说："圣人空洞其怀，无识无知，然居动用之域，而止无为之境; 处有名之内，而宅绝言之乡; 寂寥虚旷，莫可以形名得，若斯而已矣。"④ 意思是圣人内心虚静，外绝知识。虽然生活在现实世界中，而实际上处在无为的境界; 虽然生活在名言的环境中，实际上又居于绝名的地方。

二 假言假象——言、象作为工具的假有（空）性

本来至道无名，但是如果只有舍离语言文字才能契合真理，那么佛家的说教、经典岂不成了空话? 因此，般若义学者没有对语言的表意功能进行简单的否定，而是在强调诸法实相的绝对前提下，把语言、形象视为一种表意功能的符号。

《放光经·住二空品第七十八》说："如来无所著等正觉，善于诸法、

---

① 僧肇:《注维摩诘经·菩萨品第四》，载石峻等编《中国佛教思想资料选编》第 1 卷，中华书局 1981 年版，第 178 页。

② 昙影:《中论序》，载释僧祐《出三藏记集》，中华书局 1995 年版，第 401 页。

③ 僧肇:《注维摩诘经·见阿众佛品第十二》，载石峻等编《中国佛教思想资料选编》第 1 卷，中华书局 1981 年版，第 186 页。

④ 僧肇:《答刘遗民书》，载石峻等编《中国佛教思想资料选编》第 1 卷，中华书局 1981 年版，第 154 页。

善于文字。已教化众生，如来说法不离文字，诸法亦不离文字。"① 又如《放光经·超越法相品第七十九》说：

> 佛言："众生者但共缚于名字数，著于无端绪，是故菩萨摩诃萨行般若波罗蜜，于名字相拔济之。"须菩提白佛言："何等为名字相？"佛告须菩提："名字者不真，假号为名，假号为五阴，假名为人，为男，为女；假名为五趣及有为、无为法，假名为须陀洹、斯陀含、阿那含、阿罗汉、辟支佛、三耶三佛。"佛语须菩提："诸吾我造作之法及道，但为名字数法故。凡诸愚人缚著于有为法，是故菩萨行般若波罗蜜，以沤惒拘舍罗教授众生言：'是名但从相起，但以相故生母人胞胎，所有者无端绪所有者无所有，诸智者不入于空。'"②

意思是说，众生执着于虚妄的假名，佛和菩萨运用般若智慧，随机以语言名相进行教化，以"沤惒拘舍罗"（意译为方便胜智，方便善巧，指为"度脱"众生所采取的各种灵活方法）把众生从名相虚妄中解脱出来，领悟真谛。

释道安在《合放光光赞随略解序》中说："宜精理其彻迹，又思存其所指，则始可与言智已矣。何者？诸五阴至萨云若，则是菩萨来往所现法慧，可道之道也。诸一相无相，则是菩萨来往所现真慧，明乎常道。可道，故后章或曰世俗，或曰说已也。常道，则或曰无为，或曰复说也。此两者同谓之智而不可相无也。"③ "五阴"，即五蕴。蕴就是积累、类别的意思。五蕴，就是色（组成身体的物质）、受（感情）、想（意想作用）、行（意志活动）、识（意识）五种类别。"萨云若"即菩提三种不同层次的智慧（道种智、一切智、一切种智）之一"一切智"，"萨云若"是音译，"一切智"是意译，"指对一切现象都能认识，也就是对现

---

① 《放光经》，载《大正新修大藏经》第 8 卷，大正一切经刊行会大正十三年版，第 127 页。
② 同上书，第 128—129 页。
③ 释道安：《合放光光赞随略解序》，载石峻等编《中国佛教思想资料选编》第 1 卷，中华书局 1981 年版，第 43 页。

象的共性认识，是小乘佛教的最高智慧"。① 从"五蕴"到"萨云若"，是现象上的所观，是"可道之道"；"一相""无相"，是本体实相所观，是"常道"；这两者相辅相成，"同谓之智而不可相无也"。可见，释道安认为既要精理现象彻迹（包括语言、形象等），又要思存现象彻迹所指本体，这才可以言智矣。

之后，昙影在《中论序》中说："以惏玄之质，趣必有由，非名无以领数，非数无以拟宗，故遂设名而召之，立数而辩之。"② 即认识万物抽象虚玄的本质，必须要有某种工具或手段，可以通过"名"达到对"数"的理解，通过"数"达到对本质的体悟，"名""数"是达到认识本质的工具。僧叡说："实非名不悟。"③ 慧远说："虽言生于不足，然非言无以畅一诣之感。"④ 慧皎说："圣人资灵妙以应物，体冥寂以通神。借微言以津道，托形像以传真。"⑤ 僧祐说："夫神理无声，因言辞以写意；言辞无迹，缘文字以图音。故字为言蹄，言为理筌，音义合符，不可偏失。是以文字应用，弥纶宇宙，虽迹系翰墨，而理契乎神。"⑥ 这些论述都是说言辞、文字是契乎神理的符号。

除了充分认识到语言的表意作用外，佛教还十分重视艺术"形象"的塑造。六朝时期，佛家典籍在涉及佛像的形象雕塑时，常使用"形象"这一词汇。敏泽先生认为，这些是我国现存古籍中最早出现的"形象"的语汇，而且是就造型艺术本身说的，并非就一般事物的形神关系中的形、表说的。⑦ 这种以艺术形象宣扬宗教思想的方法，在当时被称为"像教"。众多佛教学者都认识到了塑造此"形象"带来的感染力。

---

① 方立天：《般若思想简论》，《江淮论坛》1989 年第 5 期。

② 昙影：《中论·序·第二》，载释僧祐《出三藏记集》，中华书局 1995 年版，第 401 页。

③ 同上书，第 401 页

④ 慧远：《与隐士刘遗民等书》，载石峻等编《中国佛教思想资料选编》第 1 卷，中华书局 1981 年版，第 118 页。

⑤ 慧皎：《义解论》，载石峻等编《中国佛教思想资料选编》第 1 卷，中华书局 1981 年版，第 342 页。

⑥ 僧祐：《胡汉译经文字音义同异记第四》，载释僧祐《出三藏记集》，中华书局 1995 年版，第 12 页。

⑦ 参见敏泽《论魏晋至唐关于艺术形象的认识——兼论佛学输入对艺术形象理论的影响》，《文学评论》1980 年第 1 期。

　　夫如应物，凡有三焉。一者见身，放光动地；二者正法，如佛在身；三者像教，仿佛仪轨，应今人情，人情感像，孰为见哉？①

　　夫形理虽殊，阶涂有渐；精粗诚异，悟亦有因。是故拟状灵范，启殊津之心，仪形神模，辟百虑之会。②

　　摹拟遗量，寄托青彩，岂惟象形也笃，故亦传心者极矣。③

　　推极神道，原本心灵，感之所召，跨无边而咫尺；缘之所乖，而法城而不睹。④

　　夫理贯空寂，虽镕范不能传；业动因应，非形相无以感。⑤

　　这就是说，体悟佛道需有"因"，其途径就是塑造具体、感性的佛像。"拟状灵范""仪形神模"，就是赋予神化了的、看不到的佛理以具体形象和个性，使抽象的"理"和具体的"像"相结合，通过直接影响人们感官的方式，使玄妙难测的佛理更容易让人理解，更容易引起人们感情的触动，从而达到宣扬佛教的目的。

　　佛道虽借语言、形象等符号以教化，但此符号不可执着，昙影在批判"像教"执着虚假名数的风气时说："流至末叶，像教之中，人根肤浅，道识不明，遂废鱼守筌，存指忘月，睹空教便谓罪福俱泯，闻说相则谓之为真。"⑥原因在于"万物非真，假号久矣"⑦。"假号"即"假名"，这里有两层意义：一是指虚假的名称、空名，不能与实在的东西相应；二是指万物虽有差异，但都是因缘而起，不是本身所固有的，所以无真实自性，所谓"万物虽殊，而不能自异。不能自异，故知象非真象；

---

　　① 释道高：《答李交州淼难佛不见形》，载《全上古三代秦汉三国六朝文》，中华书局 1987 年版，第 2782 页。

　　② 慧远：《晋襄阳丈六金像颂并序》，载石峻等编《中国佛教思想资料选编》第 1 卷，中华书局 1981 年版，第 123 页。

　　③ 谢灵运：《佛影铭》，载《全上古三代秦汉三国六朝文》，中华书局 1987 年版，第 2618 页。

　　④ 沈约：《佛记序》，载《全上古三代秦汉三国六朝文》，中华书局 1987 年版，第 3125 页。

　　⑤ 沈约：《竟陵王造释迦像记》，载《全上古三代秦汉三国六朝文》，中华书局 1987 年版，第 3123 页。

　　⑥ 昙影：《中论·序·第二》，载释僧祐《出三藏记集》，中华书局 1995 年版，第 401 页。

　　⑦ 僧肇：《不真空论》，载石峻等编《中国佛教思想资料选编》第 1 卷，中华书局 1981 年版，第 146 页。

象非真象，故则虽象而非象"①。竺道生说："夫佛身者，丈六体也。丈六体者，从法身出也。以从出名之故曰即法身也。……法身真实，丈六应假。"② 说明佛身高一丈六尺，把一般人的身高八尺扩大了一倍，只是为了使众生可以直接感触到具体形象，这个身高是假的，佛身才是真实的。可见，这种"假有"是诉之于感官把握的外在存在形态，不是真实存在。"有"是假有、不真，故空，这样就把有与空统一起来，僧肇概括为："欲言其有，有非真生（笔者注：因缘所生）；欲言其无，事象既形（笔者注：显示现象）。象形不既无，非真非实有。然则不真空义，显于兹矣。"③ 他既反对把"空"绝对化而否定"有"的存在，又反对把"有"绝对化而否定"空"的存在。就语言文字而言，正确的态度是不执着于必用语言文字，也不执着于必不使用语言文字。《维摩诘所说经·观众生品第七》载："天曰：'耆年解脱亦何如久。'舍利弗默然不答。天曰：'如何耆旧大智而默？'答曰：'解脱者无所言说，故吾于是不知所云。'天曰：'言说文字，皆解脱相。所以者何？解脱者，不内不外，不在两间。文字亦不内不外，不在两间。是故舍利弗，无离文字说解脱也。所以者何？一切诸法，是解脱相。'"④ 意谓舍利弗尚执着于无所言说，于其解脱尚隔一层，天女比舍利弗的高明之处就在于认为可以不离文字说解脱。所以，"圣人有以见因华可以成实，睹末可以达本，乃为布不言之教，陈无辙之轨，阐止启观，式成定谛"⑤，"是以圣人终日言，而未尝言也"⑥，就是说圣人（这里的圣人指佛）表面上终日用语言以教化，但语言（末）只是阐发"止观"道理、成就禅定（本）的工具、假号，从根

①　僧肇：《不真空论》，载石峻等编《中国佛教思想资料选编》第1卷，中华书局1981年版，第144页。

②　竺道生：《注维摩诘经·佛国品》，载石峻等编《中国佛教思想资料选编》第1卷，中华书局1981年版，第205页。

③　僧肇：《不真空论》，载石峻等编《中国佛教思想资料选编》第1卷，中华书局1981年版，第145页。

④　《维摩诘所说经》，载《大正新修大藏经》第14卷，大正一切经刊行会大正十四年版，第548页。

⑤　释道安：《道地经序》，载石峻等编《中国佛教思想资料选编》第1卷，中华书局1981年版，第45页。

⑥　僧肇：《般若无知论》，载石峻等编《中国佛教思想资料选编》第1卷，中华书局1981年版，第148页。

本上讲圣人什么都没说，布不言之教。

故佛教学者直截了当地提出了求理于象外的问题。僧肇在《答刘遗民书》中说："夫言迹之兴，异途之所由生也。而言有所不言，迹有所不迹。是以善言言者，求言所不能言；善迹迹者，寻迹所不能迹。至理虚玄，拟心已差，况乃有言？恐所示转远，庶通心君子有以相期于文外耳。"① "迹"，迹象，形象。就是说要善于运用语言或迹象以说明虚玄的至理，不要受语言或形象的局限，悟理于语言与迹象之外，虚心玄照。其他如："究神尽智，极象外之谈"②，"抚玄于希声，畅微言于象外"③，"穷像于玄原之无始"④ 都是此理。

三　顿悟不废渐修——超言绝象的方式

对于怎样超言绝象、求理于象外，佛家主张"悟"。佛学思想在中国流传过程中，在悟而成佛的步骤、方法上形成了不同的派别。安世高一派的小乘禅学，侧重于数息行观的精神修炼的宗教实践，认为成为阿罗汉要累世修行，积累功德，因而主张渐悟；而般若学则侧重于义解，直探实相本体，因而接近于顿悟，但在菩萨修行的"十地"阶次上是有分歧的。一种认为在"七地"以前都是渐悟过程，到了"七地"对"无生"法有了坚定不移的认识，证得了"无生法忍"就是彻悟，如《世说新语·文学篇注》言："《支法师传》曰：'法师研十地，则知顿悟于七住'。"⑤ 支遁以后，释道安、释慧远、僧肇等人均主张支遁的这个顿悟说（后世就称为"小顿悟"）。汤用彤在"顿渐分别之由来"中阐释了十地之中第七地重要的四个原因。但是若"七地"叫顿悟，后面"三地"又名何"悟"？慧达在《肇论疏》中就提出质疑说："而云'进修三位'

---

　　① 僧肇：《答刘遗民书》，载石峻等编《中国佛教思想资料选编》第 1 卷，中华书局 1981 年版，第 154 页。

　　② 同上书，第 151 页。

　　③ 释僧卫：《十住经合注序》，载《全上古三代秦汉三国六朝文》，中华书局 1987 年版，第 2425 页。

　　④ 阙名：《菩萨波罗提木叉后记》，载《全上古三代秦汉三国六朝文》，中华书局 1987 年版，第 2429 页。

　　⑤ 余嘉锡：《世说新语笺疏》，中华书局 1983 年版，第 224 页。

者，理未穷故，有进趣之功。若有进趣之功，动静未息，云何'心智寂
灭'？"① 竺道生的"顿悟成佛"说（后世称为"大顿悟"）解决了这一问
题，正如吕澂先生讲："（道生认为）在十住内无悟道的可能，必须到十
住之后最后一念'金刚道心'，有一种像金刚坚固和锋利的能力，一次将
一切惑（根本和习气）断得干干净净，由此得到正觉，这就是所谓顿
悟。"② 虽然竺道生关于顿悟说的专文《顿悟成佛论》今已不存，不过从
他的有关佛经注释和南朝名士谢灵运等有关论述中，仍可见这一论说宗
旨的概貌和特点。

　　释宝亮等集的《大般涅槃经集解》引竺道生的序文说："夫真理自
然，悟亦冥符，真则无差，悟岂容易？不易之体，为湛然常照，但从迷
乖之，事未在我耳。"③ 慧达的《肇论疏》记载了道生顿悟佛理的情况：
"竺道生大顿悟云，夫称顿者，明理不可分，悟语照极。以不二之悟，夫
不分之理，理智忘释，谓之顿悟。"④ 这两段关于竺道生的记述可相互参
证。悟的对象是真理，真理是完整不可分割的，既然理不可分，悟又岂
能分阶级，只能是要么与真如实相（理）"冥符"，要么没有与它"冥
符"，不能分阶段、分大小逐步进行，正如谢灵运在《辨宗论》中引道生
的顿悟义说："有新论道士，以为寂鉴微妙，不容阶级。"⑤ 对于"悟"
所达到的境界，道生又说："一念无不知者，始乎大悟时也。……以直心
为行初，义极一念知一切法，不亦是得佛之处乎？"⑥ 还说："悟夫法者，
封惑永尽，仿佛亦除，妙绝三界之表，理冥无形之境，形既已无，故能

---

①　慧达：《肇论疏》，载《大藏新纂卍续藏经》第 54 册，白马精舍印经会影印 1989 年版，
第 80 页。

②　吕澂：《中国佛学源流略讲》，中华书局 1979 年版，第 113 页。

③　竺道生：《大般涅槃经集解序》，载石峻等编《中国佛教思想资料选编》第 1 卷，中华
书局 1981 年版，第 212 页。

④　慧达：《肇论疏》，载《大藏新纂卍续藏经》第 54 册，白马精舍印经会影印 1989 年版，
第 80 页。

⑤　谢灵运：《辨宗论》，载《全上古三代秦汉三国六朝文》，中华书局 1987 年版，第
2612 页。

⑥　竺道生：《注维摩诘经·菩萨品第四》，载石峻等编《中国佛教思想资料选编》第 1 卷，
中华书局 1981 年版，第 208 页。

无不形，三界既绝，故能无不界。"① 由于众生本有佛性，佛理常在心中，因此众生的觉悟就在一念之间，在一刹那间，超越物质界和精神界之外，"知一切法"，就是大悟，就是顿悟。这可谓是一种新的快速成佛的主张，竺道生是在中国佛教思想史上首先提倡这种主张的第一人。

此外，竺道生之"悟"还具有非理性、超思维的性质。竺道生之前已有诸多佛教学者追求体悟的非理性、超知识、超思维性。如释道安在《道行经序》中批判恪守文句的佛典翻译，强调语言文字具有相对性、局限性，绝不可执着，主张"忘文全质"。他说：

> 然凡谕之者，考文以征其理者，昏其趣者也；察句以验其义者，迷其旨者也。何则？考文则异同每为辞，寻句则触类每为旨。为辞则丧其卒成之致，为旨则忽其始拟之义矣。若率初以要其终，或忘文以全其质者，则大智玄通居可知也。②

"考文"指研究经文的字词，"察句"指寻求经文文句的意义，多是用概念、判断、推理的逻辑思维，释道安认为，二者皆会导致佛经根本旨趣的迷惑。因为研究经文的字词，仅会注意到字词的异同；寻求经文的文句，仅会注意到单个句子的意思，将其相同文意的句子归类。释道安主张，一开始就应把握经文的宗旨，甚至忘掉经文以把握佛经的实质，所谓"大智玄通"，这才是正确理解佛经的方法。支道林也主张："理冥则言废，忘觉则智全。"③ 又说："体神在忘觉，有虑非理尽。"④ "所谓大道者，遗心形名外。都忘绝鄙当，冥默自玄会。"⑤ 支道林受玄学影响似大于释道安，甚至可以说为玄学中人（由其注《庄子》名为"支理"可

---

① 竺道生：《注维摩诘经·佛国品》，载石峻等编《中国佛教思想资料选编》第1卷，中华书局1981年版，第205页。

② 释道安：《道行经序》，载石峻等编《中国佛教思想资料选编》第1卷，中华书局1981年版，第41页。

③ 支道林：《大小品对比要钞序》，载石峻等编《中国佛教思想资料选编》第1卷，中华书局1981年版，第60页。

④ 支道林：《善宿菩萨赞》，载石峻等编《中国佛教思想资料选编》第1卷，中华书局1981年版，第70页。

⑤ 同上。

见一斑），此所谓"忘觉""冥默玄会"，与庄子"坐忘"何其相似。僧肇说："智有穷幽之鉴，而无知焉；神有应会之用，而无虑焉。神无虑，故能独王于世表；智无知，故能玄照于事外。"又说："以圣心无知，故无所不知。不知之知，乃曰一切知。"①　就是说，般若有洞照一切的直观，却没有知识，佛的精神具有应会的作用，却无思无虑。没有知识，无思无虑，却无所不知。道生借用玄学上"忘象得意""忘筌取鱼"的观点，更加明确地提出了顿悟的直觉性。《高僧传·道生传》载：

> 生既潜思日久，彻悟言外，乃喟然叹言："夫象以尽意，得意则象忘；言可论理，入理则言息。自经典东流，译人重阻，多守滞文，鲜见圆义。若忘筌取鱼，始可与言道矣。"于是校阅真俗，研思因果。乃立善不受报，顿悟成佛。②

竺道生"大顿悟论"的观点是一时间直觉体悟，那么，在这之前有没有信修（渐教）呢？道生认为，通过读经、修行，可以坚定佛教信仰，抑制贪欲诸烦恼，然后才能有"顿悟"，才能够保证"顿悟"的正确性，即"成佛"。对于顿悟与信修的关系，慧达的《肇论疏》引竺道生的话云：

> 见解名悟，闻解名信。信解非真，悟发信谢。理数自然，如果熟自零。悟不自生，必借信渐。用信伏惑，悟以断结。悟境停照，信成万品，故十地四果，盖是圣人提理今近，使行者自强不息。③

对佛理有所得的见解叫作"悟"，把学习和听闻所得的佛教知识叫作"信"。"信"不能穷理证本，而只能作为达到最后的"悟"的一种手段，即"悟不自生，必借信渐"；并且"悟"产生之时，"信"便被代替。汤

---

① 僧肇：《般若无知论》，载石峻等编《中国佛教思想资料选编》第 1 卷，中华书局 1981年版，第 147 页。

② 释慧皎：《高僧传》，中华书局 1992 年版，第 80 页。

③ 慧达：《肇论疏》，载《大藏新纂卍续藏经》第 54 册，白马精舍印经会影印 1989 年版，第 80 页。

用彤总结说："道生言及工夫，有顿有渐。顿者真悟（极慧大悟），渐者数与信修。（教可渐，修可渐，而悟必顿）。"①

汤用彤先生把竺道生"顿悟"说对佛学的贡献和王弼"得意忘言"说在玄学中的作用并论，同时也在说明竺道生得力于"得意忘言"说。他说："生公在佛学上之地位，盖与王辅嗣在玄学上之地位颇相似。……竺道生盖亦深会于般若之实相义，而彻悟言外。于是乃不恤守文之非难，扫除情见之封执。其所持珍怪之辞，忘筌取鱼，灭尽戏论。其于肃清佛徒依语滞义之纷纭，与王弼之菲薄象数家言，盖相同也。"②

魏晋时期佛教般若学言意观，在对教义的理解上，在言语道断—假言假象—忘象息言—求理象外的体系建立上，在论述语言及其表述方式上，受到当时魏晋玄学思潮（玄学思潮又大量吸收了先秦老庄哲学思想）的直接影响，甚至有学者指出："中国佛教建立自己哲学体系时运用的方法，不是来自印度的因名逻辑，而是魏晋玄学的'形名学'和'言意之辨'。"③ 当然，佛教作为一种外来思想，又有自己的独特性与深刻性，比如对语言符号假有、空性的认识，对具体生动的"形象"的认识以及提出的"顿悟"思想等，拓宽了我们认识的范畴，对后世影响甚深。

第三节　六朝"言意之辨"与文学创作心理中言意问题的提出

一　魏晋"言意之辨"

魏晋时期，在老庄思想的基础上，就语言和意义的关系进行了热烈的讨论，这就是有名的"言意之辨"。汤用彤先生在《魏晋玄学论稿》的《言意之辨》一文中说："夫具体之迹象，可道者也，有言有名者也。抽象之本体，无名绝言而以意会者也。迹象本体之分，由于言意之辨。依言意之辨，普遍推之，而使之为一般论理之准量，则实为玄学家所发现之新眼光新方法。"并认为，"玄学系统之建立，有赖于言意之辨。"④ 可

---

① 汤用彤：《汉魏两晋南北朝佛教史》，中华书局 1983 年版，第 472 页。
② 同上书，第 451 页。
③ 王晓毅：《浅谈魏晋玄学对儒释道的影响》，《浙江社会科学》2002 年第 5 期。
④ 汤用彤：《魏晋玄学论稿》，上海古籍出版社 2005 年版，第 20 页。

见，"言意之辨"的重要性。

在当时的"言意之辨"中，关于言和意的关系主要有以下三种不同的观点。

其一，认为言不尽意，以荀粲、张韩等为代表。

魏晋时，最早提出"言不尽意"的是太和年间的颍川名士荀粲。《三国志·魏书·荀彧传》裴松之注引何劭《荀粲传》云：

> 何劭为粲传曰：粲字奉倩。粲诸兄并以儒术论议，而粲独好言道，常以为子贡称夫子之言性与天道，不可得闻，然则六籍虽存，固圣人之糠秕。粲兄俣难曰："易亦云圣人立象以尽意，系辞焉以尽言，则微言胡为不可得而闻见哉？"粲答曰："盖理之微者，非物象之所举也。今称立象以尽意，此非通于意外者也。系辞焉以尽言，此非言乎系表者也；斯则象外之意，系表之言，固蕴而不出矣。"①

荀粲兄荀俣认为立"象"可尽意，圣人之意可得。荀粲反对此说法，他认为，象能尽意，尽的是卦象之意，而"非通于意外者也"；系辞能尽言，尽的是系内之言，而"非言乎系表者也"，所谓"意外者""系表者"是非物象所能表示、非语言所能表达的。虽然六经对圣人之意做了著述，但圣人之意是根本不可能从六经中得到的，所以"六籍虽存，固圣人之糠秕"。

张韩在《不用舌论》一文中把言不尽意的观点发挥到极致，他说，舌头是说话用的，所谓"因舌而言"，但是即使用了舌头说话，又能把思想表达清楚吗？他认为："普天地之与人物，亦何屑于有言哉？"所以"留意于言，不如留意于不言"。② 这就是"不用舌论"，完全否定了"言"的作用。

其二，认为得意在忘象，得象在忘言，以王弼为代表。

王弼此说是魏晋"言意之辨"中最具代表性和最有影响的观点，汤

---

① 《三国志》，中华书局 1959 年版，第 319 页。
② 张韩：《不用舌论》，载《全上古三代秦汉三国六朝文》，中华书局 1987 年版，第 2077 页。

用彤先生说："王氏新解，魏晋人士用之极广，其于玄学之关系至为深切。凡所谓'忘言忘象''寄言出意''忘言寻其所况''善会其意''假言''权教'诸语言皆承袭《易略例·明象章》所言。"① 其言意观集中体现在《周易略例·明象》中：

> 夫象者，出意者也。言者，明象者也。尽意莫若象，尽象莫若言。言生于象，故可寻言以观象；象生于意，故可寻象以观意。意以象尽，象以言著。故言者所以明象，得象而忘言；象者，所以存意，得意而忘象。犹蹄者所以在兔，得兔而忘蹄；筌者所以在鱼，得鱼而忘筌也。然则，言者，象之蹄也；象者，意之筌也。是故，存言者，非得象者也；存象者，非得意者也。象生于意而存象焉，则所存者乃非其象也；言生于象而存言焉，则所存者乃非其言也。然则，忘象者，乃得意者也；忘言者，乃得象者也。得意在忘象，得象在忘言。故立象以尽意，而象可忘也；重画以尽情，而画可忘也。②

王弼这段文字虽是针对汉儒拘守于文字训诂、名物章句而带来的穿凿附会的弊端所发，然亦将《周易》的"言""象""意"的特定含义（卦辞、卦象、意义）推而广之，赋予言、象、意以一般意义，判明言、象、意的关系。王弼首先肯定言、象是表达意的工具和手段，其意义并不在于本身而在于所具有的"媒介"作用，使用言、象是为了求得对意的把握。他在继承《庄子》"蹄""筌"之喻的思想基础上，说："言者，所以明象，得象而忘言；象者，所以存意，得意而忘象。"不过，他在此基点上又往前走了一步，提出了"得意在忘象，得象在忘言"，把"得意"和"忘象""得象"和"忘言"之间的关系更加绝对化，就是说得意必忘象，得象必忘言。他是这样来论证这个命题的。他说："象生于意而存象焉，则所存者乃非其象也；言生于象而存言焉，则所存者乃非其言也。"根据这一论据，反面的说法是："是故，存言者非得象者也，存

---

① 汤用彤：《魏晋玄学论稿》，上海古籍出版社 2005 年版，第 22 页。
② 楼宇烈：《王弼集校释》，中华书局 1980 年版，第 609 页。

象者非得意者也。"而正面的说法就是："然则,忘象者乃得意者也,忘言者乃得象者也。得意在忘象,得象在忘言。"

虽然王弼的言意观是在"言不尽意"论流行后阐发的,但它并不是"言不尽意"的翻版,而是熔铸了新的内容。汤用彤在《言不尽意》一文中对"言不尽意"与"得意忘言"之异同进行了辨析,他说:"王弼之说起于言不尽意义已流行之后,二者互有异同。盖言不尽意,所贵者在意会;忘象忘言,所贵者在得意,此则两说均轻言重意也。惟如言不尽意,则言几等于无用,而王氏则犹认言象乃用以尽象意,并谓'尽象莫若言','尽意莫若象',此则两说实有不同。然如言不尽意,则自可废言,故圣人无言,而以意会。王氏谓言象为工具,只用以得意,而非意之本身,故不能以工具为目的,若滞于言象则反失本意,此则两说均终主得意废言也。"①"言不尽意"论者将"意"过分玄虚化,认为意根本不可能从言、象中得来,如果要得到"意",就只能靠意会了,从而贬低了语言的作用。"得意忘言论"主张言象乃用以得意,得意在忘象,得象在忘言,并没有否认语言的作用,并不主张废言。

其三,认为言尽意,以欧阳建为代表。

欧阳建针对当时"言不尽意"论思潮而撰《言尽意论》。他说,当时通才达识之人,如蒋济、钟会、傅嘏等都援用"言不尽意"的观点来谈论关于眸子知人和才性论,他便自称"违众先生",批评"言不尽意"论,并论证自己的"言尽意"论。欧阳建首先质问对方(言不尽意论者),既然言无用,那么为什么古今圣贤还要不停地务于正名、不能去言呢?他认为:

　　诚以理得于心,非言不畅,物定于彼,非言不辩,言不畅志,则无以相接,名不辩物,则鉴识不显,鉴识显而名品殊,言称接而情志畅,原其所以,本其所由,非物有自然之名,理有必定之称也,欲辩其实,则殊其名,欲宣其志,则立其称,名逐物而迁,言因理而变,此犹声发响应,形存影附,不得相与为二,苟其不二,则无

---

① 汤用彤:《魏晋玄学论稿》,上海古籍出版社 2005 年版,第 22 页。

不尽，吾故以为尽矣。①

　　即名言有畅志辨物的作用，物与理在变化，名与言也得变化，名、言和物、理是形影不离的关系。欧阳建的观点有合理之处，但太过笼统。牟宗三先生就指出欧阳建所说的"物定于彼"之"物"有限定之物（方、圆、黑、白等）和非限定之物（心、性、神、化之类）之分，"理得于心"的"理"是限定之物之"物理"，还是诸如玄理之类呢？如果，此"物"与"理"只限于限定之"物理"，则欧阳建之"言无不尽"是成立的，如果不加分别，而一概主之为"言无不尽"，则未免轻率。②

　　以上，便是"言意之辨"这场哲学争论的主要观点，笔者认为，这场争论，其意义并不在于哪种观点对与错，而在于中国古代哲人较早地对言意问题的高度重视和理性阐释，在于对有限语言背后蕴藏的无限意蕴的不懈追求。当然，从表面上看，无论言和意是何种关系，都仅仅将语言定位为达意的媒介、工具和外化形态（甚至可以废言），而忽视语言的本体价值。但是，哲学上对语言的追求有自己的特殊性。钱钟书先生在《管锥编》中分析易之象和诗之象的区别时说："《易》之有象，取譬明理也。'所以喻道，而非道也。'（语本《淮南子·说山训》）求道之能喻而理之能明，初不拘泥于某象，变其象也可；及道之既喻而理之既明，亦不恋着乎象，舍象也可。到岸舍筏、见月忽指、获鱼兔而弃筌蹄，胥得意忘言之谓也。词章之拟象比喻则异于是。诗也者，有象之言，依象而成言；舍象忘言，是无诗矣，变象易言，是别为一诗甚且非诗矣。故《易》之拟象不即，指示意义之符（sign）也；《诗》之喻之不离，体示意义之迹（icon）也。不即者可以取代，不离者勿容更张。"③ 这里辨明了哲学语言与文学语言的不同功效。哲学语言只是说明论点、阐述道理的工具，论点和道理说清了，比喻也就失去了意义，所谓"到岸舍筏，见月忽指"。文学语言本身就是目的，因为文学作品是靠形象、语言去感

----

① 欧阳建：《言尽意论》，载《全上古三代秦汉三国六朝文》，中华书局 1987 年版，第 2084 页。
② 参见牟宗三《才性与玄理》，广西师范大学出版社 2006 年版，第 216 页。
③ 钱钟书：《管锥编》第 1 册，生活·读书·新知三联书店 2007 年版，第 20 页。

染和启迪读者，如果"舍象忘言"的话，那就什么也不存在了；"变象易言"的话，那就变成了另一作品甚至不是文学作品了。所以，哲学上的言（象）仅仅是指示意义的符号，而且并不是"这种"符号就指示"这种"意义，即使是换一种符号也可以指示"这种"意义；文学上的言（象）就不同了，它是从自身中体现其意义的，有很重要的本体论价值和意义，并且对体现的"这种"意义具有不可代替性。所以，鉴于哲学本身的性质，对语言本体价值的忽视是可以理解的。

二　文学创作心理中言意问题的提出

六朝是文学自觉的时代，文学创作的繁荣为文学全面深入人们的研究视野中提出了必然要求。这种要求犹如催化剂，注入已有的理论储备中，于是文学与哲学在言意问题上找到了契合点，哲学领域中言意问题作为文学领域讨论此问题的诱因和借鉴，掀起了当时文学领域对创作心理中的言意问题讨论的浪潮。在此浪潮中，研究者在吸收哲学思想的基础上，更加注重从文学自身的特点出发来谈文学创作心理中的言与意，如何使情志和语言完美地结合，如何使语言更为彰显丰富的意义，成了诗学的首要问题。

陆机在《文赋》的序言中结合自身对创作甘苦的深切体会，明确指出他写作《文赋》的目的，就在于探讨文学创作的"用心"，即"意称物"和"文逮意"的问题，他说：

> 余每观才士之所作，窃有以得其用心。夫其放言遣辞，良多变矣。妍蚩好恶，可得而言。每自属文，尤见其情。恒患意不称物，文不逮意。盖非知之难，能之难也。①

"意称物"，即如何使创作中作家的主体情意和创作客体的物象彼此相称而融合；"文逮意"，即如何巧妙地运用语言文字及时地把握心中孕育的文意，并准确地加以表现。在物—意—言这个三项结构中，"言""意"是相当关键的，作文最担心就是"意不称物，文不逮意"，陆机就

----

① 张少康：《文赋集释》，人民文学出版社 2002 年版，第 1 页。

是围绕这个中心问题来论述创作心理的。

作者先对创作构思做了形象的描述：

> 情曈昽而弥鲜，物昭晰而互进。倾群言之沥液，漱六艺之芳润。浮天渊以安流，濯下泉而潜浸。于是沉辞怫悦，若游鱼衔钩而出重渊之深，浮藻联翩，若翰鸟缨缴而坠曾云之峻。收百世之阙文，采千载之遗韵。谢朝华于已披，启夕秀于未振。①

创作构思中，情感在朦胧中愈加鲜明，伴随着情感的形象也愈加清晰，过去的阅读体验、艺术积累也如倾而来。说明作家的构思过程是主体的"意"和"物象"的结合过程，也就是后来刘勰总结的"神与物游"的过程。构思中的语言状态，有时会像从重重深渊中钓鱼一样艰难，有时却又很容易，浮藻联翩，像翰鸟中箭纷纷从高峻的青云中落下一样。"谢朝华于已披，启夕秀于未振"，不仅指构思中作品语言辞藻、艺术技巧方面的创新，也指文意的创新，所谓"会意也尚巧"。可见，在构思中情志和语言多么紧密地交织在一起。

对文学的传达，陆机概括为："选义按部，考辞就班。抱景者咸叩，怀响者毕弹。"②"选义按部，考辞就班"，即谋篇布局，考虑适当的事意与确切的词句安排布置在适当的地方。"抱景者咸叩，怀响者毕弹"，学术界对这句话的理解颇有争论，美国的宇文所安概括这些争论说："关于这个对句的具体所指，各家意见不一。它可能指事物的感官特征（虽然张少康强烈反对这个看法），还可能指一个文本的修辞'光彩'（在汉语里，华丽的修辞经常被描述为文本发出的光亮和色彩）和听觉特征。或者，它也可能指'诗义'的展开，也就是它们潜在的可能性引发出来。黄侃和张少康持后一看法。"③ 笔者认为，"诗意"和"诗言"都包括，即在传达中尽量让交织在一起的意和言完美表现。

《文赋》篇末，陆机论文兴犹未尽，根据切身感受入木三分地描绘了

---

① 张少康：《文赋集释》，人民文学出版社 2002 年版，第 36 页。

② 同上书，第 60 页。

③ ［美］宇文所安：《中国文论：英译与评论》，王柏华等译，上海社会科学院出版社 2003 年版，第 108 页。

创作中灵感来和不来的两种状况。

> 若夫应感之会，通塞之纪，来不可遏，去不可止。藏若景灭，行犹响起。方天机之骏利，夫何纷而不理。思风发于胸臆，言泉流于唇齿。纷葳蕤以馺遝，唯毫素之所拟。文徽徽以溢目，音泠泠而盈耳。及其六情底滞，志往神留。兀若枯木，豁若涸流。揽营魂以探赜，顿精爽而自求。理翳翳而愈伏，思轧轧其若抽。是以或竭情而多悔，或率意而寡尤。虽兹物之在我，非余力之所戮。故时抚空怀而自惋，吾未识夫开塞之所由。①

当作家创作激情迸发、豁然开朗的时候，"言恢之而弥广，思按之而愈深"，各种美妙的意象、生动的语言，全都自然而然地倾泻笔下，这时，作家好像反而成为传达的工具，似乎完全听从自己手中的笔所驱使。然而，有时纵使他殚思竭虑，把全部精力贯注到构思中去，他的思路、语言仍旧不能活跃起来，而陷入"兀若枯木，豁若涸流"的呆滞状态。陆机首次把创作心理中意言的"顺""滞"状态做了精辟的揭示。至于为什么会有这些微妙的状态，他认为并不在于作家的主观意愿，所谓"虽兹物之在我，非余力之所戮"，就是说文思之利钝，应感之开塞，虽然都是从"我"的构思活动中体现出来，却又不被"我"的意志所左右。艺术思维心理活动的奥秘，陆机承认"吾未识夫开塞之所由"，他对这个问题确实不能予以解答。

虽然《文赋》对文学创作心理现象的感性描述，显得琐碎而缺乏理论的体系、分析、总结，诚如刘勰的评价，"陆氏《文赋》，号为曲尽，然泛论纤悉，而实体未该"②，但是《文赋》值得重视的地方，是它能明确体察到思维与语言在创作中的龃龉，正如郭绍虞在《论陆机〈文赋〉中之所谓"意"》一文中指出的：《文赋》的讨论是以构思为中心而贯穿到意和辞两方面。③ 作为文学进入自觉时代，人们首次对创作心理中言意

---

① 张少康：《文赋集释》，人民文学出版社 2002 年版，第 241 页。

② 刘勰撰，范文澜注：《文心雕龙注·总术》，人民文学出版社 1958 年版，第 655 页。

③ 参见郭绍虞《论陆机〈文赋〉中之所谓"意"》，载《照隅室古典文学论集》，上海古籍出版社 1983 年版，第 142 页。

问题的认识，为我们剖析文学创作的思维活动提供了丰富的资料，其贡献及地位是不可言喻的。

陆机之后，刘勰的《文心雕龙》对创作心理中的言意问题做了进一步探讨。

《神思》篇说：

> 文之思也，其神远矣，故寂然凝虑，思接千载；悄焉动容，视通万里；吟咏之间，吐纳珠玉之声；眉睫之前，卷舒风云之色；其思理之致乎！故思理为妙，神与物游。神居胸臆，而志气统其关键；物沿耳目，而辞令管其枢机。枢机方通，则物无隐貌；关键将塞，则神有遁心。①

这段文字中，作者描述了"神与物游"的构思状态，认识到语言在构思中的重要作用，所谓"物沿耳目，而辞令管其枢机"这句和"神居胸臆，而志气统其关键"是互文结构，因此"物沿耳目"的"物"并不是客观之物，而是与神思（意）融为一体的意象，语言就是控制这神思（意）的关键。这里又可作两种理解，一是通过语言的作用，"意"才能为思维把握住；二是通过语言的作用，"意"才能表现得充分。前者是构思中的语言，后者是传达中的语言，语言伴随着创作心理的始终。

在刘勰看来，创作中言不尽意的现象是必然的。原因何在呢？他做了精简又深刻的分析。《神思》篇云：

> 方其搦翰，气倍词前；暨乎篇成，半折心始。何则？意翻空而易奇，言征实而难巧也。是以意授于思，言授于意；密则无际，疏则千里；或理在方寸而求之域表，或义在咫尺而思隔山河。
>
> 思表纤旨，文外曲致，言所不追，笔固知止。至精而后阐其妙，至变而后通其数，伊挚不能言鼎，轮扁不能语斤，其微矣乎！②

---

① 刘勰撰，范文澜注：《文心雕龙注·神思》，人民文学出版社 1958 年版，第 493 页。
② 同上书，第 494 页。

原因之一："意翻空而易奇，言征实而难巧。""意"与"言"具有不同性质，"意"在头脑中处于不稳定的形态，可以浮想联翩，凌空出奇，具有超越性和无限性；而"言"是很实在、很稳定、有章有法的东西，"意"落实到这样的"言"，是质的转换，的确很有困难。如果解决好二者间的矛盾，则"言"可以圆满地表达"意"；否则，"言"与"意"疏隔千里。对此，黄侃先生做了较好的解释："寻思与文不能相傅，由于思多变状，文有定形；加以研文常迟，驰思常速，以迟追速，则文歉于意，以常驭变，则思溢于文。"① 原因之二：存在的意外之"意"（"思表纤旨""文外曲致"）是语言所不能表达的。"伊挚不能言鼎，轮扁不能语斤"，"神道难摹，精言不能追其极"②，就是针对此说的。这些分析、认识体现了刘勰在理论上探讨视角的转变，即对审美主体思维机制的关注从一般的外部形态描述进入内在本体原因的分析，这种转变体现了人们对文学创作心理的认识达到一个新层次。

三　言外之意的审美发掘

值得注意的是，文学研究者并没有困扰于创作心理中的言意矛盾，而是进一步从言意的弹性空间中发掘了具有开创意义的审美范畴——"隐"与"秀"。刘勰《隐秀》篇说：

> 隐也者，文外之重旨者也；秀也者，篇中之独拔者也。隐以复意为工，秀以卓绝为巧。斯乃旧章之懿绩，才情之嘉会也。夫隐之为体，义生文外，秘响旁通，伏采潜发，譬爻象之变互体，川渎之韫珠玉也。故互体变爻，而化成四象；珠玉潜水，而澜表方圆。③

可见，"隐"的含义从易象的结构中来。易象是一种象征性的符号，其构成隐含着"复意""重旨"，这就是刘勰所说的"爻象之变互体"。"易"共有六十四卦，每卦六爻，如屯卦是"䷂"，大有卦是"䷍"等。

---

① 黄侃：《文心雕龙札记》，上海古籍出版社 2006 年版，第 82 页。
② 刘勰撰，范文澜注：《文心雕龙注·夸饰》，人民文学出版社 1958 年版，第 608 页。
③ 刘勰撰，范文澜注：《文心雕龙注·隐秀》，人民文学出版社 1958 年版，第 632 页。

《周易·系辞上》："爻者，言乎变者也。"① 孔颖达在《春秋左传正义》注疏中说："《易》之为书，揲蓍求爻，重爻为卦。爻有七、八、九、六，其七、八者，六爻并皆不变。……其九、六者，当爻有变……是六爻皆有变象。二至四，三至五，两体交互各成一卦，先儒谓之互体。圣人随其义而论之，或取互体，言其取义为常也。"② 意思是《易》各卦六爻之间，除初、上两爻外，中四爻又相互组合，包含着其他卦的形体。比如屯卦，本为震下、坎上两体，如以中间四爻观之，则二爻至四爻为坤，三爻至五爻为艮，于是一个六画卦，便得震、坎、坤、艮四个三画卦，原只有雷、水二象，现在又发现地、山二象，也就是说"屯"卦除本身的含义外，它还隐藏着两个别的卦所包含的意义。这就是卦爻的变化形式，称为互体。刘勰以"易之爻象"的"取义无常"，来比喻"文外之重旨"的"隐"。关于文学创作中"隐"和"秀"的意蕴，黄侃先生做了精辟的阐述，他说："然隐秀之原，存乎神思，意有所寄，言所不追，理具文中，神余象表，则隐生焉；意有所重，明以单辞，超越常音，独标苕颖，则秀生焉。"③ 可见，隐之为体，具有潜于文辞、言外之意的审美效果；秀之为体，具有以少总多、情貌无遗的审美效果，它们都追求言外之情意。故刘永济认为："文家言外之旨，往往即在文中警策处。盖隐处即秀处也。"④

其实，刘勰之前的诗文理论已含糊地意识到意在言外这个问题，如《世说新语·文学》说："庾子嵩作意赋成，从子文康见。问曰：'若有意邪？非赋之所尽；若无意邪？复何所赋？'答曰：'正在有意无意之间。'"⑤ "有意无意之间"已是意在言外的模糊说法。又如范晔主张"事外远致"⑥，即文章应表现出事象之外更深刻的旨趣。宗炳说："旨微于言

① 《周易正义·系辞上》，载《十三经注疏》，中华书局 1980 年影印本，第 77 页。

② 《春秋左传正义·庄公二十二年》，载《十三经注疏》，中华书局 1980 年影印本，第 1775 页。

③ 黄侃：《文心雕龙札记》，上海古籍出版社 2006 年版，第 174 页。

④ 刘永济：《文心雕龙校释》，中华书局 2007 年版，第 141 页。

⑤ 余嘉锡：《世说新语笺疏》，中华书局 1983 年版，第 256 页。

⑥ 参见范晔《狱中与诸甥侄书》，载《全上古三代秦汉三国六朝文》，中华书局 1987 年版，第 2519 页。

象之外者，可心取于书策之内。"① 一直到刘勰提出"隐"和"秀"，才为文学的这种审美追求做了明确定位。汤用彤在《魏晋玄学与中国文学理论》一文中说："自陆机之'课虚无以责有，叩寂寞以求音'，至刘勰之'文外曲致''情在词外'，此实为魏晋南北朝文学理论所讨论之核心问题也，至刘彦和《隐秀》为此问题作一总结。"② 比刘勰稍晚一些的钟嵘，在《诗品序》中说："文已尽而意有余，兴也。""使味之者无极，闻之者动心，是诗之至也。"③ 其寄言出意的追求与刘勰的思想遥相辉映。在六朝以后，关于言外之意的论述，越来越鞭辟入里、精微细致，以致有了意境理论的出现。

言不尽意，从创作的困苦体验发展为创作中文外之旨的审美追求，同时也是对诗性语言的追求过程。正如贾奋然先生说："言与意的矛盾和差异恰恰为诗学语言提供了可以发挥其能动性的余地，'意'乃无限精微，深远难尽，而言则可含蓄蕴藉、余味曲包，以'情在词外'来包孕其无限性。这样一种思维方式和语言策略极大地促发着人们不断突破语言作为载体的僵化成规，而开掘着语言自身的隐喻、象征及意义的生产和呈现机制，使语言能显现万物的存在，其本身成为存在的言说。"④ 陆机的《文赋》用了大量篇幅，说明创作中在言和意方面需要注意的问题和防止的弊病。刘勰的《文心雕龙》从语言表达的各个方面，如熔裁、声律、章句、丽辞、比兴、夸饰、事类、炼字、隐秀、物色等，深入而详细地探讨文章怎样才能更好地表情达意。这些都体现了对诗性语言本体价值的重视。

魏晋六朝的文学家、文论家在吸收哲学上言意思想的同时，使言意问题成了一个重要的诗学论题。与哲学相比，诗学范畴中的言意内涵有很大不同。"意"从形而上的"精微难言""可望而不可即"的哲学本体，转换为一种审美性的构思和心理情感意象，是作者力求把握和表现的内容。"言"从一般的言辞转向了文学语言，此语言不再是工具，而是

---

① 宗炳：《画山水序》，载《全上古三代秦汉三国六朝文》，中华书局 1987 年版，第 2545 页。

② 汤用彤：《魏晋玄学论稿》，上海古籍出版社 2005 年版，第 191 页。

③ 钟嵘：《诗品》，载《历代诗话》，中华书局 1981 年版，第 3 页。

④ 贾奋然：《〈文心雕龙〉"言意之辨"论》，《中国文学研究》2000 年第 1 期。

有着自身的本体论价值。他们深刻认识到文学创作中的言不尽意，但没有从形而上的理论层次去论证言能否达意的功能和机制，没有围绕"言不尽意"的问题做本体论探讨，而是立足于创作经验，形象地讨论创作心理中言意的顺滞状态，言意矛盾的原因，从而揭示文学创作的思维特征。并着力寻觅解决言意矛盾的途径，多角度、多层面地探讨文学语言怎样才能更好地传达作家之"意"，尽可能摆脱或避免意不称物、文不逮意的困境。这些问题提出后，对后世产生了重要影响，并且随着创作的发展，在理论上日臻完善。

结　语

文学创作心理中的言意问题在六朝时提出并受到极大的关注，并非偶然，一方面，先秦诸子哲学、魏晋玄学、佛教般若学中的言意思想为其提供了很深刻的思想基础和很广泛的内容；另一方面，言意问题作为一个文学理论问题的提出，离不开文学的创作实践，当文学创作实践尚未为这个问题的提出和解决提供足够的经验时，文学创作心理中的言意问题就只能作为一个朦胧的经验，深埋在文学家的困惑和痛苦中。魏晋南北朝是文学自觉的时代，文学创作的繁荣为文学全面深入人们的研究视野中提出了必然要求。这种要求犹如催化剂，注入已有的理论储备中，于是文学与哲学在创作心理中的言意问题上找到了契合点。

但是文学毕竟有自身的性质，在吸取哲学思想的同时，文学研究者使哲学上的言意问题成了一个重要的诗学论题。他们深刻认识到文学创作中的言不尽意，但没有从形而上的理论层次上去论证言能否达意的功能和机制，没有围绕言不尽意的问题做本体论探讨，而是立足于创作经验，形象地讨论创作心理中言意的顺滞状态，理性地分析言不尽意的原因，从而揭示文学创作的思维特征；并且从言不尽意的困苦体验中跳出，发展为文外之旨的审美追求，在充分发挥诗学语言功能的同时，逐渐开拓出超脱筌蹄的审美路线。

第 二 章

文学创作产生中的言和意

人类生活在世界上，就要与周围世界发生自然的、直接的接触和碰撞。在此过程中，最简单也是最初步的阶段便是感觉。感觉是人类认识世界的基础，正如列宁所说："不通过感觉，我们就不能知道实物的任何形式，也不能知道运动的任何形式……"① 中国古人很早就认识到这一问题，并据此提出文学创作产生的"物感说"，对审美心理活动中"物"和"感"关系以及由此关系规定的具体内涵的阐释，在文艺创作心理中占有重要地位，并成为中国古代文论一个源远流长的命题。

第一节　物感

一　"物感"的萌芽

从字源上讲，"感"的本字为"咸"。咸，甲骨文为 �，从戌从口。从戌，表示征战杀伐；从口，表示喊杀声连天，故是众口齐呼，以助威势之意。隶变后楷书写作咸。咸，由本义众人齐声呼喊，引申为全、都，协同，感知，呼应，像盐的味道（用作"鹹"的简化字，从卤咸声）等意义。"呼喊"之义加上义符"口"，写作"喊"来表示；"呼应"之义则另加义符"心"，写作"感"来表示。所以，《周易》中说："咸，感也。"②

《周易》作为中华文化发展的根本与源头之一，是怎么解释"感"的

---

① 《唯物主义与经验批判主义》，载《列宁选集》第 2 卷，人民出版社 1960 年版，第 308 页。

② 《周易正义·咸卦》，载《十三经注疏》，中华书局 1980 年影印本，第 46 页。

意义的呢？"咸"卦云："亨。利贞。取女吉。"① 该卦的爻辞妙微地演绎了男女相悦时生理、心理的神秘感应。孔颖达疏云："此卦明人伦之始，夫妇之义，必须男女共相感应，方成夫妇。既相感应，乃得亨通。"② 《象传》释"咸"卦时，将男女相感之义广明之：

　　　　咸，感也。柔上而刚下，二气感应以相与。止而说，男下女，是以"亨。利贞。取女吉"也。天地感而万物化生，圣人感人心而天下和平。观其所感，而天地万物之情可见矣。③

　　上文中，将男女相感推衍阐说至天地万物相感之理，说天地阴阳二气相感，而万物化生；圣人设教感动人心，劝恶从善，而天下和平。对"观其所感，而天地万物之情可见矣"这一句，孔颖达疏云："结叹咸道之广，大则包天地，小则该万物。感物而动，谓之情也。天地万物皆以气类共相感应，故'观其所感，而天地万物之情可见矣'。"④ 意思是说，天地万物皆共相感应，相"感"而动，便产生天地万物之情。从中，我们可以看出，"感"是一物和另一物在元气、意念上的相互作用，是天地万物间的普遍现象，是天地万物之情产生的原始动力。

　　当然，《周易》释"感"带有明显的神秘主义倾向。从唯物认识论角度解释"感"的是荀子。万物固有属性，那么人凭什么认识万物呢？荀子认为凭"天官"。他说："然则何缘而以同异？曰：缘天官。"⑤ 天官，即五官，即心理学所称的感觉器官；人每种感觉器官都有自己特殊的反映机能而不能代替，所谓"耳目鼻口形，能各有所接而不相能也"⑥。这种凭天官而获取的感应，荀子认为是人性的本能，他说："性之和所生，精合感应，不事而自然谓之性。"⑦ 在天官感知外物的基础上，心便可认识万物，他说：

---

① 《周易正义·咸卦》，载《十三经注疏》，中华书局1980年影印本，第46页。
② 同上。
③ 同上。
④ 同上。
⑤ 王先谦：《荀子集解·正名》，中华书局1988年版，第415页。
⑥ 王先谦：《荀子集解·天论》，中华书局1988年版，第309页。
⑦ 王先谦：《荀子集解·正名》，中华书局1988年版，第412页。

　　　　心有征知。征知则缘耳而知声可也，缘目而知形可也，然而征知必将待天官之当薄其类然后可也。①

　　"征知"，就是对感知进行分析、辨别、取舍，是更高级的思维活动。它是以五官感知对象（即"意物"）为基础的，正是因为人的感官"有所接"，形成了客观事物的感觉印象，才能认知事物的属性，才能正名。荀子关于感知在认识活动中的重要性以及感知和思维关系的初步认识对后人产生了深刻影响。

　　《周易》《荀子》中其心物相感而有情、而有认知的思想，对文艺创作领域颇有启发。在《礼记·乐记》中谈到了艺术创作产生的"物感"论，其云：

　　　　乐者，音之所由生也，其本在人心之感于物也。是故其哀心感者，其声噍以杀；其乐心感者，其声啴以缓；其喜心感者，其声发以散；其怒心感者，其声粗以厉；其敬心感者，其声直以廉；其爱心感者，其声和以柔。六者，非性也，感于物而后动。②

　　在文艺发展的早期，诗乐不分家，这里说乐，实则包含"诗"的概念。这段话把"乐"的产生归之于人心感物而动，而有情（哀心、乐心、喜心、怒心、敬心、爱心）。虽然《乐记》对文艺创作产生的"物感"特征（即区分于普通感知的特征）、心理机制都还没有明确认识，而且还把"感于物"的立足点，放在王道兴衰所带来的时世治乱上，《乐记》一再强调，"治世之音安以乐，其政和；乱世之音怨以怒，其政乖；亡国之音哀以思，其民困。声音之道，与政通矣"③，但是作为首次对文艺创作产生原因的一种解释、一种定位，其影响深远。

　　在汉初的《淮南鸿烈》中，也谈到了"物感"而生情、而认识外物

---

　　①　王先谦：《荀子集解·正名》，中华书局1988年版，第417页。
　　②　《礼记正义·乐记》，载《十三经注疏》，中华书局1980年影印本，第1527页。
　　③　同上书，第1527页。

的思想，其《俶真》中说："且人之情，耳目应感动，心志知忧乐，手足之佛疾痒、辟寒暑，所以与物接也……今万物之来擢拔吾性，攘取吾情，有若泉源，虽欲勿禀，其可得邪？"① 除此之外，还进一步对审美感知做了描述，在《泰族》中说：

> 凡人之所以生者，衣与食也。今囚之冥室之中，虽养之以刍豢，衣之以绮绣，不能乐也，以目之无见，耳之无闻。穿隙穴，见雨雾，则快然则叹之，况开户发牖，从冥冥见炤炤乎？从冥冥见炤炤，犹尚肆然而喜，又况出室坐堂，见日月光乎？见日月光，旷然而乐，又况登泰山，履石封，以望八荒，视天都若盖，江、河若带，又况万物在其间者乎？其为乐岂不大哉！②

文中说，人生活要有衣与食，但是即使衣食富有，而耳、目无"感知"（应该是"审美感知"），是不能产生"乐"的。对耳、目的"感知"，作者做了生动的描述：穿隙穴，见雨雾，快然则叹之；开户发牖，从冥冥见炤炤，肆然而喜；出室坐堂，见日月光，旷然而乐；登泰山、履石封，望八荒，视天都若盖，江、河若带。这里对自然界的感知是视觉、听觉、触觉等各种感觉器官有机联系的结果；是超越衣食富有，不再和实用目的联系在一起的，停留于对物的感性形式（大小、轮廓、光、颜色、声音、节奏等）的把握；是超越单纯的生理感觉，与知觉、情感等心理活动相联系的。这种感知带来的"乐"，可称为审美愉悦。虽然《泰族训》旨在论天人之际、古今之变，而落实于治国之道，但附带对感知审美性的初步描述是可贵的。

汉代班固在《汉书·艺文志》中谈乐府诗的创作时，把"物感"的"物"具体指为"事"，他说："自孝武立乐府而采歌谣，于是有代、赵之讴，秦、楚之风，皆感于哀乐，缘事而发。"③ 联系汉代乐府诗讽刺现实、哀叹人生现实境遇的整个创作状况，我们就会发现"感于哀乐，缘

---

① 刘文典：《淮南鸿烈集解·俶真训》，中华书局 1989 年版，第 73 页。
② 刘文典：《淮南鸿烈集解·泰族训》，中华书局 1989 年版，第 689 页。
③ 班固：《汉书·艺文志》，载郭绍虞《中国历代文论选》第 1 册，上海古籍出版社 1979 年版，第 141 页。

事而发"的"事"主要是与政治时事、人伦道德有密切关系的现实境遇或社会人事，所以班固针对乐府诗创作产生提出的"事感"论，并不带有文学创作产生理论的普遍意义。①

从先秦到两汉，古人认识到在天地万物中"感"的重要性，并据此提出了文艺创作产生的"物感说"，而且对审美感知特征已有初步认识，但是其阐述是相当零星、感性、不成系统的，甚至是不自觉的。就文学创作这样一种复杂的精神活动而言，在文学发展的初期，确实不可能把握得深刻而全面，更何况在其萌芽、发展的时候，又深受儒家政教思想的影响。所以，文学创作的"物感说"在这段时期仅是露出了发展的嫩芽。

二　"物感说"的发展

魏晋时期，文学家对"物感"与创作产生的关系有了全新认识。在大量怀归思亲、感时叹逝的诗赋及其序文中，诗人自觉地把"物感"作为创作产生心理的基础。比如曹丕的《感物赋》作序云："丧乱以来，天下城郭丘墟。惟从太仆君宅尚在。南征荆州，还过乡里，舍焉。乃种诸蔗于中庭。涉夏历秋，先盛后衰，悟兴废之无常，慨然永叹，乃作斯赋。"② 曹植在《幽思赋》中说："倚高台之曲嵋，处幽僻之闲深。望翔云之悠悠，羌朝霁而夕阴。顾秋华之零落，感岁暮而伤心。……信有心而在远，重登高以临川。何余心之烦错，宁翰墨之能传。"③ 阮籍《咏怀诗》中说："感物怀殷忧，悄悄令心悲。多言焉所告，繁辞将诉谁。"④

---

① 这种"事感说"在后来的文学思想中一直存在。比如唐代兴起的新乐府运动，继承乐府讽喻传统，元稹称其"即事名篇，无复依傍"，白居易《与元九书》中标榜"文章合为时而著，歌诗合为事而作"，其《策林六十九》"采诗以补察时政"条也讲到"人之感于事，则必动于情，然后兴于嗟叹，发于吟咏，而形于歌诗"。虽然他们所讲的"事"特指与时政相关联的事件，但也离不开个人的见闻阅历。尽管如此，笔者认为，"物"的内涵远较"事"为广阔，各种自然景物、人工产品、艺术作品甚至于形而上的天、道、理、气等皆可归之于"物"。所以，"事感说"应归之于"物感说"。

② 曹丕：《感物赋序》，载《全上古三代秦汉三国六朝文》，中华书局1987年版，第1073页。

③ 曹植：《幽思赋》，载《全上古三代秦汉三国六朝文》，中华书局1987年版，第1124页。

④ 阮籍：《咏怀诗》，载《先秦汉魏晋南北朝诗》，中华书局1983年版，第499页。

王粲说自己登楼而四望，"心悽怆而感发"而作《登楼赋》①。孙绰在《三月三日兰亭诗序》中说："情因所习而迁移，物触所遇而兴感……以暮春之时，禊于南涧之滨，高岭千寻，长湖万顷……乐与时去，悲亦系之。往复推移，新故相换，今日之迹，明复陈矣。厚诗人之致兴，谅歌咏之有由。"② 类似以上的对创作产生"物感"的认识比比皆是，它们继承了前面提到的《淮南鸿烈·泰族训》中那一段文字对审美感知描述的风格，体现了诗人对物的感性形式饱含情感的倾注和把握。"物感说"从此发生了质的飞跃。在这些认识中，属陆机的"物感说"较为全面，带有普遍性。他在《文赋》中说：

> 遵四时以叹逝，瞻万物而思纷。悲落叶于劲秋，喜柔条于芳春。心懔懔以怀霜，志眇眇而临云。咏世德之骏烈，诵先人之清芬。游文章之林府，嘉丽藻之彬彬。慨投篇而援笔，聊宣之乎斯文。③

上文中，"遵四时以叹逝，瞻万物而思纷"指有感于四时变迁、万物盛衰而引起的文思。"悲落叶于劲秋，喜柔条于芳春"指季节更替引起的情感反应，其情感不仅是"悲"和"喜"两种情感，实则囊括了情感的整个范围。"心懔懔以怀霜，志眇眇而临云"，把自然景物引起的知觉情感进一步提升为属于理性范畴的对社会人生的理想追求——高洁的志向。"咏世德之骏烈，诵先人之清芬"指有感于前人的功德。"游文章之林府，嘉丽藻之彬彬"指有感于对文学典籍的阅读体验。可见，陆机的"物感说"总结得相当具体和全面。主体感知的对象、范围很广阔，包括自然、社会、人事等；主体感知的方式，可以是直接体验，可以是间接体验；主体感知的心理机制，是触物与有感同时进行的，外物触发人感的同时就已不再是客观之物，而是带着主体感知、情感的物，比如秋在触发人悲感的同时已为"劲秋"，春在触发人喜悦的同时已为"芳春"。当然，陆机对物感心理机制的认识还是相当感性的。

---

① 王粲：《登楼赋》，载《全上古三代秦汉三国六朝文》，中华书局1987年版，第959页。
② 孙绰：《三月三日兰亭诗序》，载《全上古三代秦汉三国六朝文》，中华书局1987年版，第1808页。
③ 张少康：《文赋集释》，人民文学出版社2002年版，第20页。

之后，许多诗人沿着陆机这一思路，反复强调创作感怀外物而作。萧子显说："若乃登高目极，临水送归。风动春朝，月明秋夜，早雁初莺，开花落叶，有来斯应，每不能已也。"① 钟嵘不仅注意到春风春鸟、四季变化对诗人的感召，还尤其强调"楚臣去境"等广阔社会生活的悲欢离合、穷达荣辱对心灵的感荡，他说："气之动物，物之感人，故摇荡性情，形诸舞咏。"又说："若乃春风春鸟，秋月秋蝉，夏云暑雨，冬月祁寒，斯四候之感诸诗者也。嘉会寄诗以亲，离群托诗以怨。至于楚臣去境，汉妾辞宫。或骨横朔野，或魂逐飞蓬。或负戈外戍，杀气雄边。塞客衣单，孀闺泪尽。或士有解佩出朝，一去忘反。女有扬蛾入宠，再盼倾国。凡斯种种，感荡心灵，非陈诗何以展其义？非长歌何以骋其情？"② 如果说以上诗人的"物感说"绝大多数限于对创作体验的描述，那么刘勰的《文心雕龙》则对"物感"的心理机制做了深刻的美学概括。他在《物色》篇中说：

> 是以诗人感物，联类不穷，流连万象之际，沉吟视听之区；写气图貌，既随物以宛转；属采附声，亦与心而徘徊。③

刘永济先生在阐述这段论述时写道：

> 盖神物交融，亦有分别，有物来动情者焉，有情往感物者焉：物来动情者，情随物迁，彼物象之惨舒，即吾心之忧虞也，故曰："随物以宛转"；情往感物者，物因情变，以内心之悲乐，为外境之欢戚也，故曰："与心而徘徊。"④

刘勰把"物感"中"物"和"心"两方面交替的现象总结为"随物以宛转"（即物来动情）和"与心而徘徊"（即情往感物），既要反复体察事物的形态，又要不断开掘自己的内心情感（当为伴随知觉活动的情

① 萧子显：《自序》，载《全上古三代秦汉三国六朝文》，中华书局1987年版，第3087页。
② 钟嵘：《诗品》，载《历代诗话》，中华书局1981年版，第3页。
③ 刘勰撰，范文澜注：《文心雕龙注·物色》，人民文学出版社1958年版，第693页。
④ 刘永济：《文心雕龙校释》，中华书局2007年版，第161页。

感），这两方面不可分割、轮番递进、渐次深入。

自魏晋南北朝时期对文学创作产生的"物感说"全方位阐述后，中国古代诗论对"物感"的解释越来越自觉，虽然理论上无重大突破，但对"物感说"的发展和完善显示了其本身在历史长河中的价值。

> 凡所为文，多因感激。①
>
> 我初无意于作是诗，而是物、是事适然触于我，我之意亦适然感乎是物、是事，触先焉，感先焉，而后诗出焉。②
>
> 情者，动乎遇者也。……故遇者物也，动者情也，情动则会，心会则契，神契则音，所谓随寓而发者也。③
>
> 原夫作诗者之肇端而有事乎此也，必先有所触以兴起其意，而后措诸辞、属为句、敷之而成章。④
>
> 在外者物色，在我者生意，二者相摩相荡而赋出焉。若与自家生意无相入处，则物色只成闲事，志士遑问及乎？⑤
>
> 凡物色之感于外，与喜怒哀乐之动于中者，两相薄而发为歌咏，如风水相遭，自然成文；如泉石相春，自然成响。……岂步步趋趋，摹拟刻画，寄人篱下者所可拟哉！⑥

这些都说明了文学创作是心物"相契""相摩相荡"而自然产生的，而不是有意模拟"外物"的结果。除此之外，诗人们还尤其强调"直接感知"。王夫之认为：

> 身之所历，目之所到，是铁门限。即极写大景，如"阴晴众壑

① 《进诗状》，载《元稹集》，中华书局1982年版，第106页。

② 杨万里：《答建康府大军库监门徐达书》，《诚斋集》卷67，载《四部丛刊初编》第1199册，第5页。

③ 李梦阳：《杨月先生诗序》，载胡经之《中国古典文艺学丛编》（一），北京大学出版社2001年版，第17页。

④ 叶燮：《原诗·内篇》，人民文学出版社1979年版，第5页。

⑤ 刘熙载：《艺概·赋概》，载胡经之《中国古典文艺学丛编》（一），北京大学出版社2001年版，第26页。

⑥ 纪昀：《清艳堂诗序》，载胡经之《中国古典文艺学丛编》（一），北京大学出版社2001年版，第25页。

殊""乾坤日夜浮",亦必不逾此限。非接舆地图便可云"平野入青
徐"也,抑登楼所得见者耳。隔垣听演杂剧,可闻其歌,不见其舞;
更远则但闻鼓声,而可云所演何出乎?前有齐、梁,后有晚唐及宋
人,皆欺心以炫巧。①

这段话表明,艺术创作一定要首先诉诸审美感知,如果没有亲眼看
到、亲耳听到,创作亦是"欺心以炫巧"。
金圣叹亦强调:

　　　　天下妙士,必有妙眼,渠见妙景,便会将妙手写出来,有时或
立地便写出来,有时或迟五日十日方写出来,有时或迟乃至于一年、
三年、十年后方写出来,有时或终其身竟不曾写出来。无他,只因
他妙手所写纯是妙眼所见,若眼未有见,他决不肯放手便写,此良
工之所以永异于俗工也。凡写山水、写花鸟、写真、写字、作文、
作诗,无不皆然。②

　　"妙士"指优秀的创作者,"妙手"指优秀创作者拥有的炉火纯青的
创作手法,"妙眼"指感知的敏锐性和深刻性。"妙眼"所见并不仅仅指
眼睛这个感官的感知,而是各种感觉器官的整体知觉。妙士用妙手写出
来的好文章,重要前提是全部都是"妙眼所见",如果没有这个直接感
知,他绝不肯放手写,因为那样一定写不出优秀的作品。
　　现代心理学从科学实验出发,也证明了直接感知对创作实践的重要
性。苏联心理学家尼季伏洛娃的《文艺创作心理学》中有这样一个实验,
让一组画家阅读关于古老亚美尼亚建筑的本质特点的讲义,接着要求他
们只根据这种讲义来画出典型的古老亚美尼亚建筑(这些画家从来没有
见过任何一种亚美尼亚建筑),结果全部图画在艺术上都是不典型的、梗
概式的。从而说明,对于没有相应的直接感性印象而仅基于概念的创作,

① 王夫之:《姜斋诗话》,人民文学出版社1961年版,第148页。
② 金圣叹:《杜诗解·戏题王宰画山水图歌》,载胡经之《中国古典文艺学丛编》(一),
北京大学出版社2001年版,第23页。

虽然可以建立起反映重要特点的形象，但是不能建立出艺术上令人信服的典型形象。①

纵观中国古代文论，文学创作产生的"物感说"是贯穿其中的一条红线，是物触和有感同时进行的双向交流活动，是主体心理不断返回自身知觉又不断返回对象感性形式的一种无限开放的精神活动。在此活动中，物感的"感"，并不是指现代心理学所说的"感觉"概念。现代心理学认为"感觉"只是整个感性认知的一部分，其他还包括知觉、表象等；感觉是对事物个别特征的反映；知觉是对事物各个不同的特征——形状、色彩、光线、空间、张力等要素组成的完整形象的整体性把握，甚至还包含着对这一完整形象所具有的种种含义和情感表现性的把握；表象是感觉和知觉在大脑中的再现。笔者认为，从上文分析的"感"之随物以宛转、与心而徘徊的心理机制来看，"感"实则包孕了现代心理学所划分的感觉、知觉、表象等共同构建的整个感性认识阶段。事实上，正如苏联美学家亚·伊·布罗夫所做的解释："我们对个别事物产生知觉的实际情况说明，很难对感觉阶段和知觉阶段做任何明确的划分，它们一般是融合在一起的。这种融合是由个人的和间接的经验造成的，这经验使人一下子认出事物，获得对它的完整的知觉。"②中国古人用一个包孕无穷的"感"字概括之，突出其整个过程的心理特点，是很有道理的。

"物感"的"物"也全然不是客观的存在，是感知世界中伴随着情感的存在。在 20 世纪 50 年代的美学大讨论中，朱光潜先生提出醒人耳目的"物甲"和"物乙"说，他认为要分清美感的对象，应在"物"与"物的形象"之间见出分别，美感的对象是"物的形象"而不是"物"本身，他说：

> "物的形象"是"物"在人的既定的主观条件（如意识形态、
> 情趣等）的影响下反映于人的意识的结果，所以只是一种知识形式。

---

① 参见［苏］尼季伏洛娃《文艺创作心理学》，魏庆安译，甘肃人民出版社 1984 年版，第 5—10 页。

② ［苏］亚·伊·布罗夫：《美学：问题和争论——美学论争的方法论原则》，张捷译，文化艺术出版社 1988 年版，第 53 页。

在这个反映的关系上，物是第一性的，物的形象是第二性的。但是这"物的形象"在形成之中就成了认识的对象，就其为对象来说，它也可以叫作"物"，不过这个"物"（姑简称物乙）不同于原来产生形象的那个"物"（姑简称物甲），物甲是自然物，物乙是自然物的客观条件加上人的主观条件的影响而产生的，所以已经不纯是自然物，而是夹杂着人的主观成分的物，换句话说，已经是社会的物了。美感的对象不是自然物而是作为物的形象的社会的物。①

虽然这里的"物的形象"并不是指"感觉印象""表象"②，但是这一思路对笔者很有启发。笔者认为，"物感"的"物"既然已成为审美感知对象，同时就已不再是"物甲"，而是伴随着情感的、经过主体知觉整合的"物"（还不是朱光潜先生所说的那个"物的形象"）。为了区别那个纯粹客观的"物"，我们用"物象"以称之。

三 汉字创造的思维方式与"物感说"的提出

汉字的创造有悠久的历史。据现有的考古资料来看，唐兰、郭沫若等一些古文字专家认为：远在殷墟甲骨文以前，我们已经有了文字。其根据就是 20 世纪中叶以来，考古工作者先后在新石器时代的仰韶、大汶口时期的古文化遗址中发掘出大量的原始陶器，这些陶器上符号很多。有的符号是刻画的，有的符号则是用毛笔一类工具绘写的。就数量而言，刻画的数量比绘写的要多。其中比较有代表性的是山东、陕西、西安、河南等地区发现的属于仰韶文化、大汶口文化的陶器符号，将其刻画符号（或图画符号）与甲骨文比较，很相像，在此基础上他们认为在距今五六千年前我国已有文字。它们是否是文字，尚有争议，但可以说明我们的祖先在天地万物的感触中，很早就产生了通过创造模拟性、象征性符号去认识和反映客观现实的思维。

---

① 朱光潜：《美学怎样才能既是唯物的又是辩证的——评蔡仪同志的美学观点》，《朱光潜美学文集》第 3 卷，上海文艺出版社 1983 年版，第 34 页。
② 朱光潜在《论美是客观与主客的统一》中解释说："这'物的形象'不同于'感觉印象''表象'。'表象'是物的模样的直接反映，而物的形象（艺术意义的）则是根据'表象'加工的结果。"（《朱光潜美学文集》第 3 卷，上海文艺出版社 1983 年版，第 71 页）

比如，属仰韶文化的临潼姜寨出土的陶器上的一个符号：🌂。

这个符号由五个相连的"∧"形构成，很像山的组成。李学勤认为这样的符号很难说是随意刻画的，应当说与文字比较接近，并且指出它和商代甲骨文的"岳"字相似，这是无不可能的。① 还有在西安半坡发现的彩陶上的图绘，如：

半坡遗址陶盆的鱼　　　甲骨文鱼字

又如属大汶口文化的山东莒县陵阳河遗址出土的陶尊外壁接近口沿部位有以下四个类似象形文字的图形符号：

图1 🌄　　　图2 ♉　　　图3 🔫　　　图4 🔨

图1，于省吾先生认为，上面像太阳，中间像云气，下面像山峰，表示山上的云气承托出山的太阳，其为早晨旦明的景象，宛然如绘，因此，是原始的"旦"字，也是一个会意字。后来，甲骨文作昆，省掉了下部的山字，已是原始"旦"字的简化。② 唐兰先生认为，上面是日，中间是火，下面是山，像在太阳光照下，山上起了火，合一字隶定为"炅"，乃"热"本字。图2，唐兰先生认为是图1的简体，只有日下火。图3与图4，唐兰先生认为分别是"戉"字像长柄的大斧和"斤"字像短柄的锛。并且，他认为这些文字："笔画整齐规则，尤其是三个炅字，出于两地（笔者注：在山东诸城县前寨遗址出土的一块残陶片也有一个图1的刻符，因此是同时出现于诸城县、陵阳河两地），笔画结构，如出一手，显然，这种文字已经规格化。更重要的是已经有简体字，说明它们是已经很进步的文字。这种文字是可以用两千年后的殷商铜器和甲骨上的文字一一对照的。"③

---

① 参见李学勤《古文字学初阶》，中华书局1985年版，第19页。
② 参见于省吾《关于古文字研究的若干问题》，《文物》1973年第2期。
③ 唐兰：《从大汶口文化的陶器文字看我国最早文化的年代》，《光明日报》1977年7月14日。

可见，这些刻符图形很接近实物，也和甲骨文有些字很相似。说明新石器社会人们已经认识到客观事物的形象特征，并且自觉和不自觉地通过模拟这些形象而达到再现客观事物的目的。

商代殷墟甲骨文中的象形文字更为集中、鲜明地反映了模拟外物的思想。例如：

动物类：　（马）　（豕）

植物类：　（木）　（禾）

天象类：　（日）　（月）

地理类：　（土）　（田）

人形类：　（人）　（女）

武器类：　（戈）　（鼎）

这些文字都产生于对客观现实事物的形象模拟，所以许慎在《说文解字叙》中说：

仓颉之初作书，盖依类象形，故谓之文。①

许慎关于仓颉造字之说属于神话传说，当然不可信，但是他说初期象形文字是以象物为本而创造出来的，这是没有疑问的。因此，象形文字也可以说是一种初期的、萌芽状态的艺术创造，它体现了上古时代人们对形象的认识。

————————

① 许慎：《说文解字》，中华书局 1963 年版，第 314 页。

　　初期的图画文字和象形文字，在模拟事物时，用的是一种直接描写的方法。然而，在文字创造过程中，这种写实的简单的象形模拟方法，还不能反映和表达极其复杂的客观现实事物。生活中有许多事物和现象是带有直观性的象形模拟所不能反映的。因此，从文字的创造来说，就必然要从象形发展到指事、会意等方式。汉人许慎把古人造字方法归结为"六书"：

> 　　一曰指事。指事者，视而可识，察而可见，上下是也。二曰象形。象形者，画成其物，随体诘诎，日月是也。三曰形声。形声者，以事为名，取譬相成，江河是也。四曰会意。会意者，比类合谊，以见指㧑，武信是也。五曰转注。转注者，建类一首，同意相受，考老是也。六曰假借。假借者，本无其字，依声托事，令长是也。①

　　象形，是直观模拟事物的造字方法，如上所举。指事，是一种用记号指出事物特点的，或者是纯粹符号的造字方法。比如，"上""下"二字则是在"一"的上方或下方画上标示符号指出是"上"或"下"，"刃"字是在"刀"的锋利处加上一点以指出这里是刀刃，"凶"字则是在陷阱处加上交叉符号以示凶陷，"三"则由纯粹抽象的符号三横来表示"三"的概念。会意，是由两个或两个以上的形体组成，把它们的意义组合成一个新的意义。比如，"武"字，从止从戈，"止"象"趾"形，"戈"是武器，用以表示荷戈出征的意思，这就是"武"字的本义；"信"，人言相合之意。从本质上说，指事和会意也是模拟事物的。不过，指事和会意模拟外物不是用的写实方法，指事是以形象—符号显示自然关系，会意则是用形象的组合来对事态复杂关系的显示，而不是单纯的象形。刘又辛先生就认为，象形、指事、会意这三类应合并为一类，即表形字，"象形字'画成其物，随体诘诎'，是用写实的手法表形；指事字'视而可识，察而可见'，是用象征的手法表形；会意字'比类合谊，以见指㧑'，是用比较繁复的象形法表形"，"这一类字从远古的记事图画演变而成的，其共同点是用表形法（描绘事物的形状、状态、特点）记

---

　　① 许慎：《说文解字》，中华书局 1963 年版，第 314 页。

录词语"①。六书中的形声字，虽带有明显音化的倾向，但是一部分是表音的，一部分是表意的，仍然没有脱离有形有象的总体特征，作为形声组成的音符与印欧语系的单纯音符迥然有别，其意义是借用形符来指代的。比如，"根"和"跟"是同音字，声旁都是"艮"，但"根"的形旁是"木"，表示这个字的意义与植物有关；"跟"的形旁是"足"，表示这个字的意义与脚或脚的动作有关，利用这两个字的形旁可以区别它们的意义。就声部而言，也有些是直接象声的，也就对自然界声音的模仿。章太炎在《国故论衡·语言缘起说》一文中找出了汉语中许多象声词作为例证说："语言者，不凭虚起。呼马而马，呼牛而牛，此必非恣意妄称也，诸言语皆有根。先征之有形之物，则可睹矣。何以言雀？谓其音即足也（笔者注：按'即足'为反切法表音）。何以言鹊？谓其音错错也。何以言雅？谓其音亚亚也。何以言雁？谓其音岸岸也。……此皆以音为表音也。"② 假借、转注只是一种用字的方法，这里不再赘述。

　　由此可见，"六书"以象形或取象为主。宋代的郑樵在《六书略》中说："六书也者皆象形之变也。"③ 将"六书"统之于对万事万物的象形，这就基本决定了中国文字的创造是在天地万象的直接观察感悟中，远取诸物，近取诸身，对物象进行模拟或象征性的概括与抽象的符号表现。尽管我国文字在变简规律的制约下不断地发生变化，但仍然没有离开象形的因素。正如鲁迅先生所指出的："文字初作，首必象形，触目会心，不待授受，渐而演进，则会意指事之类兴焉。今之文字，形声转多，而察其缔构，什九以形象为本柢。"④ 世界上最古老、影响最大的文字有三种，一是楔形文字，由5400年前两河流域的苏美尔人创造发明；二是圣书字，由5000多年前尼罗河流域的古埃及人创造；三是甲骨文，约3300多年前由我国黄河流域的殷商先民创造。这三种文字都是由图画发展而

①　刘又辛：《关于汉字发展史的几个问题（上）》，《语文建设》1998年第11期。
②　章太炎：《国故论衡》，上海古籍出版社2003年版，第31页。
③　郑樵：《通志·六书略》，中华书局1987年版，第488页。
④　鲁迅：《汉文学史纲要》，人民文学出版社1976年版，第3页。

来的，而如今前两种文字很早均被表音的字母符号所取代①，唯汉字作为表意的象形字而独存。这就说明，我们的民族非常重视在与万事万物的感触中，对"物"进行模拟与象征性的概括和整合。并且，在历史长河中，已经形成了稳定的、鲜明的感物生象的思维方式，此思维方式可称为"民族的思维方式"。②

就创造文字的思维方式而言，中国拥有几千年的历史积淀，这种积淀对国人有着重要影响。《周易》中"易象"的提出，显然与积淀下来的感物生象的思维有关，虽然此"象"和象形文字相比，似乎离物象远了点，但在对现实事物的象征以及"象"与"象"的组合方面，与创造指事、会意文字的思维都很相像。就文学创作产生"物感说"的提出而言，与文字产生的思维方式有很多共同点，都是认为在与外物的直接感触中形成了对外物的观照，也就是形成了外物之象。只不过物感之象的生成比文字创造之象要复杂得多，此"象"虽保持着形象性、具体性，但它不力求反映具体事物的原貌，是被情感化和审美化了的一种质变。它来源于现实，又高于现实，浸透着主体独特的审美情感。

第二节　物象的表现性与生成结构

一　表现性物象

物象的这种性质，在美学中被称为表现性。英国17世纪哲学家洛克认为物体的第一性的质，是指物体的各个占体积的部分的大小、形状、数目、位置、运动和静止，这些性质，不论我们知觉与否，都在物体里面；如果它们大到足以被我们发现，我们就能借它们获得事物本身的观

---

① 苏美尔人的"楔形文字"，经历了古巴比伦和古阿卡德人的改良，在数个世纪后，传到了波斯王朝（公元前550—前330）手中时，"表形"的符号部分基本上已完全消失，只留下几个"表意"符号用作指示一些重要概念。除此之外，其他的文字符号都用作指示音节。所以，苏美尔人的楔形文字在发展过程中，虽然仍然保留着"楔形"的书写形式，但已逐步从"象形"演变成了"表音节"的字母符号。公元前330年，亚历山大灭亡了波斯帝国，楔形文字就从此消亡了。

② 之所以称为"民族的思维方式"，笔者认为它符合对"有民族特色的思维方式"的定位，张岱年先生认为："在民族的文化行为中，那些长久地稳定地普遍地起作用的思维方式、思维习惯，对待事物的审视趋向和众所公认的观点，即可看作该民族的思维方式。"［张岱年、成中英：《中国思维偏向（前言）》，中国社会科学出版社1991年版，第1—2页］

念。这种性质可称为实在的、原初的性质。除此之外，事物还有第二性的质，这种性质事实上并不是存在于对象本身中的东西，而是一种能力，是一个物体里面那种根据它的不可感觉的第一性的质以某种特殊的方式作用于我们的感官，在我们心中产生各种不同的观念（心灵在自身中知觉到的东西，或知觉、思想、理智的直接对象，洛克称为观念）的能力，例如，颜色、声音、气味、滋味等。这些性质通常称为可感觉的性质。①西方经验派美学家鲍桑葵和桑塔耶纳等学者针对洛克的这种观点，对事物的第二性的质做了美学上的发挥。英国学者鲍桑葵（1848—1923）认为，审美态度（审美经验）是把情感和对象同时看成一个东西，它使我们具有一种完全体现在某个对象里面的情感，而所谓对象，就是指通过感受或想象而呈现在我们面前的表象，他强调说，审美态度的"对象"只能是表象②，而不是我们叫作实在的东西。对于情感究竟怎样和一个对象被看成一个东西这个问题，他认为维农·李的移情说的解释是极端专门化的，他说："当我们的想象为我们提供一个作为我们愉快情感的体现对象时，我们的心灵是在对我们直接经验和间接经验的全部财富自由作用着。我们并不需要一个特殊学说来说明我们怎样把我们所感到的东西附着于对象，正如我们不需要说明我们怎样使颜色、形状或声音的质地附着于对象一样。"他举正方形或立方体为例说："这个形状一旦在想象中被我们看见，即被我们自由地看见时，立刻就会使我们充满情感。"③他又称这种审美态度为表现态度（an attitude of expression）。他总结说，审美态度"是一个情感的愉快的领会，而这个情感是体现在一个能够提供给想象或想象性感受的表象里；或者说得更简单些，'是为表现而表现的情感'。"④ 而此种情感的表现性是形式所固有的，是"先验的"，是先验性表现。美国美学家乔治·桑塔耶纳（1863—1952）认为，"表现力"是一件东西所具有的一切暗示能力，具有表现力的东西能够唤起更深远

---

① 参见［英］洛克《人类理智论》，载北京大学哲学系外国哲学史教研史编译《西方哲学原著选读（上卷）》，商务印书馆 1981 年版，第 453—459 页。

② 鲍桑葵这里所说的这个"表象"，含有物象和意象两层意思，通过感受而呈现的就是表象，通过想象而呈现的就是意象。

③ ［美］鲍桑葵：《审美态度的一般性质——静观与创造》，鲍桑葵《美学三讲》，周煦良译，上海译文出版社 1983 年版，第 15 页。

④ 同上书，第 18 页。

的思想、感情，或被唤起的形象、被表现的东西，否则，它们的魅力也许只是物质的或形式的美，不是表现的美。他举例说，阿拉伯纪念碑的装饰性的铭刻，对于不识阿拉伯文的人是不可能有表现之美的；它们的魅力完全是物质的或形式的美。或者假如它们有一些表现力的话，那也是凭借它们可能暗示的思想：比如建碑者的宗教虔诚和东方警句，他们世界的超然脱俗，等等。当然，如果这些联想不能唤起与眼前形象合而为一的一种快感，这也不过是我们迷惘的幻想，而不是对象引起的深思。因此，他强调所暗示的事物必须合并在富有表现力的东西中，因为表现的美，正如物质的或形式的美一样，是对象所固有的，不过它依附于对象不是由于知觉的单纯作用，而是由于从它联想到更深远的事情，由于以前的印象所引起的思索。他总结说："在一切表现中，我们可以区别出两项：第一项是实际呈现出的事物，一个字，一个形象，或一件富于表现力的东西；第二项是所暗示的事物，更深远的思想、感情，或被唤起的形象、被表现的东西。这两项一起存在于心灵中，它们的结合构成了表现。"① 打个简单的比方，比如当我们看到各色各样的鲜花，或灰暗的天空，或从海边冉冉升起的太阳，同时感到的就是一种或愉快或阴沉或激奋的情感，于是称这种花朵为愉快的花朵，称这种天空为阴郁沉闷的天空，称升起的太阳为充满希望的太阳。

在中国，这种"物象"的表现性（或"表现力"）思想早已有之，从《周易》、庄子到陆机、刘勰，一直到宋元山水画家，从来没有中断过。

《周易》说："天地之大德曰生。"又说："古者包犧氏之王天下也，仰则观象于天，俯则观法于地，观鸟兽之文与地之宜，近取诸身，远取诸物，于是始作八卦，以通神明之德，以类万物之情。"② 意思是天地万物是有生命的，人类社会的创造也是效法有生命的、表现性的天地万物的结果。

在庄子与惠子关于"知鱼之乐"的辩论中，更为明确地表现出庄子对"鱼"的表现性的认识：

---

① ［美］乔治·桑塔耶纳：《美感》，缪灵珠译，中国社会科学出版社 1982 年版，第 131—139 页。

② 《周易正义·系辞上》，载《十三经注疏》，中华书局 1980 年影印本，第 86 页。

　　庄子与惠子游于濠梁之上。庄子曰："鲦鱼出游从容，是鱼之乐也。"惠子曰："子非鱼，安知鱼之乐？"庄子曰："子非我，安知我不知鱼之乐？"惠子曰："我非子，固不知子矣；子固非鱼也，子之不知鱼之乐，全矣。"庄子曰："请循其本。子曰'汝安知鱼乐'云者，既已知吾知之而问我，我知之濠上也。"①

　　庄子断言知道鱼是快乐的，惠子则表示有所怀疑，他认为庄子不是鱼，那么就不应该知道鱼快乐不快乐。他们的认知方式是不同的，庄子是从浪漫的眼光看到了物的表现性，感到了鱼快乐的境界；惠子是从逻辑思维分析的角度得出"人不知鱼之乐"的实在性。从二人认知方式的差异中，我们可以看出庄子对物的表现性的认识。

　　西汉董仲舒认为："天亦有喜怒之气，哀乐之心，与人相副。以类合之，天人一也。春，喜气也，故生；秋，怒气也，故杀；夏，乐气也，故养；冬，哀气也，故藏。四者天人同有之。"② 即春、夏、秋、冬亦有不同的思想情感表现。

　　如果《周易》、老庄等是从哲学角度看"物象"的表现性，那么陆机则将此引入文艺领域。他在《文赋》中说的："悲落叶于劲秋，喜柔条于芳春。心懔懔以怀霜，志眇眇而临云。"分别把"眼中"之落叶、柔条、寒霜、云霞与悲凉、芳心、畏惧、亢奋的思想情感联系起来。刘勰在《文心雕龙》中也表述过近似的意思，不过更加强调"物之容"。其《物色》篇说：

　　是以献岁发春，悦豫之情畅；滔滔孟夏，郁陶之心凝；天高气清，阴沉之志远；霰雪无垠，矜肃之虑深。岁有其物，物有其容；情以物迁，辞以情发。一叶且或迎意，虫声有足引心。况清风与明月同夜，白日与春林共朝哉！③

---

① 郭庆藩：《庄子集释·秋水》，中华书局 2004 年版，第 607 页。
② 董仲舒：《春秋繁露·阴阳义》，中华书局 1975 年版，第 418 页。
③ 刘勰撰，范文澜注：《文心雕龙注·物色》，人民文学出版社 1958 年版，第 693 页。

　　上文中，四季的情感类型仍然未变，但对物之"容"（外观状貌）的分析更加深入而细致了。春天的明媚与心情的舒畅，夏季的闷热与心情的烦躁，秋天的天高气爽与深沉的遥远之思，冬天的霰雪无边与思虑的严肃深沉，物之容与情之迁相生相融，诗意地构成四季之物的表现性。而且就是一片叶子发芽或凋落、微小的虫声也足以有所表现。

　　北宋画师郭熙在《林泉高致·山川训》中将"物"的表现性阐发得尤为生动：

　　　　春山澹冶而如笑，夏山苍翠而如滴，秋山明净而如妆，冬山惨澹而如睡。春山烟云连绵人欣欣，夏山嘉木繁阴人坦坦，秋山明净摇落人肃肃，冬山昏霾翳塞人寂寂。

　　　　山以水为血脉，以草木为毛发，以烟云为神采，故山得水而活，得草木而华，得烟云而秀媚。水以山为面，以亭榭为眉目，以渔钓为精神，故水得山而媚，得亭榭而明快，得渔钓而旷落。此山水之布置也。

　　　　山有高，有下：高者血脉在下，其肩股开张，基脚壮厚，峦岫冈势，培拥相勾连，映带不绝，此高山也。故如是高山，谓之不孤，谓之不什。下者血脉在上，其颠半落，项领相攀，根基庞大，堆阜臃肿，直下深插，莫测其浅深，此浅山也。故如是浅山，谓之不薄，谓之不泄。高山而孤，体干有什之理；浅山而薄，神气有泄之理。此山水之体裁也。[①]

　　山中之涧、之草木、之烟云，水中之山影、之亭榭、之渔钓共同构成了山水布置的表现性。高山、浅山也像诗文有不同的文风辞藻一样，也具有不同的表现样式。作者用"血脉""肩股""基脚""项领"等拟人化的词汇描绘山的样式，就好像山水均有生理节律与气血命脉，不是死寂的静物；又认为山水各部分应像人体各部分一样有机地结合起来，有形有神。像"高山而孤""浅山而薄"就是因为结构的不完全、

---

　　① 郭熙、郭思：《林泉高致·山川训》，载俞剑华《中国古代画论类编》，人民美术出版社1998年版，第634页。

不统一，以致"体干有什之理""神气以泄之理"，造成表现性的失败。

这些都说明，感知中的江山草木的物象一方面来源客观之物，与其有相似性；另一方面又不是以它们的本来面目进入主体的美感视域，它们的表现显现着审美主体的情感。正如钱钟书先生在《谈艺录》中引李白的"山花向我笑"、杜甫的"山鸟山花吾友于"等诗句时评论道："山水境亦自有其心，待吾心为映发也。……要须流连光景，即物见我，如我寓物，体异性通。"①

二　表现性物象的生成结构

表现性物象作为知觉整体，具有整体性和系统性特征。这种整体即使很复杂，也是由多个事态组成，而每个事态又都是由无限多个对象组合起来。下面，笔者就从结构出发论述由多个对象组成的表现性物象的共时性状态和历时性过程。

共时，与同时呈现的性质有关。表现性物象的共时性状态，即是主体知觉域内"物象"整体表现的深刻契合状态，一旦达到这种契合，它将变成一种巨大的力量，给予主体超越时空的创作冲动。在创作中，这样的例子不胜枚举。比如《诗经·关雎》：

关关雎鸠，在河之洲。窈窕淑女，君子好逑。

作者感知中的这样几种对象：美丽而浪漫的场景——河之洲、异性水鸟——雎鸠、雌雄欢快的和鸣声——关关，与对异性的思慕之情，相摩相荡，契合无间，构成一个表现性整体。作为中国最早的、最朴素的诗歌，这样的表现性物象显得自发、天真、简单。随着文学的独立发展，物象的表现性更加复杂、更加文人化。

向秀《思旧赋》序中说：

余与嵇康、吕安居至接近，其人并有不羁之才；然嵇志远而疏，吕心旷而放，其后各以事见法。嵇博综技艺，于丝竹特妙。临当就

---

① 钱钟书：《谈艺录·长吉用啼泣字》，生活·读书·新知三联书店 2007 年版，第 138 页。

命，顾视日影，索琴而弹之。余逝将西迈，经其旧庐。于时日薄虞渊，寒冰凄然。邻人有吹笛者，发声寥亮。追思曩昔游宴之好，感音而叹，故作赋云。

赋序主要介绍写作此赋的缘起。向秀去洛阳赴任途中，绕道经嵇康故居时，重睹故人旧庐，深感物是人非，旧念萦绕，对亡友深挚的怀念之情油然而生，于是写下这篇抒情小赋。其中，在作者头脑中产生的"物象"是复杂而统一的。嵇康旧居，嵇康、吕安（包括性格、被害经过），嵇康在刑场弹奏《广陵散》那慷慨激昂悲壮的一幕，夕阳西下时惨淡的余晖，凄冷的天气，嘹亮而孤独的笛声，复杂的政治环境等（当然，这些"物"又由一些有机统一的"物"构成），构成一个整体，推动着作者的创作。

潘岳《秋兴赋》序文说：

晋十有四年，余春秋三十有二，始见二毛。以太尉掾兼虎贲中郎将，寓直于散骑之省。高阁连云，阳景罕曜，珥蝉冕而袭纨绮之士，此焉游处。仆野人也，偃息不过茅屋茂林之下，谈话不过农夫田父之客。摄官承乏，猥厕朝列，夙兴晏寝，匪遑底宁，譬犹池鱼笼鸟，有江湖山薮之思。于是染翰操纸，慨然而赋。于时秋也，故以"秋兴"命篇。

上文中，潘岳谈到自己创作此文的缘由。由于恰逢缺人，自己马虎凑数做了一个"虎贲中郎将"①的官儿，虽是一个闲差，自己还是早起晚睡、忙忙碌碌，以求得心情的安宁。而自己原本就是一个"仆野人"，做这样的官反而被拘羁像池中鱼、笼中鸟，于是有了江湖山林之思。当时秋也，"悲哉秋之为气也！萧瑟兮草木摇落而变衰"（宋玉）。万物萧瑟的秋景、历历在目的悲哀的人生经历、江湖山林之游，共同呈现在作者脑中，统一交融，达到深刻契合，于是作者"慨然而赋"。

---

①　虎贲中郎将是个侍从官，然而它的地位不低，陪游于深宫高阁之内，近侍在帝王显贵之侧，因而是世袭门阀子弟的适宜差使。

又如白居易《琵琶行》序文说：

> 元和十年，予左迁九江郡司马。明年秋，送客湓浦口，闻舟中夜弹琵琶者，听其音，铮铮然有京都声。问其人，本长安倡女，尝学琵琶于穆、曹二善才；年长色衰，委身为贾人妇。遂命酒，使快弹数曲。曲罢悯然。自叙少小时欢乐事，今漂沦憔悴，转徙于江湖间。予出官二年，恬然自安。感斯人言，是夕始觉有迁谪意。因为长句，歌以赠之，凡六百一十二言，命曰《琵琶行》。

《琵琶行》为作者"感斯人言"而作。当然，构成感的共时结构的不仅仅是几句人言，至少应该有这样一些结构：作者从长安贬到了九江、自己作为异乡客而送客、有京音的琵琶声、憔悴的琵琶女、琵琶女少时的欢乐、如今漂沦转徙的生活、萧瑟的秋天、冷冷的月光、飘荡的江水，等等，这一切共时呈现，深刻契合，引发了作者的创作，抒发他的"天涯沦落之恨"。

李贺《金铜仙人辞汉歌》序文说：

> 魏明帝青龙元年八月，诏宫官牵车西取汉武帝捧露盘仙人，欲立置前殿。宫官既拆盘，仙人临载乃潸然泪下。唐诸王孙李长吉遂作《金铜仙人辞汉歌》。

金铜仙人辞汉，汉武帝刘彻曾在长安建章宫前造神明台，上铸铜仙人，手托承露盘以储露水，和玉屑服之，以求长生。魏明帝曹叡景初元年（237）曾命宫官司从长安拆移铜人，迁至洛阳，后因铜人过重，留于灞垒。相传铜仙人被拆离时曾流泪。李贺写此诗，大约是因病辞去奉礼郎的官离京赴洛之时，这时李贺的心情与金铜仙人迁离长安而潸然泪下这个传说尤为契合，相感相生，遂引发此创作。

从以上诸多诗人谈创作缘起中，我们可以看出，诗人"眼中之物"不再是独立的物象，而是知觉对大脑皮层留下的痕迹进行整合后的浑然统一的整体，也就是所谓"综物为象"。

为什么会相感而生此表现性物象呢？清代画论家方薰就提出这样的

问题："云霞荡胸襟，花竹怡情性，物本无心，何与人事？其所以相感者，必大有妙理。"① 此"妙理"何在呢？

西方 20 世纪格式塔心理学派从生理角度出发进行了探索。其代表人物鲁道夫·阿恩海姆这样说：

> 我们发现，造成表现性的基础是一种力的结构，这种结构之所以会引起我们的兴趣，不仅在于它对那个拥有这种结构的客观事物本身具有意义，而且在于它对于一般的物理世界和精神世界均有意义。上升和下降、统治和服从、软弱和坚强、和谐与混乱、前进与退让等基调，实际上乃是一切存在物的基本存在形式。不论是在我们自己的心灵中，还是在人与人之间的关系中；不论是人类社会中，还是在自然现象中；都存在着这样一些基调。……我们必须认识到，那推动我们的自己的精神活动的力，与那些作用于整个宇宙的普遍性的力，实际上是同一种力。②

他认为，外部事物、人的知觉以及内在情感等世界中的所有事物都可归根为力的作用模式。外部事物在视觉中出现时，"力的结构"会对大脑皮层产生轻重不同的刺激，激起一种特定的电化学力（按照格式塔心理学家们的试验，大脑视皮层本身就是一个电化学力场，电化学力在这儿自由相互作用），而这种电化学力的基本结构与外部事物所含有的"力的结构"基本相同时，在大脑力场中就会达到合拍、一致或融合。格式塔心理学把这种现象称为"异质同构"。而人脑中天生就有这种生理力量，使外在对象与内在情感契合一致。对此，他们还提出证据：幼儿在不可能通过经验学习任何东西的早年，似乎就能直接理解微笑或悲哀。3—4 个月的婴儿就能对愤怒或温和的声音及表情做出反应。5—7 个月的婴儿已能对责骂的声音或威胁性的姿势，发出哭叫的反应。这也就是说，如果人的大脑中没有先天的反应系统，那么外在世界与内在心灵的对应、

---

① 方薰：《山静居画论》，载俞剑华《中国古代画论类编》，人民美术出版社 1998 年版，第 237 页。

② ［美］鲁道夫·阿恩海姆：《艺术与视知觉》，滕守尧等译，中国社会科学出版社 1984 年版，第 620 页。

沟通是不可想象的。① 格式塔心理学的说法是否科学还有待证明。

对于这样的问题，我国古人是从心灵感受结构、社会情感结构方面找原因的，他们认为，此"妙理"与主体触物之心有关。清人施补华就说："同一咏蝉，虞世南'居高声自远，端不藉秋风'，是清华人语；骆宾王'露重飞难进，风多响易沉'，是患难人语；李商隐'本以高难饱，徒劳恨费声'，是牢骚人语。"② 又如，同是雨，可以是"好雨知时节，当春乃发生"的喜雨，也可以是"点点滴滴，这次第，怎一个愁字了得"的愁雨。再如，自古都伤秋，刘禹锡却独有心得："自古逢秋悲寂寥，我言秋日胜春朝。晴空一鹤排云上，便引诗情到碧霄。"（《秋词》）这都说明，物象的表现性还与不同创作主体的不同感知结构有关，而创作主体不同感知的形成（除天赋因素外）又与主体的人生历程有关。中国诗人特别强调创作主体不断接触、感知外在世界的活动过程。古代许多作家诗人喜欢天下漫游，饱览山川的自然景色，就是为了丰富自己的生活阅历，积累创作素材。所以，物感亦是一个历时性建构过程。尤其是在文学发展极度繁荣后，诗人更是深刻领悟到物感历时性建构的重要性。

刘勰说："积学以储宝，酌理以富才，研阅以穷照，驯致以绎辞。"③就是认为创作需要不断地积累生活、积蓄知识、积贮语言。南宋诗人陆游提出了"工夫在诗外"说。其《示子遹》云：

> 我初学诗日，但欲工藻绘，中年始少悟，渐若窥宏大。怪奇亦间出，如石漱湍濑。数仞李杜墙，常恨欠领会。元白才倚门，温李真自郐。正令笔扛鼎，亦未造三昧。诗为六艺一，岂用资狡狯？汝果欲学诗，工夫在诗外。

陆游初学诗时"欲工藻绘"，气馁力弱，后来参军到了南郑，经历了丰富的军中生活，创作才"若窥宏大"，这时才认识到诗家的真谛。这个"诗家三昧"就是诗歌创作不是从前人的诗中取巧获得，而是从丰富的生

---

①　参见童庆炳《中国古代心理诗学与美学》，中华书局 1992 年版，第 159 页。

②　施补华：《岘佣说诗》，载《清诗话》，上海古籍出版社 1978 年版，第 974 页。

③　刘勰撰，范文澜注：《文心雕龙·神思》，人民文学出版社 1958 年版，第 493 页。

活中来。这也就是陆游所说的"诗外工夫"。

元代诗人戴表元也从自身创作经历提出"游成，诗当自异于时"的观点。他说：

> 余少时喜学诗，每见山林江湖中有能者，则以问之。其法人人不同。有一老生云：子欲学诗乎？则先学游，游成，诗当自异于时。方在父兄旁，游何可得，但时时取陆放翁《入蜀记》、范至能《吴船录》之类，张诸坐间，想象上下，计其往来，何止日行数千万里之为快。已而得应科目，出交天下士大夫，谙其乡土风俗。已而得官，学江淮间航浮洪流，车走巍坂，风驰两奔，往往经见古今战争兴废处所，虽未尽平生之大观，要自胸中潇潇然无复前时意态矣。身又展转更涉世故，一时同学诗人眼前略无在者，后生辈因复推余能诗，余故不自知其何知也。然有来从余问诗，余固不敢劝之以游，乃徐而考其诗，大抵其人之未学游者不如已游者之畅，游之狭者不如游之广者之肆也。呜呼，信有见哉！①

所谓"游成"，据戴表元所述，应包括两个方面，一是阅读之游，通过阅读，可以接触到现实生活可能不存在（或已经消亡）的描写对象，体验到超越自己所在时空的事、物，领略到前人作为师法对象所树立的文艺风范，扩大了思维领域；二是人生经历之游，认为游使自己交接天下士大夫、了解乡土风俗、凭吊古今战争兴废之处等，提高了自己的见识，使自己胸中潇潇然，对诗歌创作有着积极的作用。而且，越是"游之畅，游之广"，主体内心越是丰富，创作产生越是容易。这才是真正的学诗之法。

清人魏禧还认为：

> 人生平耳目所见闻，身所经历，莫不有其所以然之理，虽市侩优倡大猾逆贼之情状，灶婢丐夫米盐凌杂鄙亵之故，必皆深思而谨

---

① 戴表元：《刘仲宽诗序》，载胡经之《中国古典文艺学丛编》（一），北京大学出版社2001年版，第15页。

识之，酝酿蓄积，沉浸而不轻发。及其有故临文，则大小浅深，各以类触，沛乎若决陂池之不可御。辟之富人积财，金玉布帛竹头木屑粪土之属，无不豫贮，初不必有所用之。而当其必需，则粪土之用，有时与金玉同功。①

的确，人生见闻中一些较为世俗、细微之物，看似不可能激发创作，但是如果积少成多，久加酝酿、深思，所有的积累必将在一定时候形成共时的整体表现，推动创作产生。所以，金圣叹说："十年格物而一朝物格。"②"十年格物"就是一个对物的艰辛而漫长的感知、思索与探究过程，是一个用自己的心灵拥抱反映对象并同对象逐渐融合的过程。只有这样，才能"物格"，即对"格物"对象的突发式的领悟，认知事物的屏障尽皆拨开，心灵之眼豁然开朗。

以上，诗人们对"物感"历时性建构过程的认识，归纳起来就是一句话"读万卷书，行万里路"。读万卷书使主体心灵变得深厚渊博，行万里路既增益了这种深厚渊博，又疏通了深厚渊博的心灵和社会、自然之间的连接。于是，万里路上的种种风景，便与万卷书的种种蕴藏交汇融合，时间一长，万里路和万卷书都沉积于心间，让心灵包藏深厚丰富的物象，又使心灵变得极度敏感。黑格尔曾经指出："属于这种创造活动的（笔者注：想象）首先是掌握现实及其现象的资禀和敏感，这种资禀和敏感通过常在注意的听觉和视觉，把现实世界的丰富多彩的图形印入心灵里。"③这里所说的"资禀和敏感"就是指作家感知对象的能力，也就是金圣叹所说的"妙眼"，这种蕴藏丰富而敏锐的感知能力使创作主体接触各种事物后，都会在感知和体验的基础上迅速把握并透视其感性形式，这种把握反过来又会增强心灵的丰富性和敏锐度。这样的心灵，对创作产生十分重要。因此，"取象"以至于成功形象的塑造，都得益于艺术家心灵的历时性建构。

---

① 　魏禧：《宗子发文集序》，载胡经之《中国古典文艺学丛编》（一），北京大学出版社2001年版，第22页。

② 　金圣叹：《水浒传序三》，载郭绍虞《中国历代文论选》第3册，上海古籍出版社1979年版，第252页。

③ 　黑格尔：《美学》第1卷，朱光潜译，商务印书馆1979年版，第357页。

所以，表现性物象是共时性与历时性的统一，是外部物理结构、心灵感受结构、社会情感结构三者之间的直接契合。

结　语

古代文论源远流长的"物感说"，较为合理地阐释了艺术创作的心理动因，刘勰在《文心雕龙·物色》篇的赞语中说："山沓水匝，树杂云合。目既往还，心亦吐纳。春日迟迟，秋风飒飒，情往似赠，兴来如答。"① 非常诗意地形容了"物感"中心物交感的审美心理活动。在此活动中，创作产生心理中的"意"是在触物与有感的共时性和历时性建构中形成的饱含知觉情感的"物象"。对创作产生"物感说"的提出与长期历史积淀的感物生象的民族思维方式有关。虽然艺术所表现的不能仅仅停留在这些感性印象上，还需要深入地发掘它的意义，但是对艺术来说，这些意义总是与感性印象一起获得的（也许并非同时获得），并在对感性对象的加工过程中逐渐深化而丰富起来。对这一过程，杜勃罗留波夫曾做过这样精辟的描述：

> 一个感受力比较敏锐的人，一个有"艺术家气质"的人，当他在周围现实的世界中，看到了某事物的最初事实时，他就会发生强烈的感动。他虽然还没有能够理解这种事实的理论思考能力，可是他却看到了，这里有一种值得注意的特别的东西，他就热心而好奇地注视着这个事实，把它摄取到自己的心灵中来，开头把它作为一个单独的形象，加以孕育，后来就使它和其他同类的事实与现象结合起来，而最后，终于创造了典型，这个典型就表现着艺术家以前观察到的、关于这一类事物所有个别现象的一切根本特征。②

可见，艺术家的感知对创作产生的重要作用。他总是善于从自己眼

---

① 刘勰撰，范文澜注：《文心雕龙注·物色》，人民文学出版社 1958 年版，第 695 页。

② ［俄］杜勃罗留波夫：《黑暗的王国》，载《外国理论家作家论形象思维》，中国社会科学出版社 1979 年版，第 91 页。

前不断流淌而过的生活激流中获得印象，这些感性印象占据着他的整个意识，他为之感动、为之欢愉、为之陶醉，虽然开始时还不能透彻地了解它、理解它，但是总存在一种吸引力使他聚精会神、全神贯注地注意它，于是就从对这些感性印象的玩味中开始进入创作进程。

创作产生心理中的"言"，即感知中的语言状态，关于这一问题，古代文论中几乎没有涉及，现在心理学在科学论证的基础上，认为以感知和表象的形式进行的心理活动，几乎可以不必通过词语形式而实现。所以，本章就不再论述创作心理产生中的"言"。现代心理学中关于思维和语言关系的具体问题、观点，将在下章做详细说明。

第 三 章

文学创作构思中的言和意

中国古人对创作构思中言和意的具体内容曾有过精辟的分析，主要谈到了意象和其伴随的语言两大元素及其相互作用，并把它们提到非常重要的位置——"驭文之首术，谋篇之大端"，这是对文学创作思维的深刻认识。

第一节 "意象"在文学创作构思中的提出

刘勰在《文心雕龙·神思》篇论述了创作的"澡雪精神""积学以储宝"等各种心理、学识准备之后，提出"意象"一词，他说：

> 然后使玄解之宰，寻声律而定墨；独照之匠，窥意象而运斤：此盖驭文之首术，谋篇之大端。①

"意象"一词首先被刘勰提出来，并非突然，也并非偶然。早在《周易》中就已明确提到了"立象以尽意"的观点，文章前面已做了一些阐释，这里还需做出进一步补充。从《周易》的具体语境来看，"象"是指占卜中的卦象，但同时也潜在地、朦胧地提出了"象"的思维方式，即圣人发现了天下深刻的义理，然后拟成意中之象，最后创造出显示天下义理的"卦象"以尽意，用符号形象象征万事万物。所以，这个过程隐含着头脑中的"意中之象"和物化了的"表意之象"的统一。我们往往

① 刘勰撰，范文澜注：《文心雕龙注·神思》，人民文学出版社1958年版，第493页。

强调的是作为"表意之象"的卦象，而忽视了"立象"须先"立意"，即先要有"意中之象"的思维方式。丰富的哲学思想是文论思想发展的重要基础，由于《周易》中"意中之象"和"表意之象"微妙地统一在一起，所以，后世文论家对其蕴含的丰富内容产生了仁者见仁、智者见智的不同选择态度，有的取其"意中之象"，在文艺创作构思方面加以阐发和深化；有的取其"表意之象"，在文艺作品形象方面加以阐发，后来又使之发展为具有民族特色的"意境"理论。我们在此章中，着重论述的是"意中之象"。

在文论发展的早期，西晋挚虞在《文章流别论》中谈赋体文学的特征时说：

> 赋者，敷陈之称，古诗之流也。古之作诗者，发乎情，止乎礼义。情之发，因辞以形之；礼义之旨，须事以明之。故有赋焉，所以假象尽辞，敷陈其志。①

"假象尽辞"当何讲？唐代孔颖达把"象"分为"实象"和"假象"，他说："此等象辞，或有实象，或有假象。实象者，若地上有水，比也；地中生木，升也，皆非虚，故言实也。假象者，若天在山中，风自火出，如此之类，实无此象，假而为义，故谓之假也。虽有实象假象，皆以义示人，总谓之象也。"② 抽象玄奥的《易》理，须借诸"象辞"来取譬明理，"象"又有实象、假象之分。实象是对现实实在的、真切的描绘，假象是对现实虚拟的、想象的结果。赋，"假象尽辞"，就是说赋体用尽文辞把意想的象描绘出来以表情达意。这样的意象观之所以首先在赋体文学范围内出现，大概与赋这种文体偏向描摹物象有关。

与挚虞差不多同时的陆机在《文赋》中又说：

> 虽离方而遁圆，期穷形而尽相。③

①　挚虞：《文章流别论》，载郭绍虞《中国历代文论选》第 1 册，上海古籍出版社 1979 年版，第 190 页。

②　《周易正义·乾卦》，载《十三经注疏》，中华书局 1980 年影印本，第 14 页。

③　张少康：《文赋集释》，人民文学出版社 2002 年版，第 99 页。

　　对这句话的解释有多种说法，比如《文选》李善注说："方圆谓规矩也，言文章在有方圆规矩也。"清人何焯说：二句盖亦张融所谓"夫文有常体，但以有体为常"那个意思。笔者认为，联系《文赋》上下文，方廷珪在《文选集成》中的解释更为透彻，更为符合陆机的原意。他说："离、遁，谓不守成法。形，物之形。相，物之象。思必穷其形，辞必尽其相。"① 钱钟书先生在《管锥编》中亦同此说②。陆机这两句话的意思是说，"形""象"的塑造和刻画尽致作为作家运思时所追求的目标，不要受前人创作中已有"成法"的限制。这个意思与"假象尽辞，敷陈其志"都是强调穷形尽象，不同的是陆机更为强调"意中之象"是不拘某种成法的、自由的创造；而此"意中之象"的创造，也不再局限于赋体文学，而是面向所有文体的创作。之后，刘宋时期的宗炳在《画山水序》中说："圣人含道映物，贤者澄怀味像。"③ "澄怀味像"，即贤者澄清其怀抱，胸无杂念，以品味心中之象。一个"味"字，凸显了主体对意中之象的体悟和经营。

　　所以，经过诸家的探索，"意象"在文学创作构思中的位置已经呼之欲出了，刘勰提出"意象"一词，并不偶然。他用《庄子·天道》篇中轮扁斫轮的典故，说明意象在创作过程中的重要性。轮扁斫轮，头脑中必定先对车轮的具体形状和微妙之处做到心中有数，然后依据这意中之象来运斤，可谓得之于手而应之于心。作者在创作时，头脑中也须对"独照"的东西先有清晰的意象，然后看着这个东西挥动手中的笔来写作，刘勰认为这是驭文谋篇首要的关键。

　　自刘勰将"意象"在文学创作构思中提出后，唐人沿用了这个意思，并附和地支持和论述了这个观点，如王昌龄说："久用精思，未契意象"，"搜求于象，心入于境，神会于物，因心而得。"④ 司空图说："意象欲

---

　　① 张少康：《文赋集释》，人民文学出版社 2002 年版，第 104 页。

　　② 参见钱钟书《管锥编》第 3 册，生活·读书·新知三联书店 2007 年版，第 1882 页。

　　③ 宗炳：《画山水序》，载《全上古三代秦汉三国六朝文》，中华书局 1987 年版，第 2545 页。

　　④ 王昌龄：《诗格》，载郭绍虞《中国历代文论选》第 2 册，上海古籍出版社 1979 年版，第 89 页。

出，造化已奇。"① 既然是说"意象欲出"，可见是尚未显现成形的意象。后来，"意象"这个词的含义逐步转向对文学作品中意象的评论，成为代表艺术形象的一个比较常用的概念，而没有在艺术构思的意象层面上更为全面、更为系统地研究和发展。

宋代强幼安在《唐子西文录》中说："谢玄晖诗云：'寒城一以眺，平楚正苍楚。''平楚'，犹平野也。吕延济乃用'翘翘错薪，言刈其楚'，谓楚，木丛。便觉意象殊窘，凡五臣之陋，类若此。"② 这里的"意象"，则已经指具体文学作品中的艺术形象了。明清诗话中，这个范畴的"意象"就出现得更多了。比如，明代王廷相在《与郭价夫学士论诗书》中评论历代作品时说："夫诗贵意象透莹，不喜事实粘着。"③ 李东阳在《麓堂诗话》中评论温庭筠《早行》中的名句"鸡声茅店月，人迹板桥霜"说："音韵铿锵，意象具足，始为难得。"④ 何景明认为"意象应曰合，意象乖曰离"⑤，并评李梦阳的诗说，李梦阳早年反对宦官刘瑾时所作的诗，意和象相应，后来刘瑾死，他做了官之后，所作的诗就意与象分离，不成章、不感人了。胡应麟说"古诗之妙，专求意象"⑥，"子建《杂诗》，全法《十九首》意象"⑦，朱承爵认为"词家意象亦或与诗略不同"⑧，方东树评鲍照诗"意象才调，自流畅也"⑨、评杜甫诗"意象大小远近，皆会逼真"⑩，等等，都是针对文学作品中"意"和"象"的关系或者"意象"说的，指的是客观存在的艺术作品中的形象，而不是刘勰"窥意象而运斤"中的"意象"。当然，需要说明的是，这种历时性的用法差异，似乎不是有意识地遵循内在理路的演变，而是论诗者相当随意地差遣或者无意识地调换。

---

① 司空图：《二十四诗品·缜密》，载《历代诗话》，中华书局 1981 年版，第 41 页。
② 强幼安：《唐子西文录》，载《历代诗话》，中华书局 1981 年版，第 447 页。
③ 王廷相：《与郭价夫学士论诗书》，载《王廷相集》，中华书局 1989 年版，第 502 页。
④ 李东阳：《麓堂诗话》，载《历代诗话续编》，中华书局 1983 年版，第 1372 页。
⑤ 何景明：《与李空同论诗书》，载郭绍虞《中国历代文论选》第 3 册，上海古籍出版社 1979 年版，第 37 页。
⑥ 胡应麟：《诗薮》，上海古籍出版社 1979 年版，第 1 页。
⑦ 同上书，第 30 页。
⑧ 朱承爵：《存馀堂诗话》，载《历代诗话》，中华书局 1981 年版，第 794 页。
⑨ 方东树：《昭昧詹言》，人民文学出版社 1961 年版，第 173 页。
⑩ 同上书，第 214 页。

　　明清之后，在我国近现代文论发展中亦未能出现一种比较具有中国特色的艺术构思的思维理论。那么，在我国 20 世纪 50 年代中后期兴起的"形象思维"大讨论呢？首先，"形象思维"这个词来源于苏俄。其次，在苏俄，关于这个术语的提出最初并不是指一种思维方式。这里有必要对"形象思维"这个术语溯源分析，以期发现问题。

　　1838 年，别林斯基（1811—1848）在对伊凡·瓦年科的《俄罗斯童话》的评论中，提出"诗歌不是什么别的东西，而是寓于形象的思维"。[①] 1840 年，在《艺术的观念》中，他又将"诗"改为"艺术"，即为"艺术是对真理的直感的观察，或者说是寓于形象的思维"[②]。一般认为，这是后世"形象思维"说的源泉。[③] 别林斯基在文章中对这一定义阐述时，特别强调"思维"二字。一般情况下，这个词会使我们联想到与"思考"相关的动作行为，但是在别林斯基笔下，"思维"并不是这个意思。他把诗界定为思维，是力图让诗歌与哲学这样的思维类型接近起来，从而通过这样的艺术定义来提高诗的哲学意义和真理意义。1839 年，他在《智慧的痛苦》一文中说："诗歌就是同样的哲学，同样的思维，因为它具用同样的内容——绝对真理，不过不是表现在观念从自身出发的辩证法的发展形式中，而是在观念直接体现为形象的形式中。"[④] 之后，在《艺术的观念》一文中，他先承认哲学和诗歌的对立，接下来笔锋一转，指出艺术和哲学奔赴同一目标的相同的努力方向——即向往于上天，最后得出这样的结论："在艺术和思维的本质中，正是包含着它们的敌对的对立以及它们相互间的亲密的血肉联系。"[⑤] 所以，别林斯基并不是在论述创作过程的思维方式问题，在他那里"思维"一词是代替"哲学""理念"等绝对真理的概念而提出，与我们当作动词使用的"思维""思

---

　　① ［俄］别林斯基：《伊凡·瓦年科讲述的〈俄罗斯童话〉》，载《外国理论家作家论形象思维》，中国社会科学出版社 1979 年版，第 55 页。

　　② ［俄］别林斯基：《艺术的观念》，载《外国理论家作家论形象思维》，中国社会科学出版社 1979 年版，第 59 页。

　　③ 在别林斯基著作中，没有看到直接使用"形象的思维"或简称"形象思维"这个术语的。

　　④ ［俄］别林斯基：《智慧的痛苦》，载《外国理论家作家论形象思维》，中国社会科学出版社 1979 年版，第 59 页。

　　⑤ ［俄］别林斯基：《艺术的观念》，载《外国理论家作家论形象思维》，中国社会科学出版社 1979 年版，第 61 页。

考"并无关涉。而且，别林斯基所谓的"形象"，主要是指艺术作品中的形象，比如他说："只有具体的观念才能够体现在具体的诗意形象中。诗歌是寓于形象的思维，因此，如果形象所表现的观念是不具体的、虚伪的、不丰满的，那么，形象必然也就不是艺术性的。"①

那么，别林斯基在《智慧的痛苦》中又说"诗人用形象来思考"②，这是提出了一种艺术家特有的思维方式或思考方式——形象思维吗？的确，这一论断把注意力着重投注在创作构思的"寓于形象"这一思维方式上，开始强调艺术思维的特点，确实说得很有创见。这一观点也得到俄国十月革命前后的作家及批评家普列汉诺夫、阿·托尔斯泰、法捷耶夫、高尔基的响应，并直接使用了"形象思维"这一用语，比如高尔基说："艺术家的形象思维，以对现实生活的广博知识为依据，被那想赋予素材以最完美形式的直觉的愿望所补充。"③ 阿·托尔斯泰说："艺术乃是对世界的感性认识，是借助那作用于感情的形象思维。"④

其实，别林斯基的意图是说诗显示真理的方式与其他哲学社会科学所用的方法不同。他在将文学与哲学等同起来时，必然会引出一个问题：既然两者都是思维，都以揭示真理为己任，那么两者的差别是什么呢？他不能不回答这一问题。他在提出"诗人用形象来思考"后，接着解释说"他不证明真理，却显示真理"。后来，在《杰尔查文作品集》（1843）、《普希金作品集》（1844）、《俄国文学史试论》（1845）等文章中，他都反复阐释了艺术和科学在表现方式上的不同，直到 1848 年，他还阐释说："艺术和科学不是同一件东西，却没有看到，它们之间的差别根本不在内容，而在处理特定内容时所用的方法。哲学家以三段论法说话，诗人则以形象和图画说话，然而他们说的都是同一件事。政治经济学家运用统计的材料，作用于读者或听众的理智，证明社会中某一阶段

① ［俄］别林斯基：《〈冯维辛全集〉和扎果斯金的〈犹里·米洛斯拉夫斯基〉》，载《外国理论家作家论形象思维》，中国社会科学出版社 1979 年版，第 56 页。

② ［俄］别林斯基：《智慧的痛苦》，载《外国理论家作家论形象思维》，中国社会科学出版社 1979 年版，第 58 页。

③ ［俄］高尔基：《致亚·谢·谢尔巴科夫》，载《外国理论家作家论形象思维》，中国社会科学出版社 1979 年版，第 156 页。

④ ［俄］阿·托尔斯泰：《为拖拉机所代替了的月亮》，载《外国理论家作家论形象思维》，中国社会科学出版社 1979 年版，第 159 页。

的状况……诗人则运用生动而鲜明的现实的描绘，作用于读者的想象，在真实的画面里面显示社会中某一阶段的状况……一个是证明，另一个是显示，他们都在说服人，所不同的只是一个用逻辑论据，另一个用描绘而已。"①

所以，别林斯基的本身意图是解决将诗歌与思维等同起来出现的问题，即强调文艺作为特殊的社会意识形态区别于其他哲学社会科学的特点，强调文艺对真理的形象的反映方式而已。他并没有意图概括出作为人类在艺术创造中采用的独特的思维方式——"形象思维"的问题，并没有意图说明是否有种艺术家特有的思维方式的存在，也并不认为艺术就不需要理智和思考力，他说："诗歌也进行议论和思考，这是不错的，因为它的内容，正像思维（笔者注：哲学之义）的内容一样，也是真理。"② "想象仅仅是使诗人所以成为诗人的最主要的本领之一；可是，仅靠这一点，还不足以构成诗人；他还须有从事实中发现观念、从局部现象中发现普遍的深刻的智力。"③ 因此，"诗人用形象来思考"，正如普列汉诺夫所说，这一美学规律是从"诗"的定义本身产生的④，是对"诗是寓于形象的思维"的不自觉的用法差异，前者是创作过程中的思维特征，后者是用形象显示思想、情感，"形象"是物质化了的形象，而且有关后者的论述不论从出现的次数还是所占的篇幅，在别林斯基的论述中都比前者多。以上提到的俄国十月革命前后的作家在表述"形象思维"时，也是在认同和使用"用形象来显示思想"这样的概念基础上的，比如普列汉诺夫说："艺术既表现人们的情感，也表现人们的思想，但是并非抽象地表现，而是用生动的形象来表现。这就是艺术的最主要的特点。"⑤ 高尔基谈到艺术家时说的："真正的艺术家，是用形象来思考的，

① ［俄］别林斯基：《一八四七年俄国文学一瞥》，载《外国理论家作家论形象思维》，中国社会科学出版社 1979 年版，第 79 页。

② ［俄］别林斯基：《杰尔查文作品集（第一篇论文）》，载《外国理论家作家论形象思维》，中国社会科学出版社 1979 年版，第 68 页。

③ ［俄］别林斯基：《一八四三的俄国文学》，载《外国理论家作家论形象思维》，中国社会科学出版社 1979 年版，第 73 页。

④ 参见［俄］普列汉诺夫《别林斯基的文学观》，载《外国理论家作家论形象思维》，中国社会科学出版社 1979 年版，第 126 页。

⑤ ［俄］普列汉诺夫《没有地址的信》，载《外国理论家作家论形象思维》，中国社会科学出版社 1979 年版，第 129 页。

而在形象上面使用的文字愈少，形象就愈明生动。"① 法捷耶夫在谈到用形象表现思维的问题时说："艺术家传达现象的本质不是通过对该具体现象的抽象，而是通过对直接存在的具体展示和描绘。"②

非常有意思的是，别林斯基在说明诗人特殊才能的时候，转向了西方传统的想象说，他认为：要成为一个诗人必须天生赋有"创造性的想象"，只有它才构成诗人之所以有别于非诗人的特长③；所谓艺术的才能，就是通过想象活动把用感情承受现实的印象再现在诗情形象中的一种直感的本领④；他还说："在艺术中，起着最积极和主导的作用的是想象，而在科学中，则是理智和思考力。"⑤ 诸如此类谈想象在创作过程中的作用这个方面，比对"诗是寓于形象的思维"和"诗人用形象来思考"的论述多得多。可见，别林斯基对想象十分重视。之后，高尔基还将形象思维融合在想象之中，他说："想象在其本质上也是对于世界的思维，但它主要是用形象来思维，是'艺术的'思维。"⑥

可见，"形象思维"并不是在艺术思维方式的研究中得出的结论，也不是心理学研究的结果，仅仅是对"艺术与哲学（科学）的区别"这一答案（"艺术是思维"这一命题引出的）的误读。还需要指出的是，别林斯基不是心理学家，他在文章中未曾引述过心理学论据来支持"形象思维说"。而我国 20 世纪 50 年代初开始的"形象思维"大讨论，却是一开始就在思维层面上展开，并不是在给"艺术"下定义时展开，争论的焦点集中在有没有作为人类特殊的思维方式——形象思维的存在，争论的双方都提出了不少对于说明创作过程中的思维活动的特征有价值的意见，

---

　　①　［俄］高尔基：《致弗·维·伊万诺夫》，载《外国理论家作家论形象思维》，中国社会科学出版社 1979 年版，第 155 页。

　　②　［俄］法捷耶夫：《争取做一个辩证唯物主义的艺术家》，载《外国理论家作家论形象思维》，中国社会科学出版社 1979 年版，第 167 页。

　　③　参见［俄］别林斯基《符拉箕米尔·菲里莫诺夫的〈难以理解的女人〉》，载《外国理论家作家论形象思维》，中国社会科学出版社 1979 年版，第 67 页。

　　④　参见［俄］别林斯基《爱都华·古别尔诗集》，载《外国理论家作家论形象思维》，中国社会科学出版社 1979 年版，第 74 页。

　　⑤　［俄］别林斯基：《一八四七年俄国文学一瞥》，载《外国理论家作家论形象思维》，中国社会科学出版社 1979 年版，第 75 页。

　　⑥　［俄］高尔基：《谈谈我怎样学习写作》，载《外国理论家作家论形象思维》，中国社会科学出版社 1979 年版，第 416 页。

但似乎有相持不下之势，这里不准备就此争论做探讨。只想思考这样一个问题：让渊源于"艺术是寓于形象的思维"这一定义的"形象思维"概念，在思维层面上展开，是否科学？

"形象"一词，当前艺术理论界和艺术界的一个比较统一的看法是，艺术作品表现出来的，具有一定思想内容和审美属性的具体生动的人物或生活图画。形象虽然是艺术家创作出来的，但是既然已经被创造出来了，就变成了可供人们观赏和审美的客观事物了，是一种客观存在，只不过针对这种客观存在，仁者见仁、智者见智。所以，"形象"这个概念更具客观性、实在性，其本身没有反映出艺术家思维的运作，没有反映出头脑中的"象"对外物的主观反映。文学创作构思中的"意象"这个概念，从现代心理学上来讲，它是一个具有科学依据的心理学名词，很多心理学论著都突出了意象在思维中的作用这一重要问题，比如美国当代心理学家克雷奇在《心理学纲要》中"创造性思维中的意象与语言"一节中分析创造性思维中的两大符号元素——意象和语言，阿瑞提在《创造的秘密》中"意象"一节中指出意象是与"不在场"的事物进行接触的一种方式，是赋予这种事物以心理呈现或心理存在的一种方式，从而使人类不再被迫受到现实局限而拥有创造性；在一些心理学论著中所说的"想象表象"，也当视为"意象"的意思①。意象在西方美学中，作为艺术创作思维特征也得到了美学家的共识。18世纪德国古典哲学家康德（1724—1804）在《判断力批判》中非常重视"审美意象"这一概念，他说："由想象力所形成的形象显现，就叫作意象，一方面是由于这些形象显现至少是力求摸索出越出经验范围之外的东西，也就是力求接近理性概念（即理智的观念）的形象显现，使这些理性概念获得客观现

---

① "表象"这个词在心理学中有丰富的含义，如［苏］Ｂ.Ｂ.波果斯洛夫斯基在《普通心理学》中说："过去经历过的事物的映像在心理学中称为表象。"（魏庆安等译，人民教育出版社1981年版，第306页）同时又说："人类劳动与动物本能行为的根本区别在于借助想象力预期结果的表象。"（前引书，373页）前者偏向于"映像"，后者又偏向于发挥"想象力"的结果，似乎不一致。［美］Ｅ.Ｒ.希尔加德在《心理学导论》（周先庚等译，北京大学出版社1987年版）中提出了"视觉表象思维"一词，这里"表象"与"思维"相联系，似乎又偏向于思维活动的结果。在我国的一些心理学专著中，采取了相对策略的方式，把表象分为"记忆表象"和"想象表象"，记忆表象即感知过的事物在脑中重现的形象叫记忆表象（相当于"映像"），由记忆表象或现有知觉形象改造的新形象叫想象表象（相当于"想象力结果"）。笔者认为，这种想象表象的含义就是意象，在此基础上的表象思维，也就是意象思维。

实的外貌；但是主要的一方面还是由于这些形象显现（作为内心的直觉对象）是不能用概念去充分表达出来的。"① 康德认识到审美意象具有形象具体而又高度概括性的特点，它以个别具体形象表达无穷之意，能引人从有限至无限，从感性世界到超感性世界。黑格尔（1770—1831）说得更为明确而又透彻："诗人必须把他的意象（腹稿）体现于文字，而且用语言传达出去。"② 除此之外，20 世纪美学家克罗齐（1866—1952）、萨特（1905—1980）、朗格（1895—1982）、阿恩海姆（1904—2007）等都把审美意象放在艺术创造内心审美经验的中心地位，给予高度关注。而中国古代诗人一开始探讨文学创作构思时，就把"意象"作为其"意"的重要思维元素，它融入了艺术家主观的"意"，把"意"寓于"象"中，清楚地体现了文学创作思维层面的"象"的特点，那么，作为文艺学命题的"形象思维"观念，能否借"意象思维"的观念而转世呢？当然，我们不能说"意象思维"是诗人文学创作特有的思维方式，而是说，它作为一种普遍存在的思维方式，在文学创作构思中有它自己的特征。

第二节　意象思维在文学创作构思中的运作

中国古代文论把诗人创作构思的意象思维视为积极的心理过程，那么在这个过程中，它表现出什么特点呢？陆机在《文赋》中说"情曈昽而弥鲜，物昭晰而互进"，讲到了构思中情与物的关系。刘勰在《神思》篇中说："神与物游"，就是说创作中"神"这种人的思维活动的精神现象，始终与具体生动的"物象"紧密结合在一起。后来，王昌龄的"诗有三境"论，发展了陆机的"情、物"关系说和刘勰"神与物游"说，

----

① ［德］康德：《判断力批判》，载伍蠡甫《西方文论选》（上），上海译文出版社 1979 年版，第 565 页。值得注意的是，关于这段德文原著的翻译，在宗白华先生的译文中，一概译为"表象"，在朱光潜先生那里则译为"形象显现""具体意象"，他解释说："德文 Vorstellung 过去译为'表象'，久醒豁，它指把一个对象的形象摆在心眼前观照，亦即由想象力掌握一个对象的形象，这个词往往用作 Idee（意象、观念）和 Gedanke（思想）的同义词，含用'思维'活动的意义。"（朱光潜：《西方美学史》，人民文学出版社 1979 年版，第 353 页脚注）"想象力形成形象显现或具体意象，知解力综合许多具体意象成为抽象概念（逻辑的）或典型（艺术的集中化和概括化）。"（同上书，第 356 页脚注）尽管德文原文中某些多义词有多种译法，但是笔者更为同意朱光潜先生的译法。

② ［德］黑格尔：《美学》第 3 卷，商务印书馆 1979 年版，第 63 页。

具体谈到了构思中三个方面的运作。他说：

> 诗有三境：一曰物境。欲为山水诗，则张泉石云峰之境，极丽
> 绝秀者，神之于心，处身于境，视境于心，莹然掌中，然后用思，
> 了然境象，故得形似。二曰情境。娱乐愁怨，皆张于意而处于身，
> 然后驰思，深得其情。三曰意境。亦张之于意而思之于心，则得其
> 真矣。①

王昌龄所说的"诗之三境"，即"物境""情境"和"意境"，它们
是"用思"（或"驰思"，或"思之于心"）中有机统一的三个方面，司
空图把这三个方面与思的关系高度概括为"思与境偕，乃诗家之所尚
者"。② 可见，诗人在创作过程中，"思"寓于"境"中，"思"和"境"
不可分离，心境相得，见相交融。从"神与物游"到"诗有三境""思
与境偕"的发展，赋予了意象思维更丰富的内涵。以下就分别对意象思
维中"思与象偕""思与情偕""思与意偕"的运作做具体论述。

第一，了见其象。

王昌龄所说的"物境"，当然不仅是指自然山水之象，而是主体观照
中的一切"象"。古人对文学创作之"思"有一形象的说法，就是"目
想"。刘勰说"思接千载""视通万里"③。萧统说："历观文囿，泛览辞
林，未尝不心游目想，移晷忘倦。"④ 白居易说："杨君缄书赍图，请予为
记。予按图握笔，心存目想，觇缕梗概，十不得其二三。"⑤ 对于文学创
作意象思维中的"目想"，王昌龄说得尤其精彩：

---

① 王昌龄：《诗格》，载郭绍虞《中国历代文论选》第 2 册，上海古籍出版社 1979 年版，
第 88 页。
② 司空图在《与王驾评诗书》中说："河汾蟠郁之气，宜继有人。今王生者寓居其间，沉
积益久，五言所，长于思与境偕，乃诗家之所尚者。"这不仅是对王驾诗的评价，而且可视为对
构思思维的理论概括。
③ 刘勰撰，范文澜注：《文心雕龙注·神思》，人民文学出版社 1958 年版，第 493 页。
④ 萧统：《文选序》，载郭绍虞《中国历代文论选》第 1 册，上海古籍出版社 1979 年版，
第 330 页。
⑤ 白居易：《白蘋洲五亭记》，载《白居易集》，中华书局 1979 年版，第 1495 页。

夫置意作诗，即须凝心，目击其物，便以心击之，深穿其境。如登高山绝顶，下临万象，如在掌中。以此见象，心中了见，当此即用。①

作家在创作中，须凝神观照，目击其象，在脑中似乎有双眼睛看着心中之象在思考、在想象。他们设身处地，进入角色，看见了摹写的人物、各种场景、境界，力求准确把握不同人物的语言、行动、思想、感情特点，使朦胧的"意"逐渐清晰。当然，作者心理上清晰的"内视"，其实不限于视，听、触、味等诸感觉都包括在内。

很多作家都谈到自己在创作中"了见其象"的创作经历。比如金圣叹在批评《水浒传》第二十二回武松打虎的一段文字中，借用古代绘画史上流传甚广的赵孟頫画马的传说以及宋代苏轼的一首题画诗，对"了见其象"做了形象的阐释：

我常思画虎有处看，真虎无处看；真虎死有处看，真虎活无处看；活虎正走，或犹偶得一看，活虎正搏人，是断断必无处得看者也。乃今耐庵忽然以笔墨游戏，画出全幅活虎搏人图来。今而后要看虎者，其尽到《水浒传》中，景阳冈上，定睛饱看，又不吃惊，真乃此恩不小也。传闻赵松雪好画马，晚更入妙。每欲构思，便于是密室解衣踞地，先学为马，然后命笔。一日管夫人来，见赵宛然马也。今耐庵为此文，想亦复解衣踞地，作一扑、一掀、一剪势耶。东坡《画雁》诗云："野雁见人时，未起意先改，君从何处看，得此无人态。"我真不知耐庵何处有此一副虎食人方法在胸中也。圣叹于三千年中，独以才子许此一人，岂虚誉哉？②

赵孟頫，元代著名书画家，画马非常出名，相传每当他构思时，便于密室解衣踞地，身作马形，然后才命笔。身作马形，就是因为他完全看到了他所想画的那匹马。宋代郭熙在《林泉高致》中也表达过同样的意

---

① ［日］弘法大师，王利器校注：《文镜秘府论校注》，中华书局1983年版，第285页。
② 陈曦钟等辑校：《水浒传会评本》，北京大学出版社1981年版，第425页。

思，他说要想学好画山水，则要"盖身即山川而取之，则山水之意度见矣"。①"身即山川而取之"已经表明，艺术家首先要全身心投入，才能"看见"山水之意。宋人沈括在《梦溪笔谈》卷十七"书画"中记载了这样一个故事，亦非常形象地说明了此理。他说：

> 小窑村陈用之善画，（宋）迪见其画山水，谓用之曰："汝画信工，但少天趣。"用之深伏其言，曰："常患其不及古人者，正在于此。"迪曰："此不难耳，汝先当求一败墙，张绢素讫，倚之败墙之上，朝夕观之。观之既久，隔素见败墙之上，高平曲折，皆成山水之象。心存目想：高者为山，下者为水；坎者为谷，缺者为洞；显者为近，晦者为远；神领意造，恍然见其有人禽草木飞动往来之象，了然在目。则随意命笔，默以神会，自然境皆天就，不类人为，是谓'活笔'。"用之自此画格日进。②

宋迪所说画山水的道理，是要善于"看出"山水之"象"。即使凝视破烂不堪的墙，也可以根据其高平曲折，看出它们仿佛就是山水、峡谷、草木、飞禽等。这些活生生的"象"了然在目，此谓"心存目想"。他的这个建议使陈用之的画自然灵趣，大有长进。金圣叹注意到绘画与小说创作在构思上所共通的特点，借画论的"了见其象"来论述小说构思。《水浒传》中武松打虎的一段描写，确实非常传神，作者在描写武松景阳冈打虎时，就像赵孟頫画马一样，真如自己亲身经历一般。当然，施耐庵并不一定真像金圣叹设想的那样去"作一扑、一掀、一剪势"，但是他构思这一段描写时，确实是完全非常清晰地看到了他要描写的那种动作、那种意态，心中所见之象栩栩如生、呼之欲出。

清代戏剧理论家李渔在《闲情偶寄》中论及了戏剧创作者应怎样看到戏中人物的心曲隐微：

---

① 郭熙、郭思：《林泉高致》，载俞剑华《中国古代画论类编》，人民美术出版社1998年版，634页。

② 沈括撰，胡道静校证：《梦溪笔谈校证》，上海古籍出版社1987年版，第549页。

　　言者，心之声也，欲代此一人立言，先宜代此一人立心。若非梦往神游，何谓设身处地。无论立心端正者，我当设身处地，代生端正之想，即遇立心邪辟者，我亦当舍经从权，暂为邪辟之思。务使心曲隐微，随口唾出，说一人，肖一人，勿使雷同，弗使浮泛，若《水浒传》之叙事，吴道子之写生，斯称此道中之绝技。果能若此，即欲不传，其可得乎？①

　　李渔认为戏剧创作中作家要塑造生动逼真的人物形象，就应"梦往神游""设身处地"，把剧中每个人物的内心世界、行为动作揣摩好，才能掌握好人物的活动和语言特点，从而达到"说一人，肖一人"的目的，也更能达到舞台戏剧直观动人的表演效果。《西厢记》中第一本第三折"酬韵"，惟妙惟肖地描写张生到后花园等待莺莺，哪怕隔墙也要看上一眼的急迫之情。张生先是有心探知莺莺晚上会去后园烧香，于是便于日落月朗之时，早早来到太湖石畔角儿，用太湖石垫脚，隔墙张望，盼着她早日到来。金圣叹于此段批评道："看他写一片等人性急，刻度如年，真乃手搦妙笔，心存妙境，身代妙人，天赐妙想。"② 可见，"心存妙境，身代妙人"，才会天赐妙想。

　　倘若作家不能"了见其象"，不能将那个有机统一的审美意象体系熟视于胸、历历在目，那就说明形诸文字的条件就不具备，如果勉强为之，那么创作不但更艰难，而且不能展现出对象的整体精神。苏轼在《文与可画筼筜谷偃竹记》中说：

　　竹之始生，一寸之萌耳，而节叶具焉。自蜩腹蛇蚹以至于剑拔十寻者，生而有之也。今画者乃节节而为之，叶叶而累之，岂复有竹乎！故画竹必先得成竹于胸中，执笔熟视，乃见其所欲画者，急其从之，振笔直遂，以追其所见，如兔起鹘落，少纵则逝矣。③

---

　　① 李渔：《闲情偶寄·宾白第四》，载郭绍虞《中国历代文论选》第 3 册，上海古籍出版社 1979 年版，第 278 页。
　　② 金圣叹：《金圣叹批本西厢记》，上海古籍出版社 1986 年版，第 66 页。
　　③ 苏轼：《文与可画筼筜谷偃竹记》，载《苏轼文集》，中华书局 1986 年版，第 365 页。

苏东坡曾经十分认真地向文与可学习画竹，并从文与可那里学到了"成竹在胸"的画竹经验。他说，竹的成长，不管是开始萌芽时，还是长成之后，都是有生命的统一整体，画的时候，要让具有生机的完整的竹成于胸中，仔细端详，清晰地看到意想中的竹子的形象，急速挥笔落纸，一气呵成。如果没有熟视胸中之竹，作家勉强创作，节节而为之，叶叶而累之，即使创作完成，那么也会是没有精神、没有意旨的死死沉沉的支支节节。清代沈德潜在《说诗晬语》中发挥苏轼的主张说："写竹者必有成竹在胸，谓意在笔先，然后著墨也。惨淡经营，诗道所费。倘意旨无架，茫然无措，临文敷衍，支支节节而成之，岂所语于得心应手之技乎？"① 苏轼的"胸有成竹"论丰富了六朝以来"意在笔先"的绘画理论，深刻地影响着文坛的创作。

当然，作家不一定对意象思维中的一切绝对清楚之后才动笔。事实上，一切绝对清楚是不可能的。在极短篇幅的创作中，比如作一首绝句或律诗，还可以把一切在心里想好；如果篇幅长了，完全"成竹在胸"这种办法，实际上是不易做到的。并且，就算一切在心里都想清楚了，写作中也都会有很大的变动，创作中无意识、非自觉的因素有时会起很大的作用。这些问题，我们放在后面讨论。但是，一般而言，能够了然见到自己的文学审美意象，是创作的常见情况。

第二，深入其情。

古代诗人一贯重视意象思维中的情感因素，认为"物以情观"，诗人应饱含着情感去观照"物"，将其特征和自己的情感联系起来。陆机在《文赋》中说："思涉乐其必笑，方言哀而已叹。"② 刘勰《文心雕龙·神思》中说："登山则情满于山，观海则意溢于海，我才之多少，将与风云而并驱矣。"在赞辞中又总结说："神用象通，情变所孕。"③ 可见，情感伴随着构思活动的始终，情感的复杂变化影响和支配着艺术想象活动的展开和意象的构成。正如皎然说，什么是情？答曰："缘境不尽曰情。"④

① 沈德潜：《说诗晬语》，载《原诗一瓢诗话说诗晬语》，人民文学出版社 1979 年版，第241页。

② 张少康：《文赋集释》，人民文学出版社 2002 年版，第60页。

③ 刘勰撰，范文澜注：《文心雕龙注·神思》，人民文学出版社 1958 年版，第495页。

④ 皎然：《诗式·辨体有一十九字》，载《历代诗话》，中华书局 1981 年版，第36页。

尤其是明末清初思想家、文艺家王夫之对"情景"关系的论述。王夫之讲的"景"，不仅指自然景物，而且是主体观照的一切"象"，包括人、事、物、景等，它们与情交融在一起，相互触发而生，你中有我、我中有你。他说："关情者景，自与情相为珀芥也。情景虽有在心在物之分，而景生情，情生景，哀乐之触，荣悴之迎，互藏其宅。"① 而且景、情从一开始就不相离，作为一个统一体服务于诗人的创作，"夫景以情合，情以景生，初不相离，唯意所适。截分两橛，则情不足兴，而景非其景"。②在创作的意象思维中，不是为"情"找"景"，也不是为"景"造"情"，而是"情""景"自然凑泊。王夫之在"诗话""诗评"中，评论诸多诗歌时，频频提到"心目相取""心中目中与相融浃"之类，都可看作"情""景"相融的发挥。如：

> "池塘生春草"，"蝴蝶飞南园"，"明月照积雪"，皆心中目中与相融浃，一出语时，即得珠圆玉润，要亦各视其所怀来而与景相迎者也。③

> "亲朋无一字，老病有孤舟"，自然是登岳阳楼诗。尝试设身作杜陵，凭轩远望观，则心目中二语，居然出现，此亦情中景也。④

> 写景至处，但令与心目不相暌离，则无穷之情正从此生。⑤

> 语有全不及情而情自无限者，心目为之，政不特外物故也。"天际识归舟，云间辨江树"，隐然一含情凝眺之人，呼之欲出，从此写景，乃为活景。故人胸中无丘壑，眼底无性情，虽读尽天下书，不能道一句。⑥

> 只于心目相取处，得景得句，乃为朝气，乃为神笔，景尽意止，意尽言息，不必强括狂搜，舍有而寻无，在章成章，在句成句。文

---

① 王夫之：《姜斋诗话·诗绎》，人民文学出版社 1961 年版，第 144 页。
② 王夫之：《姜斋诗话·夕堂永日绪论内编》，人民文学出版社 1961 年版，第 151 页。
③ 同上书，第 146 页。
④ 同上书，第 150 页。
⑤ 王夫之：《古诗评选》卷五评孝武帝《济曲阿后湖》，文化艺术出版社 1997 年版，第 228 页。
⑥ 王夫之：《古诗评选》卷五评谢朓《之宣城郡出新林浦向板桥》，文化艺术出版社 1997 年版，第 245 页。

章之道，音乐之理，尽于斯矣。①

从很多诗人创造的佳作中，都可见其构思用情至深。比如杜甫创作的《月夜》：

> 今夜鄜州月，闺中只独看。遥怜小儿女，未解忆长安。香雾云鬟湿，清辉玉臂寒。何时倚虚幌，双照泪痕干。

此诗的妙处，诚如明代王嗣奭所说："意本思家，而偏想家人之思我，已进一层。至念及儿女之不能思，又进一层。'云鬟''玉臂'，语丽而情更悲。至于'双照'可以自慰矣，而仍带'泪痕'说，与泊船悲喜，惊定拭泪同。皆至情也。"② 杜甫思家之情深，才能把千里之外的妻子对自己的思念刻画得如此微妙，妻子雾湿云鬟、月寒玉臂、望月愈久而思念愈深，而小女儿天真幼稚，还不懂得母亲的忧心。杜甫想到妻子忧心忡忡、夜不能寐的时候，自己也不免伤心落泪。诗人让思念从彼岸飞来，意象中的情境如此真切动人，愈见得杜甫思念的深切与他"钟情之至"是不可分的。又如，相传汤显祖作《还魂记》时，一天，家里人怎么都找不着汤显祖，后来发现，他正卧在院子里的柴堆上痛哭流涕，众人非常惊奇地问他为什么。他说："填词至'赏春香还是旧罗裙'句也。"③原来汤显祖正在写春香陪老夫人到后园祭奠死去三年的杜丽娘一场戏（《牡丹亭》第二十五出忆女），春香低头看见自己的罗裙正是杜丽娘生前穿过的，睹物思人，怀念小姐杜丽娘之情油然而生。汤显祖写到此时，仿佛自己就是春香，深深体会到物在人亡的悲痛之感，感情冲动，就躺在柴堆上痛哭起来。正因为对心中人物的至深感情，汤显祖才能创作出情感深沉的《牡丹亭》。

反之，如果诗人在创作中没有浓厚的情感渗透，那么他所见之象必

---

① 王夫之：《唐诗评选》卷三评张之容《泛永嘉江日暮回舟》，文化艺术出版社1997年版，第96页。

② 王嗣奭：《杜臆》，上海古籍出版社1983年版，第42页。

③ 焦循：《剧说》，载《中国古典戏曲论著集成》（八），中国戏剧出版社1960年版，第146页。

然会因为缺乏情感而失去生命的美感。正如清代画家恽格所说："秋令人悲，又能令人思，写秋者必得可悲可思之意，而后能为之。不然，不若听寒蝉与蟋蟀鸣也。"① 就是说，自然界的景物如果没有引起思想、情感的激动（即"可悲可思之意"），那么审美意象就不会形成，作者就只能仅仅是感知到自然界的现象而已（即"听寒蝉与蟋蟀鸣"）。把"鱼跃练波抛玉尺，莺穿丝柳织金梭"（作者未知）和杜甫的"细雨鱼儿出，微风燕子斜"（《水槛遣兴二首》之一）、"穿花蛱蝶深深见，点水蜻蜓款款飞"（《曲江二首》之二）比较，就会感到前者只是辞藻上用功，江水像白色的丝带子，鱼儿跃起来像抛起一支玉尺，柳条像丝线，黄莺像金梭，"莺穿丝柳织金梭"，就是说黄莺在柳条中穿来穿去像黄金梭子在织丝。这些诗句完全是用富丽的辞藻不动情感地刻意描摹景象，显示的是物态，而不是生命的美感。杜甫的诗句，却体现出诗人深切感受到的万物生机，有了深切的情感，才能与花鸟共忧乐，才能创作出上品的诗。正如叶梦得在比较以上诗句时说："诗语固忌用巧太过，缘情体物，自有天然工妙。"②

当然，作者对情感的独特体验，又会影响其创作意象思维的独特性。叶燮在《原诗·内篇》中列举了杜甫的"碧瓦初寒外""月傍九霄多""晨钟云外湿""高城秋自落"等诗句，意在说明诗人置身于当时情境中的独特美感经验。我们试看一例：

> 如玄元皇帝庙作"碧瓦初寒外"句，逐字论之：言乎"外"，与内为界也。"初寒"何物，可以内外界乎？将"碧瓦"之外，无"初寒"乎？"寒"者，无地之气也。是气也，尽宇宙之内，无处不充塞；而"碧瓦"独居其"外"，"寒"气独盘踞于"碧瓦"之内乎？"寒"而曰"初"，将严寒或不如是乎？"初寒"无象无形，"碧瓦"有物有质；合虚实而分内外，吾不知其写"碧瓦"乎？写"初寒"乎？写近乎？写远乎？使必以理而实诸事以解之，虽稷下谈天之辩，恐至此亦穷矣。然设身而处当时之境会，觉此五字之情景，

---

① 恽格：《南田画跋》，上海人民美术出版社 1987 年版，第 32 页。
② 叶梦得：《石林诗话》，载《历代诗话》，中华书局 1981 年版，第 431 页。

恍如天造地设，呈于象，感于目，会于心。意中之言，而口不能言；口能言之，而意又不可解。划然示我以默会想象之表，竟若有内、有外，有寒、有初寒，将借"碧瓦"一实相发之，有中间，有边际，虚实相成，有无互立，取之当前而自得，其理昭然，其事的然也。①

"碧瓦初寒外"是杜甫《冬日洛城北谒玄元皇帝庙》中的诗句。按一般人的"常识"感受，用碧琉璃瓦盖的玄元皇帝庙是有形之物，没有意识，绝对不能感知冷暖；初冬时节的寒气，无形无象，也无内外之别。而诗人偏说"碧瓦初寒外"，似乎碧琉璃瓦盖的玄元皇帝庙能感知这是初冬的寒冷，初冬的寒气更有内外之别，玄元皇帝庙藏在了寒气的外面，不受寒冷的侵袭。诗人把"碧瓦"与"初寒"、"初寒"与"内外"做了特殊的结合，抒发自己在初寒中仰望高峻巍峨的玄元皇帝庙那闪闪碧瓦时的独特感情：诗人看到它的壮丽，所谓"山河扶绣户，日月近雕梁"，感到了它的暖意，所以说它在初寒外，隐含着诗人对壮丽庙宇的赞美之情。因此，意象思维在于充分展现艺术家独特的感情体验，不能按"常理""常情"去要求艺术创作，它讲究的是"意到便成"。

相传王维曾经创作过一幅《袁安卧雪图》，画中有芭蕉树伫立在雪中的场景，很多人批评王维违背了自然常识，在严冬大雪时节，天气寒冷，草木凋零，哪里会有"雪里芭蕉"这样的情景呢？沈括给予的解释最为精辟，他说："书画之妙，当以神会，难可以形器求也。世之观画者，多能指摘其间形象位置彩色瑕疵而已，至于奥理冥造者，罕见其人。如彦远《画评》，言'王维画物，多不问四时，如画花往往以桃、杏、芙蓉、莲花同画一景'。予家所藏摩诘画袁安卧雪图，有雪中芭蕉，此乃得心应手，意到便成，故造理入神，迥得天意，此难可与俗人论也。"② 又如，欧阳修曾批评张继的诗"姑苏城外寒山寺，夜半钟声到客船"（《枫桥夜泊》），说"诗人贪求好句，而理有不通，亦语病也"，因为三更不是打钟时③；陈岩肖、范元实、叶梦得等人为张诗辩护，各就风俗、制度、经验

---

①　叶燮：《原诗·内篇》，载《原诗一瓢诗话说诗晬语》，人民文学出版社 1979 年版，第 30 页。

②　沈括撰，胡道静校证：《梦溪笔谈校证》，上海古籍出版社 1987 年版，第 542 页。

③　欧阳修：《六一诗话》，载《历代诗话》，中华书局 1981 年版，第 269 页。

等方面指出吴中三更确曾敲钟①。不管是批评张诗，还是为张诗辩护，都是就准确反映事物真实的客观之理来讨论，没有意识到作者意象思维中的情中景、景中情不能与客观之理相提并论。

所以，意象思维不是对现实忠实地再现，而是满足这样一种关系，那就是主体深切体验到他和所显现的"象"之间所存在的一种至深情感，"情"要在人所创造的"境象"中体现出来。

第三，妙得其真。

在意象思维中，了见其象并不是见到一般的直观感性之象，而是要妙得其象之真，这"真"包含相互交融的两层意义：第一层是真诚意，第二层真理意。王国维在《人间词话》中说：

> 大家之作，其言情也必沁人心脾，其写景也必豁人耳目，其辞脱口而出，无矫揉妆束之态。以其所见者真，所知者深也。②

所谓大家之作，要"所见者真，所知者深"，就是说作者需形成真诚而深刻的意象思维，它是富有生命真实的流露，是寓有世间真理的境界，是作家提炼出来的高度的"真"。

第一层，真诚意。我们所说的"真诚"是生命律动的表现，是与个人内在生命结合起来的"真"，不是伦理道德的真。这个真诚意发源于庄子，其《渔父》篇说：

> 真者，精诚之至也。不精不诚，不能动人。故强哭者虽悲不哀，强怒者虽严不威，强亲者虽笑不和。真悲无声而哀，真怒未发而威，

---

① 陈岩肖《庚溪诗话》说："然余昔官姑苏，每三鼓尽四鼓初，即诸寺钟皆鸣，想自唐时已然也。后观于鹄诗云：'定知别后家中伴，遥听维山半夜钟。'白乐天云：'新秋松影下，半夜钟声后。'温庭筠云：'悠然旅榜频回首，无复松窗半夜钟。'则前人言之，不独张继也。"（《历代诗话续编》，第171—172页）范温《潜溪诗眼》又从《南史》找到半夜钟的典故（郭绍虞：《宋诗话辑轶》，中华书局1980年版，第329页）；南宋的叶梦得在《石林诗话》中则又进而证明，到宋代，苏州一带的寺庙中半夜还敲钟："'姑苏城外寒山寺，夜半钟声到客船'，此唐张继题城西枫桥寺诗也。欧阳文忠公尝病其夜半非打钟时。盖公未尝至吴中，今吴中山寺，实以夜半打钟。"（《历代诗话》，第426页）

② 王国维：《人间词话》，载《蕙风词话　人间词话》，人民文学出版社1960年版，第219页。

真亲未笑而和。真在内者，神动于外，是所以贵真也。①

　　这样的"真"在意象思维中，不仅是真实的"真"，而且还含有生命力高扬的意味，是诗人在对自己生命和生活的体味中自然而然流淌出来的生命本身的东西，不是无病呻吟。古代作家在创作上曾留下过弥足珍贵的教训。明代在文学上出现了"前、后七子"复古之风，提倡"文必秦汉，诗必盛唐"②，遵循秦汉文、汉魏古诗、盛唐近体诗的创作法式，虽然他们的拟古也有佳作，但提出"尺寸古法"的主张，就容易陷入形式上的模拟蹈袭，而不能避免剽窃之弊病。何景明就批评李梦阳的诗说："刻意古范，铸形宿镆，而独守尺寸。"③ 李梦阳对自己的创作也表示悔悟说："予之诗，非真也。王子所谓文人学子韵言耳，出之情寡而工之词多者也。"④ 这时，整个文坛创作是比较沉寂的。明代中晚期文艺思想发生了重大变化，扭转了复古之风，为文学创作迎来了新鲜的空气。李贽、公安三袁等诗人都大力提倡诗文需抒写作家真性灵，表现其真感情，是天性的自然流露。

　　李贽提出"童心说"，他认为："天下之至文，未有不出于童心焉者也。苟童心常存，则道理不行，闻见不立，无时不文，无人不文，无一样创制体格文字而非文者。"⑤ 就是说，有"童心"才能写出好文章。那么，什么是"童心"呢？他说：

　　　　夫童心者，真心也，若以童心为不可，是以真心为不可也。夫童心者，绝假纯真，最初一念之本心也。若失却童心，便失却真心；

　　① 郭庆藩：《庄子集释·渔父》，中华书局 2004 年版，第 1032 页。
　　② 其实他们并没有做过这样简单的概括，只是复古思想较为激烈的后七子李攀龙在《答冯通书》中说："秦、汉以后无文矣。"所以，"文必秦汉，诗必盛唐"只是后人对其诗学倾向主张的评价。
　　③ 何景明：《与李空同论诗书》，载郭绍虞《中国历代文论选》第 3 册，上海古籍出版社 1979 年版，第 37 页。
　　④ 李梦阳：《诗集自序》，载郭绍虞《中国历代文论选》第 3 册，上海古籍出版社 1979 年版，第 56 页。
　　⑤ 李贽：《童心说》，载郭绍虞《中国历代文论选》第 3 册，上海古籍出版社 1979 年版，第 118 页。

失却真心，便失却真人。①

可见，"童心"就是"真心"，就是"最初一念之本心"，是人心的本然状态，是自然生发的，不是假装和作秀。李贽认为失却童心，便失却真心。如果在创作中没有真心，则"言语不由衷""文辞不能达"。换句话说，天下最好的文章，都是作者真性实情的流露，性情已真，则其文无所不真。晚明的袁宏道，认为创作"非从自己胸臆中流出，不肯下笔"，好诗应当"情真而语直"。正是在此主张下，他认为出于"真声"的里巷歌谣比无病呻吟之文人拟古之作要好得多。② 清代袁枚继承和发展了李贽和公安派的文学思想。他说："自三百篇至今日，凡诗之传者，都是性灵，不关堆垛。"③ "诗难其真也，有性情而后真，否则敷衍成文矣。"④ 即诗歌创作的好坏，完全决定于是否有性情的真实表现。他认为今人之作之所以不及古人的原因正在于此，"《三百篇》不著姓名，盖其人直写怀抱，无意于传名，所以真切可爱。今做诗，有意要人知，有学问，有章法，有师承，于是真意少而繁文多"。⑤ 所以袁枚认为诗人真实性情的自然流露才是诗之本旨。清人王国维赋予此种"真"更深刻的意义，他说：

> 境非独谓景物也。喜怒哀乐，亦人心中之一境界。故能写真景物、真感情者，谓之有境界。否则谓之无境界。⑥

可见，无论是写景还是写情，只要是"真"的，就是有"境界"的。"真"就是王国维所推崇的"赤子之心"，也就是诗人对生命（宇宙人

---

① 李贽：《童心说》，载郭绍虞《中国历代文论选》第 3 册，上海古籍出版社 1979 年版，第 117 页。

② 袁宏道：《序小修诗》，载郭绍虞《中国历代文论选》第 3 册，上海古籍出版社 1979 年版，第 211 页。

③ 袁枚：《随园诗话》，人民文学出版社 1982 年版，第 146 页。

④ 同上书，第 721 页。

⑤ 同上书，第 223 页。

⑥ 王国维：《人间词话》，载《蕙风词话 人间词话》，人民文学出版社 1960 年版，第 193 页。

生）的纯真感悟。他举例说："'红杏枝头春意闹'，着一'闹'字，而境界全出。'云破月来花弄影'，着一'弄'字，而境界出矣。"为什么着一"闹""弄"字就境界全出呢？这不仅是因为一个"闹"字渲染出了生机勃勃的大好春光，而且还显示出诗人的心灵在春天生机蓬勃之中特有的惬意和舒展，就像那春光中的红杏活泼热烈、无拘无束；一个"弄"字也不仅突现了春夜月下之花影婆娑这种动态的、朦胧的美，而且还将词人在整天忧伤苦闷后，于夜幕时分突然体悟到暮春时节盎然春意时的那种欣悦和无限美感传达出来：这都是灌注生命情感的结果。也因为如此，他信奉尼采的话："一切文学，余爱以血书者也。"① 所谓"血书"，就是饱含生命本真的艺术境界。

第二层，真理意。这个层面的"真理"，主要是指创作思维中体悟到的深刻的理性内容，它不同于一般理论著作中赤裸裸的概念的"理"，而是融于"情"之中，再与"象"融合的"理"。其蕴含又远远超出"象"本身的含义，是"韵外之致""味外之旨"②，"象外之象，景外之景"③，是一种超越实境的可以意会不可言传的虚境，是更真实更具有普遍性的东西，中国传统诗论将之称为"意境"。叶朗先生对"意境"做了精辟的解释，他认为刘禹锡的"境生于象外"（《董氏武陵集纪》）这句话，可看作对于"意境"这个范畴最简明的规定："'境'是对于在时间和空间上有限的'象'的突破。'境'当然也是'象'，但它是在时间和空间上都趋于无限的'象'，也就是中国古代艺术家常说的'象外之外''景外之景'。'境'是'象'和'象'外虚空的统一。"④ 同时，他认为："意境除了'意象'的一般的规定性外，还有特殊的规定性。这种象外之象所蕴含的人生感、历史感、宇宙感的意蕴，就是意境的特殊规定性。"⑤ 明代朱承

---

① 王国维：《人间词话》，载《蕙风词话　人间词话》，人民文学出版社 1960 年版，第198 页。

② 司空图：《与李生论诗书》，载郭绍虞《中国历代文论选》第 2 册，上海古籍出版社1979 年版，第 196 页。

③ 司空图：《与极浦书》，载郭绍虞《中国历代文论选》第 2 册，上海古籍出版社 1979 年版，第 201 页。

④ 叶朗：《胸中之竹·说意境》，安徽教育出版社 1998 年版，第 54—55 页。

⑤ 同上书，第 57 页。

爵说："作诗之妙，全在意境融彻，出音声之外，乃得真味。"① 就是说诗人的创造之妙，在于象外之境象，这样才得到了"真味"。当然这个层次上的"真味"还未诉诸语言，除了诗人本人之外，谁都不能体会。

可见，创作构思意象思维需"了见其象""深入其情""妙得其真"三个方面的有机统一，《庄子·天地》篇一则发人深省的寓言深刻地说明了此理：

> 黄帝游乎赤水之北，登乎昆仑之丘而南望，还归，遗其玄珠，使知索之而不得，使离朱索之而不得，使吃诟索之而不得之也。乃使象罔，象罔得之。黄帝曰："异哉！象罔乃可以得之乎。"
>
> 郭象注："此寄明得真之所由。"②

玄珠，是道真的意思；知，是才智、智慧的意思；离朱，是色也，视觉的意思；吃诟，是言辩的意思。黄帝将"玄珠"遗落在昆仑山上，他派"知""离朱""吃诟"分别去寻找它，都无法找到，最后派"象罔"去找，"象罔"则把它找到了，黄帝非常惊喜。宗白华先生对此做了精辟的阐释："'象'是境相，'罔'是虚幻，艺术家创造虚幻的境相以象征宇宙人生的真际。真理闪耀于艺术形象里，玄珠的砾于象罔里。歌德曾说：'真理和神性一样，是永不肯让我们直接识知的。我们只能在反光、譬喻、象征里面观照它。'又说：'在璀璨的反光里面我们把握到生命。'③ "玄珠"因"象罔"而存在（而不是因才智、声色、言辩而存在），"象罔"因"玄珠"而闪光，此乃文学创作思维之大境界。

第三节　文学创作构思中的语言存在

一　思维与语言的互动关系

关于文学创作构思中的语言存在问题是一个比较复杂的问题，因为

---

① 朱承爵：《存馀堂诗话》，载《历代诗话》，中华书局1981年版，第792页。
② 郭庆藩：《庄子集释·天地》，中华书局2004年版，第414页。
③ 宗白华：《美学散步》，上海人民出版社1981年版，第81页。

它始终处于内隐状态，不便于考察。不过，古人意识到了这个问题，前面第一章我们在"创作心理中言意问题的提出"这一部分中已经具体论述了陆机的《文赋》和刘勰的《文心雕龙》在这方面的丰富思想，他们觉察到了语言在构思中的"机枢"地位，如果要达到"物无貌隐"，认识与神思交融的"物"的全貌及其本质，就必须通过辞令——语言；如果没有语言，构思中的意象就无法展现，也就是艺术思维不能形成。这样的思想在以后的文论中很少发展，而是转向了对语言的表达这方面的探讨。不过，古人认为文学创作构思中始终伴随着语言存在的思想在今天看来仍然有着重大意义。

在近现代西方心理学史上，关于思维与语言的关系问题（虽然这是一般理论问题，但文学这种特殊形态的思维不能脱离一般而存在）一直困扰着许多学者。在诸多讨论中，主要有两种不同观点。

一种观点是认为思维不可能离开语言。他们经常引用马克思、恩格斯在《德意志意识形态》中所说的"'精神'从一开始就很倒霉，注定要受到物质的'纠缠'，物质在这里表现为振动着的空气层、声音，简言之，即语言。语言和意识具有同样长久的历史；语言是一种实践的、既为别人存在并仅仅因此也为我自己存在的、现实的意识。语言也和意识一样，只是由于需要，由于和他人交往的迫切需要才产生的"①；"语言是思想的直接现实"② 来证实自己的观点，把语言看作思维产生和存在的必要条件。③

行为主义学派直接把思维和语言看作同一回事。行为主义之父华生，他反对把思维看成不可捉摸的观点，认为思维与其他行为一样，也是身体的动作反应，只是构成思维的肌肉运动更精确、更难观察到。他认为，

---

① 马克思、恩格斯：《德意志意识形态》，载《马克思恩格斯全集》第 3 卷，人民出版社 1972 年版，第 34 页。

② 同上书，第 525 页。

③ 至于马克思、恩格斯在这些话语中是不是阐释"思维不能脱离语言"这样的意旨，还有待研究，笔者在这里不展开。当然，后来马恩思想的继承者斯大林在《马克思主义与语言学问题》一文中认为："不论人的头脑中会产生什么样的思想，以及这些思想什么时候产生，它们只有在语言材料的基础上、在语言术语和词句基础上才能产生和存在。"（《马克思主义与语言学问题》，《斯大林文选》（下），人民出版社 1962 年版，第 547 页）这就是非常肯定地认为，没有语言材料基础，空灵玄妙、难以捉摸的思想是不存在的。

内隐言语（implicit speech）是人们思考的基础，思维在很大程度上是对自己的无声说话。后人为证明华生的观点，用记录喉头肌肉收缩引起的电变化来测量看不到的肌肉运动，把电极装在受试者的下唇或舌尖上，然后让受试者心算简单的算数题，或者回忆一首诗等，一次是要求受试者出声地完成这些任务，另一次则要求默默地进行，结果发现，在两种情况下所得的动作电流节律是相同的。这就说明，思维就是无声语言。当然，很早之前，柏拉图就表述过相同的思想："心灵在思想的时候，它无非是在内心里说话，在提出和回答问题……我认为思维就是话语，判断就是说出来的陈述，只不过是无声地对自己说，而不是大声对别人说而已。"①

另一种观点认为思维可以离开语言而独立，语言并非在任何情况下都是思维的必要条件和工具。持此观点的多数是建立在从发生学角度对古人类、幼儿、聋哑人等特殊人群的思维与语言的关系研究上。

列维—布留尔在关于原始民族的人类学著作《原始思维》中认为现代原始民族的思维有一个感性直观的阶段，仿佛那时的思维完全是通过知觉和表象进行的。当然，这些原始民族也有语言存在，不过这些原始民族的语言不同于现代文明民族的语言，他写道："我们见到的原始民族语言'永远是精确地按照事物和行动呈现在眼睛里和耳朵里的那种形式来表现关于它们的观念。'这些语言有个共同倾向：它们不去描写感知的主体所获得的印象，而去描写个体在空间中的形状、轮廓、位置、运动、动作方式，一句话，描写那种能够感知和描写的东西。"② 在这种语言中，语词抽象的、普遍的意义尚未和它替代的个体事物的具象性完全剥离出来，列维—布留尔把它称作"声音图画"。况且，这种"声音图画"又与"手势动作"并存，而原始人手势动作最重要的特征在于：不存在任何抽象概念的痕迹，只有感知的表象。所以，从原始人的思维来看，存在着仅容许有限概括和初步抽象的具象思维阶段，它们并非都建立在依靠概念的语言材料上。他的观点大大影响了许多论及史前时期人类语言和思维问题的作者，其中既有语言学家，也有哲学家。

---

① 转引自桂诗春《心理语言学》，上海外语教育出版社 1985 年版，第 171 页。
② ［法］列维－布留尔：《原始思维》，丁由译，商务印书馆 2004 年版，第 150 页。

　　瑞士心理学家皮亚杰在对儿童思维和语言的发生和发展研究时，认为思维可以独立于语言而产生。儿童在一岁半至两岁初，他已经具有"感知—运动智力"，这种智力自有其行动逻辑。当儿童已学会把毯子拉到身边以取得它上面的玩具后，他就能够用拉毯子的方法取得上面的任何别的东西，并且也会拉一根绳子以取得绳子另一端的东西。这就说明儿童在行动中形成概括，具有初步的"逻辑性"，而这个阶段的婴儿还没有学会运用语言。他因此认为，两岁前的儿童智力结构的发展不是以语言的发展为前提的，这种智力结构的发展反而是儿童语言发展的基础。在开始获得语言的年龄阶段（2—7岁），严格意义上的语言在幼儿的思维认识活动中占据的地位也并不很重要，"语言只是符号功能的一个特殊形式"，起主导作用的是其他一些形式的符号功能，如"象征性的游戏""延宕性的模仿"和"一切心理的影像"，这是一种比较属于个人的和比较具有"机动作用"的"记号系统"，它们是"个人的认识与情感再现的根源"①。他从对自己的孩子的观察中得出，幼儿总是用自己的"行为""姿态""表情"再现出个人的认识与情思，这是一种没有语言的"言说"。所以，语言在动作内化为表象和思维方面起着主要的作用，但语言并不是唯一的符号系统，语言只是符号功能的一个特殊形式。图画、造型、模仿动作、意向、手势等也是符号系统，也起了相当的作用，一旦语言这一符号系统遇到障碍，其他符号系统也可以使思维达到较高水平。因此，他得出结论说，思维可以不依赖语言而产生，"从感知运动性行为过渡到概念化的活动不仅仅是由于社会生活，也是由于前语言智力的全面发展，同时也是由于模仿活动内化为表象作用的形式。没有这些部分地来自内部的先决条件，语言的获得、社会性的交往与相互作用，就都是不可能的"②。

　　皮亚杰还引证法国和美国心理学者关于聋哑儿童的研究，认为聋哑儿童虽然没有语言，但其逻辑结构的发展只是在时间上比正常儿童稍微迟缓，而这种迟缓也与聋哑儿童缺乏有利的环境影响有关。斯大林也认为，不掌握出声语言的聋哑人仍然可以进行思维，他的思想的产生和能

---

① 参见［瑞士］皮亚杰《儿童的心理发展》，山东教育出版社1982年版，第113—117页。
② ［瑞士］皮亚杰：《发生认识论原理》，王宪钿等译，商务印书馆1997年版，第30页。

够存在，只能根据他们在日常生活中由于视觉、触觉、味觉、嗅觉而形成的对于外界对象及其相互关系的形象、知觉和观念。①

以上的各种说法都有其合理性。一些实验结果表明，思维是不能与语言等同起来的，思维也并非必须以语言为工具，但是这也不能否定在一般情况下人是借助语言来进行思维活动的重要事实。一方面，马克思主义语言学派所说的只有在语言材料的基础上才有思维的存在，一个"只有"二字，限制了一些特殊情况的存在；另一方面，即使我们承认语言在人的思维中具有重要作用，也不能得出结论说语言为思维过程所必需。它们两者的研究都是把思维和语言对立起来，以求得语言思维和非语言思维哪个更根本、哪个更必需的结论，其方法是平面式的，其解释是静止的。现代一些学者提倡把思维和语言的关系作为一种动态的过程来研究，这一方式值得借鉴。苏联心理学家维果茨基就说：

> 思维与言语关系不是一件事情而是一个过程，是从思维到言语和从言语到思维的连续往复运动。在这个过程中，思维与言语的关系经历了变化，这些变化本身在功能意义上可以被视作为一种发展。思维不仅用言语来表达；思维是通过言语才开始产生并存在的。②

也就是说，思维与语言的关系不是单单针对哪种具体的个体情况，也并非事先就形成的，而是一个发展的过程。语言的起源与思维并非同时，从种系发展与个体发展来看，思维、语言产生之初期，或许会有思维和语言的某种程度的脱离现象，语言发展中存在非思维阶段，思维发展中存在非语言阶段，但是语言和思维一经产生后却又常常互相作用和影响，互相推进和制约，越发展，关系就越密切，一切形式的思维都必须借助语言，语言对思维来说是绝对有所助益的。③就文学创作构思中的意象思维而言也不例外，它始终伴随着语言的活动。所以，中国古代文论意象思维中的语言问题的意义正在于此，它认为思维和语言形式之间

---

① 参见斯大林《马克思主义与语言学问题》，《斯大林文选》（下），人民出版社1962年版，第547页。

② ［苏］维果茨基：《思维与语言》，浙江教育出版社1997年版，第126页。

③ 参见桂诗春《心理语言学》，上海外语教育出版社1985年版，第206页。

没有对立，思维从开始就与语言处于相互融合的关系中，思维发生之际语言就已在暗中推动和制约着它的发展，直到在语言和思维往复运动中，思维用语言获得存在的物质形式，最初的"象"由隐至显，越来越清晰。

二　内部言语

为什么我们往往很少感觉到意象思维中语言的存在呢？我们从"内部言语"（inner speech）谈起。①

思维中的语言问题是一个内部的问题，是一个难以调查的领域，因此它几乎一直无法进入实验中。苏联心理学家维果茨基认为，把内部言语理解为言语记忆，例如默诵一首牢记在心中的诗；或者把它看作"言语减去声音"的外部言语的压缩，都是远远不够的。他认为，要研究一种内部的过程，有必要通过把它与某种外部活动相联系的手段使它外显，以便采用实验方法，进行客观的功能分析。维果茨基从皮亚杰用发生学实验方法对"自我中心言语"进行的研究中得到启发，展开研究。因为自我中心言语是一种发声的、可以听得见的言语，也就是说，在表述方式上是外部言语，但是，它在功能上和结构上趋向内部言语，从而使内部言语可以进入实验中去，其研究具有可行性。然而，他认为皮亚杰虽是第一个注意自我中心言语（egocentric speech）并看到它的理论意义的人，但是他对自我中心言语的最重要的特征——它与内部言语的发生学联结——却视而不见，从而使他对自我中心言语的功能和结构的解释产生了偏差。在皮亚杰的解释中，自我中心言语不是为交往的目的服务的，不能实现沟通思想的功能，它表明幼儿还不能根据听众来调节自己的言语，是儿童思维自我中心性质的显现，其根源在于儿童最初的非社会性，随着儿童的成长，我向思考逐步消逝而社会化逐步发展，从而导致儿童思维和语言中自我中心主义的消逝。维果茨基的看法则相反，他认为儿童最初的行为和言语是纯粹社会性的，随着年龄的增长，随着儿童日益社会化，一种个人自身的言语结构和功能特征与外部言语的分化日益增强，因此自我中心言语不是逐步衰退，而是增强，它导源于儿童把行为

---

①　研究"内部言语"这一领域的学者似乎并没有专门论及文学创作中的问题，然而我们可以从中吸取思想以探讨文学创作思维中的语言问题。

的社会形式、集体合作形式迁入个人内部的心理功能的倾向，导源于从为他人的言语功能中分化（儿童的言语十分明显地分成自我中心的言语和交流的言语）。实验表明，当社会情景改变时，当儿童的活动过程产生困难时，自我中心言语就大大增加。这使维果茨基确信"儿童自我中心言语并不仅仅作为儿童活动的一种伴随物。除了成为一种表述手段和解除紧张的手段以外，它在特定的意义上很快成了儿童寻求和规划解决问题的思维工具"。① 由于为个人自身的言语逐步独立、成熟，自我中心言语的发声就变得没有必要和毫无意义了，"发声"现象逐步衰退（但其功能得到增强），这就表明逐步趋向于内部言语的发展。内部言语就起源于儿童身上极明显表现出来的自我中心言语。自我中心言语的"发声"在学龄时消失，这时内部言语得到发展并变得稳定。内部言语和有声的自我言语都代表着"自我思考"（thinking for himself），它们的结构相似，都是"对自己"的言语，只有自己才能够理解。维果茨基关于自我中心言语的研究为展开对内部言语性质调查铺平了道路。他发现，随着发展，自我中心言语表现出朝着简略形式发展的倾向。比如，一句完整的话，省略了句子的主语，省略了一切与主语有联系的词，只保留了谓语，这种简略倾向也称为谓语倾向。由此，他假设简略形式是内部言语的基本句法形式。

维果茨基分析，在外部言语中，往往有这样的例子，当几个讲话者的思想一致时，言语的作用便降至最低程度，通过简略言语的手段进行交流是一种常见现象。当然，外部言语中出现的这种现象，只是建立在对方相互理解、心理密切接触的基础上；相反，当人们之间思路彼此不同时也只用简略的言语（即使是用完整的言语），就会造成误解或者理解起来相当吃力。所以，简略在外部言语中是有条件的，而简略在内部言语中却是无条件的，是规律、是法则。在我们思考时，与自己交谈时，我们完全了解正在考虑的东西，在思考中任何与思路相随的事实和关系都是假定为"自明"的，它们建立了一种相互知觉，这种相互知觉始终以绝对的形式存在着；也就是说，我们始终了解主语和情境，这种了解能导致对简略言语的理解。因此，我们思考时，所需的词很少，甚至最

---

① ［苏］维果茨基：《思维与语言》，浙江教育出版社1997年版，第18页。

复杂的思想也可能成为"无词"的思考。所以，维果茨基认为，内部言语是一种有其自身结构、规律的言语，其较为显著的特点是简略倾向和谓语倾向。

联系到作家的文学创作构思，作者置身于一个他完全熟悉的情境之中，创作者一个人"扮演"不同的角色，所有的人物、所有的情节他都知道，他仿佛看见了对方的表情和姿势，听到了他们的声音、语调，知道了对方要说什么、要做什么，对方是一个与自己有完全同感、完全相互了解的对方，因此我们在构思中觉得自己懂得、自己没有说出来的东西，即使略去许多言语，用最简单的词，也不怕误会。我们再与文学创造的书面语比较，以便更清楚地说明这个问题。文学创造所用的书面用语，是写给不在场的读者的，读者心中几乎不存在与作者同样的主语和场景。由于双方缺乏共同的言语、共同的场景，因此文章必须充分展开，句法分化达到最大限度，必须使用更多的词（并且要准确地使用这些词），才能更清楚地表达陈述者的思想情感，才能够达到交流的目的。总之，书面言语是最精心组织的言语形式，简略倾向和谓语倾向在书面言语中根本找不到，除非作者认为读者懂得他要表达的意思。

所以，思维中的语言实际上还是存在的，还是有语法结构，不过因于"省略"过多，思维活动中"词语外壳"的运作（尤其是词的语法形式那一部分），或者完全是无意识的，或者是半有意识的，因此我们不能感觉其存在。

三　词的"意义"

那么这些本身不具有形象性、代表概念的词语（象声词、感叹词等少数词例外）是怎么与形象直观的意象相互融合的呢？问题的关键还在于词的"意义"。

$$\text{(3) 想法、意义}$$
$$\text{(1) 名称、符号} \overbrace{} \text{(2) 东西、物体}$$

维果茨基认为，在内部言语中，由于句法和声音降到了最低限度，意义就比以往任何时候更突出了。在内部言语意义方面，一个首要的基本特点就是词的意思比意义更占优势。① 在内部言语中，词要"负荷"很多的含义，其中不仅包括智力方面的含义，而且包括情绪方面的含义。词仿佛把大量多种多样的含义包含在它里面，并吸收到自己内部之中，成为"含义的集中的凝结物"，成为"人的意识的小宇宙"。② 比如"月"这个词，什么样的"月"呢？是那一轮满月、细细如钩的月还是在时空中永存的月？是带有淡淡的月光，还是银辉皎洁？在这一轮月下，我们是团聚、还是孤寂……总之，它的蕴含异常丰富，不仅含有事物和现象的属性和特征所产生的印象，而且也包含这些事物所引起的全部感情和体验及其有关的一切，饱含情感的诗人只要一接触到这个词，都会在这个词的丰富含义中找到属于自己的主观含义，仿佛从词本身分泌出了感知、情感、表象、记忆、意志、动机等，与自身实现了某种同一。语言学家萨丕尔也认为，语言的使用不可能永远或主要的是概念的，"语言的流动不只和意识的内在内容平行，并且是在不同的水平面和它平行的，这水平面可以低到个别印象所占据的心理状态，也可以高到注意焦点里只有抽象的概念和它们的关系的心理状态，就是通常所谓推理。可见，语言只有外在的形式是不变的；它的内在意义，它的心灵价值或强度，随着注意或心灵选择的方向而自由变化"。③ 所谓语言外在的形式就是概念，而它的内在意义是很丰富的。内部言语在很大程度上是用这种"意思"来思维的。笔者认为，著名的"语义三角"理论还可作为对内部言语意义问题的补充。美国的心理学家、语义学家奥格登（C. K. Ogden）和李查登（I. A. Richards）在《意义的意义》（*Meaning of Meaning*）一书中提出了一个著名的语义三角（semantic triangle）的理论。所谓语义三角，就是说："语义可以解释成下列三者之间的关系：（1）用来指该事物或概念的符号或名称；（2）所指的事物或概念；（3）说话者或听话者在

---

① 维果茨基认同法国心理学家波兰对"意义"和"意思"二者之间的区别做出的划分。波兰认为，一个词的意思是由该词在人的意识中引起的一切心理事件的总和，而意义则是这个含义范围之中的一个最稳定、最划一和最精确的部分。

② ［苏］A. A. 斯米尔诺夫：《苏联心理科学的发展与现状》，人民教育出版社 1984 年版，第 328—329 页。

③ ［美］爱德华·萨丕尔：《语言论》，商务印书馆 2005 年版，第 12—13 页。

脑海中产生的该事物的形象或该概念的意义。"① 由于词义与概念相联系，人们可以借助语言进行逻辑思维；由于词义有指物性，与事物的具体形象相联系，可唤醒与之相关的"物象"。当把词作为意象思维的工具时，词义的指物性则表现为矛盾的主要方面，词就与"象"相联系，充当文学创作意象思维的工具。

所以，语言除了概念意义外，还具有丰富的"主观含义"；除了具有概括性外，还具有"显物性"。利用丰富的语意提供的印象进行思维，与其说它可以作为意象思维的工具，不如说它本身就是意象思维的本体。文学创作构思中运用的意象思维，就是间接地利用语言"意思"引起的意象为思维细胞进行运作以创造意境的。也因为这样，处于意识之中的，或者说是我们明白的，主要是语言的内容，即情感、理念、意象的组合体。可见，在思维中意象和词并没有隔阂，是融为一体的。

四　语言传情达意的困难

那么，为什么广大作家又时常找不到合适的语言传情达意呢？刘勰在《文心雕龙·神思》篇中说，"意翻空而易奇，言征实而难巧"，表明言和意之间是有距离的，说到了精髓之处。下面，我们就分别从"意"和"言"两个方面分析原因，前者属于构思本身的问题，后者属于表达方面的问题。

首先，构思本身的问题。

刘勰在《文心雕龙·声律》篇中提出的"内听之难"，就是对此问题的深刻认识。他说：

> 今操琴不调，必知改章，摘文乖张，而不识所调；响在彼弦，乃得克谐，声萌我心，更失和律；其故何哉？良由外听易为巧，内听难为聪也。故外听之易，弦以手定，内听之难，声与心纷，可以数求，难以辞逐。②

① R.R.K. 哈特曼、F.G. 斯托克：《语言与语言学词典》，黄长著等译，李振麟等校，上海辞书出版社 1981 年版，第 309 页。

② 刘勰撰，范文澜注：《文心雕龙注·声律》，人民文学出版社 1958 年版，第 552 页。

　　这段话的意思是，现今人们弹琴，如果发现声调不和谐，必然知道拨动琴弦把旋律调好；可是文章的声音不和谐，就不知道如何去调好了。乐声响在琴弦上，调一调能使它和谐，而文章的声音发自人们的内心，要使其和谐就不那么容易了。那么是什么缘故呢？因为琴弦上的声音，是外在的声音（"外听"），发现声不准，用手拨动琴弦调一调即可，这是属于外在技巧性操作的问题；而发自内在的心灵的声音（"内听"）与纷繁的情思、意绪搅在一起，这些源于自由感觉的情思、意绪，如弥漫的烟雾，要用语言加以清晰的界定和阐释是困难的，甚至是不可能的，所以"内听"是困难的。这就说明内在的"意"对创作困难的影响。

　　我们所说的"意"，不仅包括思维，而且还包含非常广阔的心理内容，比如知觉和表象所体现的感性形象，以及密切结合在一起的意志、趣向、向往，也包含心灵的感受如喜悦、痛苦、惆怅等所有错综复杂的情绪。作家们常常会说，心中感到了一些难以言表的复杂或微妙的意绪，这些细微的意绪甚至在词汇最丰富的语言中也找不出恰当的词语来表现。其实，他们所说的心中之意不全是语言本身所隶属的那个思维领域，而且还包括感觉、情感和意念等，这些是无法用语言直接表述出来的。有时，尽管他们觉得内心所想的事物多么新鲜动人，然而也许只是一个大致的东西，缺乏细节，是个很模糊的概念。比如，当看到很美丽动人的风景时，我们往往只能感叹一声"啊！"（有时再加上一句"太美了！"，不过这已是抽象的概括了），以表达心中情感激动、振奋，就再也不知道怎么去抒发自己的感情了。在语言中，用来直接表达情感的语法范畴只有一种，并且是虚的、非实的语法范畴，叫作"感叹词"。要想把诸多复杂、微妙的内心活动全都表达出来，这当然是不够用的。大概正是这一原因，诗人们才得出"形器易征"，而"文情难鉴"①的感慨吧！除感叹语之外，情感无法直接表现于文字，必须借事物烘托出来。情是自然的，融情于思，达之于词，才是文学的艺术。在文学艺术中，情感需经过意象化和文辞化，才能得到表现。这道理刘勰说得最透辟。《文心雕龙·熔裁》篇里有这样几句话："草创鸿笔，先标三准。履端于始，则设情以位

---

　　① 刘勰撰，范文澜注：《文心雕龙注·知音》，人民文学出版社1958年版，第714页。

体；举正于中，则酌事以取类；归余于终，则撮辞以举要。"① 由"情"到"辞"，中间需经过一个"酌事"的阶段，就是意象思维阶段。

况且，就文学创作意象思维而言，本身也具有不确定性和变易性。经过科学实验的分析，美国当代心理学家克雷奇指出："意象和知觉的区别在于意象具有较大的易变性。真实物体的知觉受物体刺激性质（大小、颜色、形状、位置，等等）的约束，而另外意象则较易改变。一个视觉意象可以随意地移动位置；它可以一会儿和某一物体的意象结合起来，一会儿又和另一组物体的意象组合起来。"② 阿瑞提也认为："意象没有知觉那种稳定的特征。"③ "意象是短暂易逝的。一个人只能在很短的时间内保持一种意象。当再次唤起这种意象就会以稍微不同的形式出现。除了遗觉、幻觉以及有时在梦中出现的那些特殊情况的意象之外，大多数意象都是朦胧、含混、模糊的。除非做出强烈的、有意识的努力，意象是不能完整地再现出整个情景的。"④ 文学创作的意象思维，以强烈的情感为推动力，主体想象更加自由，意中之象更为丰富多面，是未凝固的流动形态，象中之意更为浮想联翩、凌空出奇，结果就造成了意象的内涵更为模糊、多义，不易为人们所把握。萧子显在《南齐书·文学传论》中说："属文之道，事出神思，感召无象，变化不穷。俱五声之音响，而出言异句；等万物之情状，而下笔殊形。"⑤ 苏轼认为，当主体内视于心，胸有成竹时，要迅速抓住这个融合体，并极力把它对象化，否则稍纵则逝，就是因为在主体没有用物质材料（线条色彩、声调旋律或词汇句式）把它对象化以前，它是极不稳定的。因此，把这种极不明确的意象写到纸上去的时候，就会感到处处不顺心。举一个为人熟知的例子：

> （贾）岛初赴举京师，一日，于驴上得句云："鸟宿池边树，僧敲月下门"，始欲作推字，又欲作敲字，炼之未定，遂于驴上吟哦，

---

① 刘勰撰，范文澜注：《文心雕龙注·熔裁》，人民文学出版社 1958 年版，第 543 页

② 克雷奇：《心理学纲要》（上），周先庚等译，文化教育出版社 1980 年版，第 204 页。

③ ［美］S. 阿瑞提：《创造的秘密》，钱岗南译，辽宁人民出版社 1987 年版，第 60 页。

④ 同上书，第 59 页。

⑤ 萧子显：《南齐书·文学传论》，载郭绍虞《中国历代文论选》第 1 册，上海古籍出版社 1979 年版，第 264 页。

时时引手作推敲之势。时韩愈史部权京兆，岛不觉冲至第三节，左右拥至尹前，岛具对所得诗句云云。韩立马久之，谓岛曰："作敲字佳矣。"遂与并辔而归，留连诗道，与为布衣之交。①

　　贾岛对"僧敲月下门"诗句中，是用"敲"字还是"推"字拿不定主意，反复研究。究竟是"敲"还是"推"更合于情意呢？假如诗人已经明确了要表达的意象，那么，两字中哪个字更合于意象，当下就可以决定，用不着反复推敲。问题是诗人对所要表达的意象自己都不明确，所以他一定不知道用什么词更合心意。难怪乎，作家都会感叹语言的"无力"，心中之意的"无穷"。

　　其次，表达方面的问题。

　　前面我们提到，作家在沉思默想的时候，根本不会注意到句子的要素，但是在表达这个阶段，语言的结构将起到非常重要的作用，作者觉得自己的言语不能再像内部言语那样不连贯，不能再以简略的形式进行表述，而应该注重语言表述的逻辑关系，遵循常规的语法结构，准确地遣词造句。否则，作者所创造的文本，就只能是自己能够理解的文本，读者不能通过文本理解作者所要表达的思想情感，难窥其奥堂之妙，作者与读者的交流自然也就不可能实现。所以，省略了的内部言语转化成外部言语时，需要用更多的词或句子来丰富其结构和意义，才能够使读者理解，实现双方的交流。如果作者不能顺利地把自己心中的言语转化为外部的言语以表情达意，那么作者便会陷于痛苦之中。正如王元化先生所指出：

　　　　我们必须分辨清楚这样一种差别：只有自己明了的思想表达是一回事，让别人也能明了的思想表达却是另一回事。心理学家把前者称为"内部语言的思想表达"，把后者称为"外部语言的思想表达"。如果作家不善于把他自己理解的"内部语言的思想表达"，转移到"外部语言的思想表达"，让别人也同样理解，那么，当他一旦

---

① 胡仔：《苕溪渔隐丛话》，人民文学出版社 1962 年版，第 126 页。

把思想写到纸上去的时候，也就会同样觉得好像打了一个折扣了。[1]

因此，为实现交流，作者心中的言语必须转化为能够让人理解的外部言语。如果在转化中，外部言语不能够"达"心中之意，那么作者必然会有"语言的痛苦"。关于此问题，我们将在下章做详尽论述。

结　语

中国古代文论对文学创作构思的探讨，提出了很多富有创造性的深刻见解。首先是对文学创作构思方式的意象思维的认识，这个概念较之"形象思维"而言，它融入了艺术家主观的"意"，把"意"寓于"象"中，更能反映出艺术家思维层面的"象"的运作。古人还深切认识到，在此意象思维中"了见其象""深入其情""妙得其真"的运作特点。并且认识到语言伴随着意象思维的始终，思维和语言形式之间没有对立，思维从开始就与语言处于相互融合的关系，思维发生之际语言就已在暗中推动和制约它的发展，直到在语言和思维的往复运动中，思维用语言获得存在的物质形式，也越来越清晰。虽然他们没有再进一步讨论思维中语言的性质、特点等，但是其思想在今天思维和语言的讨论中有重要意义。本文根据苏联心理学家维果茨基"内部言语"的理论对文学创作思维中的语言性质以及与意象思维的关系做了补充，进一步论证了意象思维和内部言语没有隔阂，可以融为一体。至于作家为什么会找不到合适的言语传情达意这个问题，是因为在用外部言语把心中纷繁复杂的情思表现出来，实现作者与读者共鸣的过程中，一方面表现的是纷繁复杂的思想情感，不全是语言本身所隶属的那个思维领域；另一方面是在语言传达的这个过程中，作者心中的内部言语不能顺利转化为能够让人理解的外部言语，以表情达意。

古人对处于内隐状态的思维和语言的讨论，由于心理实验科学的落后，他们的认识确实带有经验性的意想成分，但是其论述却是经得住当代科学检验的，直到今天还有十分重要的科学价值和现实意义。

---

[1]　王元化：《文心雕龙讲疏》，广西师范大学出版社2004年版，第127页。

第 四 章

文学创作传达中的言和意

"文"何为之"文"?

文学是以语言文字为传达媒介的艺术,这是不争的事实,因此《文心雕龙·炼字》中说:"心既托声于言,言亦寄托于字。"① 在文学创作活动中,作者所要说的、所要表达的思想情感,只是作品的胚胎,粗糙而不成形,需随着语言文字的落实而逐步探寻、调整,使思想情感逐步明了并定形。但语言文字不仅是"传达"事物的内容或意义的工具,它有着自身独立的价值。魏晋以来,诗人们逐渐对"文学"的独特性质有了越来越深刻的认识,学术界通常把这一重大转变称为"文学的自觉"。曹丕在《典论·论文》中提出:"诗赋欲丽。"② 陆机在《文赋》中说:"诗缘情而绮靡,赋体物而浏亮。"③ 刘勰把"文"作为天地自然的产物,他说,"文之为德也大矣,与天地并生",是"自然之道",天地皆文,动植之文,"有心之器,岂无文欤?"④ 他认为形文、声文、情文的形成是"神理之数也"⑤,(范文澜注云:"形文,如炼字篇所论;声文,如声律篇所论。")即这些"文"天生就应该有"文"的特征。梁元帝萧绎在《金楼子·立言》篇中进一步阐明了作为文的标志,他说:"至如文者,

---

① 刘勰撰,范文澜注:《文心雕龙注·炼字》,人民文学出版社 1958 年版,第 624 页。

② 曹丕:《典论·论文》,载郭绍虞《中国历代文论选》第 1 册,上海古籍出版社 1979 年版,第 158 页。

③ 张少康:《文赋集释》,人民文学出版社 2002 年版,第 99 页。

④ 刘勰撰,范文澜注:《文心雕龙·原道》,人民文学出版社 1958 年版,第 1 页。

⑤ 刘勰撰,范文澜注:《文心雕龙·情采》,人民文学出版社 1958 年版,第 537 页。

惟须绮縠纷披，宫徵靡曼，唇吻遒会，情灵摇荡。"① 华丽漂亮的辞藻（"绮縠纷披"）、抑扬悦耳的音律（"唇吻遒会"）与婉丽动人的情感（"情灵摇荡"）相结合，方能构成真正的"文"。这些对"文"的认识在以后的文学思想中也得到了公认。所以，文学创作的语言文字有它自己的独立价值，它跟日常语言文字有着本质的区别，这与日常生活的其他现象一样，一个姿势不一定就是舞蹈，一声高歌不一定就是音乐，同样，一段文字也不一定就是文学。文学，它具有一种特殊的"构筑过程"，它不仅是通过语言文字达到事理明白，而且还要表现出作者的情意、感受，给人以感发的力量。而如何运用语言文字敏锐地、妥帖地表达作者的思想情感，有时是很畅快的事，但绝大多数时候却是极艰苦的挣扎。如果得心应手，则可恰如其分地表达出作者的初衷；如果遇到阻塞，用语不当，则可能击溃原有的初衷，使作者本意与文本折射出的意思不相符合。因此，所谓"文"的传达，应该是指作者的思想情感"如何表现、怎样表现"的问题。

第一节　文学的"辞达"和语言的痛苦

一　文学的"辞达"

《论语·卫灵公》记孔子的话说："辞达而已矣。"② 因为孔子是万世宗师，所以世人有很多引用他的话以借助他的权威。对这句话，仁者见仁，智者见智，历代文人墨客众说纷纭。有的观点认为，孔子所要表达的意思是，言辞只要把意思明白晓畅地表达出来就足够了，不应该再在言辞的华美上花费力气。比如何晏集解引孔注曰："凡事莫过于实，辞达则足矣，不烦文艳之辞。"③ 司马光阐述说："今之所谓文者，古之辞也。孔子曰：'辞达而已矣'，明其足以达意，斯止矣，无事于华藻宏辩也。"④ 朱熹

---

① 萧绎：《金楼子·立言》，载郭绍虞《中国历代文论选》第1册，上海古籍出版社1979年版，第340页。

② 《论语注疏·卫灵公》，载《十三经注疏》，中华书局1980年影印本，第2519页。

③ 同上。

④ 司马光：《答孔文仲司户书》，载胡经之《中国古典文艺学丛编》（三），北京大学出版社2001年版，第253页。

说："辞，取达意而止，不以富丽为工。"① 刘宝楠说："辞皆言事，而事
自有实。不烦文艳以过于实。故单贵辞达则足也。"② 有的学者，又联系
先秦其他典籍中的孔子言论来阐释"辞，达而已矣"的"达"，不是仅要
求"质直"地表达，而是还要注意文采修饰，比如《左传·襄公二十五
年》引孔子的话说："志有之，言以足志，文以足言，不言，谁知其志？
言之无文，行而不远。"③《礼记·表记》引孔子的话说："情欲信，辞欲
巧"④ 等。这些观点，都有一定的合理性，客观上也为对文学言辞的追求
提供了一些说法。不过，他们都不是从文学创作的角度考查"辞达"的。
我们下面要讨论的是文学创作的"辞达"，它有着更为丰富而深刻的
内容。

苏轼在《答谢民师推官书》中借孔子的两段经典语录对"辞达"论
做了以下阐述。他说：

> 孔子曰："言之不文，行而不远。"又曰："辞达而已矣。"夫言
> 止于达意，即疑若不文，是大不然。求物之妙，如系风捕影，能使
> 是物了然于心者，盖千万人而不一遇也。而况能使了然于口与手者
> 乎？是之谓辞达。辞至于能达，则文不可胜用矣。⑤

苏轼说，如果认为"言止于达意"的意思是文学创作不需要文饰藻
绘，这是极不正确的看法。他认为"辞至于能达，则文不可胜用"，即语
言文字能够充分表达作者的心中之意，这便是很高的艺术境界了。因为，
首先，"达"的对象，是"物之妙"，是很难把握的、掩藏在表面形式之
下的深刻微妙的"意"，如"系风捕影"一般难，风、影都是变动不居、
捉不住的，要把这些捉不住的东西写出来，便是很不容易的。其次，在
"物之妙""了然于心"和"了然于口与手"的两个阶段中，后者比前者

---

① 朱熹撰：《四书章句集注》，中华书局 1983 年版，第 169 页。
② 刘宝楠，高流水点校：《论语正义》，中华书局 1990 年版，第 642 年。
③ 《春秋左传正义·襄公二十五年》，载《十三经注疏》，中华书局 1980 年影印本，第
1985 页。
④ 《礼记正义·表记》，载《十三经注疏》，中华书局 1980 年影印本，第 1644 页。
⑤ 苏轼：《答谢民师推官书》，载孔凡礼点校《苏轼文集》，中华书局 1986 年版，第
1418 页。

的难度要大。"了然"的意思，是把事、情、理彻底地看清楚、讲透彻，有时看得清楚，却讲不透彻。所以，通过语言文字把"物之妙"贴切地表现出来，让他人能够理解，语言文字不就是达到了很高的艺术境界了吗？难道还可以说这样的语言文字没有艺术表现力吗？

苏轼之后，很多学者对"辞达"说做了不少阐发。这类论说大抵由苏轼的"辞达"论生发而来，但皆未超越苏轼的见地。明代的焦竑说："孔子曰：'辞达而已矣。'世有心知之而不能传之以言，口言之而不能应之以手；心能知之，口能传之，而手又能应之，夫是之谓辞达。"① 袁宗道说："口舌代心者也，文章又代口舌者也。展转隔碍，虽写得畅显，已恐不如口舌矣；况能如心之所存乎？故孔子论文曰：'辞达而已。'达不达、文不文之辨也。"② 他们心手相应的观点与苏轼"了然于心""了然于口与手者"的观点一脉相承。明代的杨慎在《谭苑醍醐》中进一步指出，对孔子的话，不能只看字面意思，他说："孔子云：'辞达而已矣'，恐人溺于辞而忘躬行也，浅陋者借之。《易传》《春秋》，孔子之特笔，其言玩之若近，寻之益远，陈之若思，研之益深，天下之至文也，岂止达而已哉？"③ 杨慎认为，孔子之所以提出"辞达"，是怕人们沉溺于形式的修饰而忘记身体力行，其实并不是反对文绘藻饰。辞，不只是达而已矣，而且还要讲得具体、讲得生动、讲得深刻，努力用适合的语言形式去表达无尽之意，做到言近旨远，这才是天下之至文。清代的王夫之尤其欣赏诗人对诗性语言的把握，他评王维的诗歌说："右丞工于用意，尤工于达意。景也意，事亦意，前无古人，后无嗣者，文外独绝，不许有两。"④ "工于达意"就是善于用语言表现思想情感，这种对语言文字的驾驭能够创造出"景亦意，事亦意"的佳境。

清代著名文史论家章学诚进一步从"文以情至""有余而不尽"的角

① 焦竑：《刻苏长公外集序》，载孔凡礼点校《苏轼文集》，中华书局 1986 年版，第 2388 页。

② 袁宗道：《论文》，载郭绍虞《中国历代文论选》第 3 册，上海古籍出版社 1979 年版，第 196 页。

③ 杨慎：《谭苑醍醐》，载王文才编《杨升庵丛书》第 2 册，天地出版社 2002 年版，第 537 页。

④ 王夫之：《唐诗评选》卷 3 评王维《送梓州李使君》，文化艺术出版社 1997 年版，第 101 页。

度赋予了"辞达"观新的内容。他说：

> 文以气行，亦以情至。人之于文，往往理明事白，于为文之初
> 指，亦若可无憾矣；而人见之者，以谓其理其事，不过如是，虽不
> 为文可也。此非事理本无可取，亦非作者之文，不如其事其理，文
> 之情未至也。今人误解辞达之旨者。以谓文取理明而事白，其他又
> 何求焉？不知文情未至，即其理其事之情亦未至也。譬之为调笑者，
> 同述一言，而闻者索然；或同述一言，而闻者笑不能止，得其情也。
> 譬之诉悲苦者，同叙一事，而闻者漠然；或同叙一事，而闻者涕洟
> 不能自休，得其情也。昔人谓文之至者，以为不知文生于情，情生
> 于文。夫文生于情，而文又能生情，以谓文人多事乎？不知使人由
> 情，而恍然于其事其理，则辞之于事理，必如是而始可称为达尔。①

他说，人们写文章，往往做到事理明白，就认为没有遗憾了，但是
当读者读到这样的文章时，感到其事其理也不过如此，即使不写成文学
的形式也是可以知晓的。他认为，这并不是事理不可取，而是"文之情
未至也"，辞达，是要达到所表达的那种深切的感情，即"文以情至"，
文辞中融有真切的感情，才能使所叙之理、事至于真正地能达。他做了
一个形象的比喻，比如诉说一件喜剧的事或悲伤的事，如果不含情感，
就只是把事情讲清楚，那么听者不会为之感动，如果饱含情感地生动讲
述，那么听者或悲或喜不能自已。所以把文学的"辞达"仅仅理解为只
要求文辞"理明而事白"，这是对"辞达"观的误解。我们常说，文章感
于物而动、而生情、而有文，即"文生于情"；章氏却同时注意到，文章
一定还要达于情，即"文以情至""文能生情"，这样，文中之事、之理
必达矣。"文生于情，而文又能生情"，可谓切中肯綮之论。

他又说：

> 《羯鼓录》载：有善音者，客长安邸，月下闻羯鼓声。寻声访
> 至，则其先人供奉太常者也。询以技，甚精能。"何无尾声？"则曰：

---

① 章学诚：《章学诚遗书·杂说》，文物出版社 1985 年版，第 55 页。

"检旧谱而亡之，故月下演声以求之耳。"问以调成，亦意尽乎？曰：
"尽矣。"曰："意尽则止，又何求焉？"曰："声未尽也。"因拊掌
曰："可与言矣。"遂教之借调以毕余声。其人鼓之而合，至于搏颡
感泣。斯固艺事之神矣。文章之道，亦有然者。文固用以明理，或
以记事，然有时理明事备，而文势阒然，乃若有所未尽；此非辞意
未至，辞气有所受病而不至也。求义理与征考订者，皆薄文辞，以
为文取事理明白而已矣，他又何求焉，而不知辞气受病，观者郁而
不畅，将并所载之事与理而亦病矣。[①]

　　章氏先引用了一个关于音乐的故事。《羯鼓录》中说，有一位擅长音
乐的人来到长安，听到羯鼓声，就循着这个声音走去，拜访那个击羯鼓
的人，得知这个人技艺很精湛。但是他发现所奏之曲没有尾声，便问：
"为什么这个音乐没有尾声呢？"击羯鼓之人说："是捡得旧谱而奏之，旧
谱没有尾声，所以我在这里演奏以求得知音能够完美地补上。"拜访的人
就说："如果补完整了，整首乐曲的意是不是就尽了呢？"击羯鼓之人回
答说："尽了。"拜访的人说："如果意尽了，那又有什么余韵呢？"击羯
鼓之人说："声没有尽啊。"拜访的人听到这个回答十分惊喜，于是调制
余声，调制好后，击羯鼓之人把两段音乐相合，其声非常让人感动。这
个故事意境很美，对话也很精彩。章氏认为，文章之道，就像创作这首
乐曲一样，要达到"意尽而声未尽"。"声"，不仅指音乐那个调，笔者认
为与范蕴在《潜溪诗眼》中释韵为"有余而不尽"，那个"韵"的意思
相同。他说，文章固然要明理记事，但有时即使事理明白，如果缺乏
"文势"，也好像不够充分，没有尽意、达意一样，这并非是事理没有讲
清楚，而是"辞气"上有问题。所谓"文势""辞气"，当指艺术表现手
法与文学作品情意相融合的一种能够给人以感发、留有余韵的效果。所
以，章氏的"辞达观"还认为，语言文字要做到达而未达。这与前面第
一章所分析的"立象以尽意"之"尽"是尽而未尽的观点遥相呼应。
　　由此可见，古人对文学创作的"辞达观"有着深刻的认识，并做了
充分的阐释，它是用极具表现力的语言艺术来表达心中之意（"物之

---

① 　章学诚：《章学诚遗书·杂说》，文物出版社 1985 年版，第 55 页。

妙"），并且使文意有余而不尽，具有艺术美感，给人以感发。

从文学创作实践来看，也证实了这样的文学"辞达观"。比如：

在古老的诗歌《诗经》中常采用"叠章"的形式，即重复几章节，意思和字词都只有少量改变，那么此种重复算不算多余呢？比较典型的例子，如《诗经·周南·芣苢》：

采采芣苢，薄言采之。采采芣苢，薄言有之。
采采芣苢，薄言掇之。采采芣苢，薄言捋之。
采采芣苢，薄言袺之。采采芣苢，薄言襭之。

全篇三章十二句，只变动了六个动词，写出了采摘的全过程。如果只是要传达清楚采摘的全过程的话，我们可以这样写：

采采芣苢，采之，有之，掇之，捋之，袺之，襭之。

对这种语言形式变化的结果，我们读之，能够从中知道田家妇女采芣苢的全部动作过程，但总觉得会少那么一点味道，那就是"物之妙"。而重复的诗句，比如"采采芣苢"一句，重复六次，我们并不觉得有多累赘，反而通过不断重复的韵律，那"采采"造成的节奏感愈加鲜明，我们更能体会到作者所表现的生动活泼的气氛："恍听田家妇女，三三五五，于平原绣野、风和日丽中群歌互答，余音袅袅，若远若近，忽断忽续。"[①] 叠章重句，造成了一唱三叹的效果，强化了情感的抒发，达到了动人的美感。《诗经》中的这种形式，在文学色彩较浓的《国风》和《小雅》的民歌中使用很普遍，而在《颂》《大雅》以及《小雅》的政治诗中几乎没有，这说明我们的祖先很早就感受到不同的语言形式对传情达意所造成的不同效果。

我们再以文学语言中并没有实在意义的虚字运用为例。《孟子》中述梁惠王的话："寡人之于国也，尽也焉耳矣。"[②] 在语气词"焉""耳"

---

① 方玉润，李先耕点校：《诗经原始》，中华书局1986年版，第85页。
② 《孟子注疏·梁惠王上》，载《十三经注疏》，中华书局1980年影印本，第2666页。

"矣"中，用其中任何一个词，甚至不用，都足够表达梁惠王的意思，这里在"尽也"之后又连用三个叹词，是不是"辞费"呢？我们来比较一下：

> （1）寡人之于国也，尽也焉。
> （2）寡人之于国也，尽也焉耳。
> （3）寡人之于国也，尽也焉耳矣。

语式（1）有一个语气词，有一点感慨的味道；语式（2）有两个语气词，较为感慨；语式（3）有三个语气词，感慨深长，表现了梁惠王极力表白他已经为国竭尽心力的情感。宋代陈骙就说，像《孟子》这样，"一句而三字连助，不嫌其多也。"他还举例说："左氏传曰：'其有以知之矣。'又曰：'其无乃是也乎。'此二者，六字成句，而四字为助，亦不嫌其多也。……檀弓曰：'美哉奂焉。'论语曰：'富哉言乎。'凡此四字成句，而助辞半之，不如是文不健也。"① 助词确实不表达什么实在的意义，但有时缺少了它，就不足以表现诗人之气、诗人之情意，所谓"文无助而不顺"。② 又比如杜甫有诗云："江山有巴蜀，栋宇自齐梁。"叶梦得评道："远近数百里，上下数千年，只在'有'与'自'两字间，而吞纳山川之气，俯仰古今之怀，皆见于言外。"③ 所以，在文学作品中，没有实在意义的虚词用得好，就可以疏通文气、开合呼应，达到活跃情韵的美学效果。

又如，文学语言中的"韵"，也许在普通日常语言中，根本用不着，但是在文学创作语言中用"韵"，就更能表现出作者的情感。沈德潜在《说诗晬语》中说：

> 古人意中有不得不言之隐，借有韵语以传之。如屈原"江潭"，伯牙"海上"，李陵"河梁"，明妃"远嫁"，或慷慨吐臆，或沉结

---

① 陈骙：《文则》，载王水照编《历代文话》第 1 册，复旦大学出版社 2007 年版，第172 页。

② 同上。

③ 叶梦得：《石林诗话》，载《历代诗话》，中华书局 1981 年版，第 420 页。

含悽，长言短歌，俱成绝调。①

"意中有不得不言之隐"，就是说作者心中藏有很多不得不说出来的思想情感，但又一时找不到适合的语言。而此情感可以用"韵语"达之。沈德潜举例说，屈原"江潭"（指屈原作《离骚》）、伯牙"海上"（指伯牙作《水仙操》）、李陵"河梁"（相传为李陵在匈奴赠别武苏所作的《与苏武诗》）、明妃"远嫁"（指王昭君远嫁匈奴时作《怨诗》），它们或慷慨吐臆，或沉结含凄，长言短歌，俱成绝调。它们是不是绝调这里不作讨论，不过，声韵，特别是对诗歌这种体制短小的语体，确实是表达难言之隐的一种有效手段，很多诗话都谈到了这一点。比如王若虚就说："诗之有韵，如风中之竹，石间之泉，柳上之莺，墙下之蛩。风行铎鸣，自成音响，岂容拟议。"② 就是说，韵是情感的自然显现，就像风起则铎鸣那么自然。可见，文学创作中的声韵对"辞达"亦起着重要作用。

以上例子只是优秀文学作品中的很小一部分，但由此可见，文学家追求辞达的"达"和日常生活语言的"达"、应用文体语言的"达"相比，是极不相同的两种境界。诗人之意与辞的关系，自有其特殊性，许多日常语言难以捕捉、表现的复杂而微妙的内心活动，文学语言艺术所能及。文学的"辞达"，便是文学语言艺术表现的极致。

二 语言的痛苦

每个有抱负的作家在创作过程中，都期望自己能够自觉满意地驱遣语言文字以表现心中的意象、意旨，把某种深刻的见解和独特的感受以恰当的形式表达出来，从而，在此表现中实现很大的快慰。为了追求"辞达"的境界，诗人们"为人性僻耽佳句，语不惊人死不休"（杜甫《江上值水如海势聊短述》）、"吟安一个字，拈断数茎须。险觅天应闷，狂搜海亦枯"（卢延让《苦吟》），这些无不说明诗人们在创作中重视语言文字的普遍情况。他们认为，"文字频改，工夫自出"③，"为文须千斟

---

① 沈德潜：《说诗晬语》，载《原诗一瓢诗话说诗晬语》，人民文学出版社 1979 年版，第 187 页。

② 王若虚：《滹南诗话》，载《历代诗话续编》，中华书局 1983 年版，第 515 页。

③ 吕本中：《童蒙诗训》，载郭绍虞《宋诗话辑轶》，中华书局 1980 年版，第 586 页。

万酌，以求一是。再三更改无伤也。然改而善者十之七，改而谬者亦十之三”①，"（作文）须精思细致，如文章草创已定，便从头到尾——检点。气有不顺处，须疏之使顺。机有不圆处，须炼之使圆。血脉有不贯处，须融之使贯。音节有不叶处，须调之使叶。如此仔细推敲，自然疵病稀少。倘一时潦草，便尔苟安，微疵不去，终为美玉之玷矣"。② 诗人们斟词酌句，反复修改，变换用词，沉溺于语言的锤炼中，沉溺于用语言符号建造艺术的创造性活动中，因为，他们相信这样做，能够让语言文字更加完美地表现心中之意。

　　这时，作者本人思想情感和语言符号之间、内容和形式之间的复杂关系（创作构思时，也许察觉不到），一定活跃于创作意识状态，他清晰地反省笔下的作品，细究其命意、布局、字、词、句、声韵，一直要找到情志的最佳语言表现。虽然普通人也是用语言文字来传达，但是对于普通人而言，他们用的日常普通语言形式是他们思想情感的最后表现，最终形式，他们的思维也只有在极少数的情况下才会超越思维在萌芽时所用的那个表现形式；而真正的艺术家则不然，日常普通语言形式并不适合做思维的最终表现形式，他们始终带着不安和不满密切关注着自己微妙发展的思想情感及其相适应的表现形式，在使用了某种表现形式后，他们很快便发现，他们的意象、意旨已经远远超越了这种形式，该形式不足以对意象、意旨做出应有的表达，必须不时地寻找更合适的语言形式，语言形式本身便成了他们所关注的目标。在我国文学史上，有许多"百炼为字"的佳话可以说明这个问题。

　　洪迈《容斋随笔》载：王安石的一首绝句写道："京口瓜洲一水间，钟山只隔数重山。春风又绿江南岸，明月何时照我还？"吴中那个地方的一个读书人家里收藏有这首诗的初稿，显示出"春风又绿江南岸"一句最初写的是"又到江南岸"，后来圈去了"到"，批注说"不好"，又改为"过"，又圈掉而改作"入"，随后又改作"满"。总共照这样修改，前后选用了十多个字，最终才确定为"绿"字。③ "到""过""入"

---

①　郑板桥：《词钞自序》，《郑板桥全集》，齐鲁书社 1985 年版，第 134 页。
②　唐彪：《读书作文谱》，载王水照《历代文话》第 4 册，复旦大学出版社 2007 年版，第 3462 页。
③　洪迈：《容斋续笔·诗词改字》，上海古籍出版社 1978 年版，第 317 页。

"满"诸字代表不同的意境，"到"字太直白，也看不出春风一到江南是何景象，缺乏诗意；"过"字虽说比"到"字生动，呈现春风一掠而过的动态感，但没有表达出自己想回金陵的急切之情；"入""满"又使诗意太俗、太实在。终于灵机一动，得"绿"字，与自己心中所想象的意境相符，使全诗生色。

又如，南宋胡仔《苕溪渔隐丛话》卷八引《漫叟诗话》云：

> "桃花细逐杨花落，黄鸟时兼白鸟飞。"李商老云："尝见徐师川说一士大夫家，有老杜墨迹，其初云桃花欲共杨花语，自以淡墨改三字。"乃知古人字不厌改也，不然何以有日锻月炼之语。①

这一则讲杜甫改诗。杜甫说自己"新诗改罢自长吟"（《解闷之七》），可见他是很注意改诗的。这里举的是《曲江对酒》中的诗句。全诗是这样写的：

> 苑外江头坐不归，水晶宫殿转霏微。桃花细逐杨花落，黄鸟时兼白鸟飞。纵饮久判人共弃，懒朝真与世相违。吏情更觉沧州远，老大悲伤未拂衣。

杜甫坐在长安的曲江头，对着酒，想到自己为人所弃，跟当权派合不来，在长安无事可做，心中充满寂寞与无聊，坐在江头很长时间都不想回去，坐得久了，看着江上的景色，因而写下"桃花欲共杨花语，黄鸟时兼白鸟飞"，写过后，诗人觉得不对劲儿，细细琢磨，觉得第三句"桃花欲共杨花语"有问题，不能表现出他此时此刻寂寞无聊的心情，并与之相调和，于是就改成"桃花细逐杨花落"，这一改，意境清寂，和作者的心境就符合了。

又如，北宋林逋的《山园小梅》"疏影横斜水清浅，暗香浮动月黄昏"，是千古咏梅名句，据南唐江为的"竹影横斜水清浅，桂香浮动月黄昏"两句改，只改动"竹"和"桂"两个字，就赋予了诗句不朽的生

---

① 胡仔：《苕溪渔隐丛话》，人民文学出版社1962年版，第49页。

命。林逋咏梅，没有直接咏梅，而是通过池中梅花淡淡的"疏影"以及月光下梅花清幽的"暗香"来侧面咏梅，梅枝与梅影相映，朦胧的月色与淡淡的幽香相衬，动与静、视觉与嗅觉，共同营造了一个迷人的意境，表现出了作者心中的那种感觉。而江为"竹影""桂香"写得太实，而且意境不统一。但也许没有江为的启发，林逋就不会写出这样的名句来。

再如，相传欧阳修为韩魏公（韩琦）作《昼锦堂记》，已经把稿子交给了韩公，韩公也非常爱赏。后来，欧阳修猛然想到开头两句"仕宦至将相，富贵归故乡"，应加上两个"而"字，改为"仕宦而至将相，富贵而归故乡"，立刻遣人把改过的文章交给韩公，韩公再三玩味，觉得加一"而"字，文义尤畅。① 把原句和改句比较，就会发现这两个"而"的关系确实重大。原句同韵连读，气格局促，改句便很舒畅；原句平铺直叙，语意直率，改句便抑扬顿挫，有层次感。我们读欧阳修的散文，觉得似乎随意写出，不假凿削功夫，而实际上，正如唐彪所说："文章最难落笔便佳。如欧阳永叔为文，既成，书而粘之于壁，朝夕观览。有改而仅存其半者，有改而复改，与原本无一字存者。"②

袁枚关于语言痛苦的产生讲过一段颇有见地的话，他说：

> 改诗难于作诗，何也？作诗，兴会所至，容易成篇；改诗，则兴会已过，大局已定，有一二字于心不安，千力万气，求易不得，竟有隔一两月，于无意中得之者。刘彦和所谓"富于万篇，窘于一字"，真甘苦之言。③

袁枚认为，作诗的时候兴会所至，快意骋词，用词造句都不假思索，这时几乎不会注意到"词语外壳"的问题，非常容易成篇；但有些无意识的错误，如声韵、词汇、句法使用上的不当（即没有达到所要表现的意思）就会使作者的注意力转移到这方面来，诗人们总会感到不安和不满，但苦于兴致已过，大局已定，改起来要花费很大的力气，让人十分

---

① 参见《宋稗类钞》，书目文献出版社 1985 年版，第 374 页。

② 唐彪：《读书作文谱》，载王水照《历代文话》第 4 册，复旦大学出版社 2007 年版，第 3462 页。

③ 袁枚撰，顾学颉校点：《随园诗话》，人民文学出版社 1982 年版，第 37 页。

痛苦。所以，诗人在创作过程中感受到的"语言痛苦"就是与"词语外壳"从无意识领域到意识领域的转变结合在一起的，上述诗人在炼字炼句中所做的大量涂改就是"注意活动"的有力证明，而且在艺术上越是有高远目标的作家，越是会经受"语言痛苦"的煎熬。

因此，文学创作传达中始终交织着语言的酝酿、选用和锤炼，随着自身思维的变化，排除掉一个又一个暂时的"词语外壳"，选择一个又一个准确的语词和恰当的组合方式把意象运动的成果随时固定下来，与心中之意融为一体、不可分割。明代诗话家谢榛在《四溟诗话》中所说："诗不厌改，贵乎精也。"① 这个见解很精辟，不仅强调反复修改，而且用"精"字指明了文学创作语言文字修改的最高境界，即与心中之意相融合。

当然，语言的斟酌不仅伴随着意象、意旨，同时也促进着意象、意旨的变化，反过来意象、意旨的变化又促进语言的斟酌，如下图所示：

　　　　语言的斟酌　⟷　　意象、意旨的变化

这个过程并无先后之别，而是同时进行的心理活动，是意和言如何配合的循环往复过程。如果，这个过程始终处于意识不可解决的强烈状态，古人称这种状态为"苦思"。虽然古人欣赏这种自然而天真的创作方式，但是他们也不得不承认苦思是文学创作中需要经过的重要过程：

　　　诗要苦思，诗之不工，只是不精思耳。不思而作，虽多亦奚以为？古人苦心终身，日炼月煅，不曰"语不惊人死不休"，则曰"一生精力尽于诗"。今人未尝学诗，往往便称能诗，诗岂不学而能哉？②
　　　或曰："诗，适情之具。染翰成章，自然高妙；何必苦思，以凿其真？"予曰："'新诗改罢自长吟'，此少陵苦思处。使不深入溟渤，焉得骊颔之珠哉？"③

---

① 谢榛：《四溟诗话》，载《四溟诗话　姜斋诗话》，人民文学出版社1961年版，第40页。
② 杨载：《诗法家数》，载《历代诗话》，中华书局1981年，第737页。
③ 谢榛：《四溟诗话》，载《四溟诗话　姜斋诗话》，人民文学出版社1961年版，第40页。

皇甫汸曰:"或谓诗不应苦思,苦思则丧其天真,殆不然。方其收视反听,研精弹思,寸心几呕,修髯尽枯,深湛守默,鬼神将通之。"①

就算是浑然一体的唐代诗歌,他们的成就亦未尝不是从这种艰苦奋斗中来,刘攽在《中山诗话》中说:"唐人为诗,量力致功,精思数十年,然后名家。"② 其实历代不少诗人都下过这样的苦功夫,他们以心手相应,语言准确而充分地表达心之所欲言为第一要义。也正是语言形式与诗人之意二者之间复杂的相互作用,才使形式得以产生丰富的意义,意义得以生成完美的形式。

第二节 言随意遣 意随笔生

那么怎样才能在心意和语言形式之间架起一座桥梁,使语言形式更贴近心灵的真实,与其审美体验完全合拍呢?谢榛在《四溟诗话》中谈到了"意"和"辞"两方面的不当所造成的弊病:

> 凡立意措辞,欲其两工,殊不易得。辞有短长,意有小大,须构而坚、束而劲,勿令辞拙意妨。意来如山,巍然置之河上,则断其源流而不能就辞;辞来如松,挺然植之盘中,窘其造物而不能发意。夫辞短意多,或失之深晦;意少辞长,或失之敷演。名家无此二病。③

谢榛认为,创作中"立意"与"措辞"两者都要兼善,很不容易。有时"意来如山",即意来得较为"大""多""猛烈",这时就会"巍然置之河上","断其源流",造成辞短意多;"辞来如松",即辞来得较为"直""硬",这时就会"挺然植之盘中","窘其造物",造成意少辞长。"辞短意多",就是说因为意的不当,所以意不能合适地随着言生发出来;

---

① 王世贞:《艺苑卮言》,载《历代诗话续编》,中华书局 1983 年版,第 957 页。
② 刘攽:《中山诗话》,载《历代诗话》,中华书局 1981 年版,第 289 页。
③ 谢榛:《四溟诗话》,载《四溟诗话　姜斋诗话》,人民文学出版社 1961 年版,第 69 页。

"意少辞长",就是说因为辞的不当,所以言不能合适地随着意流淌出来。作为创作者,我们要让言随意或意随言,自然而然地流淌出来,这样才不至于出现或"深晦"或"敷演"的弊病。谢榛从创作理论的高度提出这一问题,对言意两相自如、两相融合的论说,是吻合文学创作实际的。笔者通过举引历代诗人不同性质的优秀代表作品为个例,探讨"言随意遣"和"意随笔生"的问题,以期对语言形成和审美经验完全合拍的问题有所体悟。

一　言随意遣

叶梦得评王安石晚年的诗说:

> 王荆公晚年诗律尤精严,造语用字,间不容发。然意与言会,言随意遣,浑然天成,殆不见有牵率排比处。如"含风鸭绿鳞鳞起,弄日鹅黄袅袅垂",读之初不觉有对偶。至"细数落花因坐久,缓寻芳草得归迟",但见舒闲容与之态耳。而字字细考之,若经櫽栝权衡者,其用意亦深刻矣。①

笔者认为,这里叶梦得不仅是对王安石的诗做评价,而是提出了优秀文学作品的语言表现方式——"言随意遣",即言自然而然地随意流露出来的表现方式。因为语言文字的造作,确实会影响诗意的表现。

面对我国古代各式各样的语言形式的文学作品,我们在这里分为诗的语言和文的语言来阐述"言随意遣"的问题。

(一) 诗的语言

诗的语言,呈现两种不同的风格。一种不受人为形式束缚,在大致整齐的语言中用"口语话"抒情言志,以古体诗为代表;一种完全受人为形式(声韵、对仗等)的束缚,在绝对整齐的语言中或者在规定字数的语言中用"文人话"抒情言志,以律诗(或者律句)为代表。

1. 古体诗

就古体诗而言,最主要的特征是诗旨的明朗、口语的强调、典故的

---

① 叶梦得:《石林诗话》,载《历代诗话》,中华书局1981年版,第406页。

摒弃，怎么想怎么说，其韵律、节奏、词汇都是自由的，没有固定的形式，其形式随着意的变化而变化。所以，其长处在于语言明白晓畅，形式自由，容易驾驭，更易于做到"言随意遣"，但是如果把握不当，一味地追求其"随意"，就易流于浅俗。谢榛在《四溟诗话》中说：

> 《古诗十九首》，平平道出，且无用工字面，若秀才对朋友说家常话，略不作意。如"客从远方来，寄我双鲤鱼。呼童烹鲤鱼，中有尺素书"是也。及登甲科，学说官话，便作腔子，昂然非复在家之时。若陈思王"游鱼潜绿水，翔鸟薄天飞。始出严霜结，今来白露晞"是也。此作平仄妥帖，声调铿锵，诵之不免腔子出焉。魏晋诗家常话与官话相半，迨齐梁开口俱是官话。官话使力，家常话省力；官话勉然，家常话自然。夫学古不及，则流于浅俗矣。今之工于近体者，惟恐官话不专，腔子不大，此所以泥乎盛唐，卒不能超越魏晋而追两汉也。嗟夫！①

可见，古体诗的创作，如果语言尽显装模作样之"官腔"，就会不自然；如果完全受口语化、家常化的影响，一味追求这种形式，就会流于浅俗和烦琐，就像中唐元白诗派的一些乐府诗，比如白居易的乐府诗《秦吉了》："昨日长爪鸢，今朝大嘴乌，鸢捎孔燕一窠覆，乌啄母鸡双眼枯。鸡号堕地燕惊去，然后拾卵攫其雏。"② 由此可见一斑。它们都不免有浅近、枯燥、卑陋之感，这也是为口语化而口语化的一种必然现象。所以，古体诗的语言看似平易浅近，容易作，但是如果不得其意，仿效之，便入鄙野，可笑；古体诗的创作应在"性情本应如此"的指引下"言随意遣"，不假雕饰，在本色口语化语言中流露出毫无造作的性情之真。优秀的古诗不乏其作，特别是近体诗出现之前的古诗。比如《诗经·硕鼠》：

> 硕鼠硕鼠，无食我黍！三岁贯女，莫我肯顾。逝将去女，适彼乐土。乐土乐土，爰得我所。

---

① 谢榛：《四溟诗话》，《四溟诗话　姜斋诗话》，人民文学出版社 1961 年版，第 67 页。
② 白居易：《秦吉了》，《白居易集》，中华书局 1979 年版，第 89 页。

这首诗是整齐的四言诗，每个句子与日常口语结构都相对应，我们可以按日常口语做以下翻译：

> 硕鼠呀硕鼠，不要吃我种的黍！多年来辛苦地养活你，我的生活你不顾。发誓从此离开你，到那理想的乐土。乐土呀乐土，才是安居好去处！

两相对照可以见得，《硕鼠》的诗句是完全按照日常口语习惯来结构，其声韵没有固定的规律，其四字一顿也纯属自然意义的表述节奏，所以我们根本感觉不到四言的板滞，我们感受到的是语言的意思，是奴隶对奴隶主的怨恨和对理想生活的希望。

汉乐府民歌把这种朴直率真的"口语话"风格发扬光大，增加了诗歌的叙事性和戏剧性成分。如《东门行》写贫民为贫困所迫走向绝路的场面：

> 出东门，不顾归。来入门，怅欲悲。盎中无斗米储，还视架上无悬衣。拔剑东门去，舍中儿母牵衣啼："他家但愿富贵，贱妾与君共铺糜。上用仓浪天故，下当用此黄口儿。今非！""咄，行！吾去为迟！白发时下难久居！"

整首诗虽然不长，但完整地叙述了一个很有意义的戏剧性场面，还将日常的对话穿插在诗作中，这显然就是对当时人们口语的记录，没有一点雕琢的痕迹，语言自然而然地随意流淌。所以，胡应麟在《诗薮》中高度评价汉乐府诗的语言说："矢口成言，绝无文饰，故浑朴真挚，独擅古今。"[1]

随着文学的发展，诗歌逐渐发展为整齐的五言诗。但在五言诗的最初发展时，亦体现了与古体诗相同的风格。比如《古诗十九首》中"明月何皎皎"：

---

[1]　胡应麟：《诗薮》，上海古籍出版社 1958 年版，第 105 页。

　　　　明月何皎皎，照我罗床帏。忧愁不能寐，揽衣起徘徊。客行虽
　　云乐，不如早旋归。出户独彷徨，愁思当告谁？引领还入房，泪下
　　沾裳衣。

　　这首诗和阮籍的《咏怀》中"夜中不能寐"一诗表现内容相近，但
其语言风格却迥异，我们两相比较以见其"明月何皎皎"的语言特征。
阮籍《咏怀》（其一）：

　　　　夜中不能寐，起坐弹鸣琴。薄帷鉴明月，清风吹我襟。孤鸿号
　　外野，翔鸟鸣北林。徘徊将何见，忧思独伤心。

　　两首诗都是表达明月悬空，夜不能寐，忧愁、伤心的情思。《明月何
皎皎》的语言结构是一种叙述结构。开头两句是写场景：明月银色的清
辉透过轻薄透光的罗帐，照着这位拥衾而卧的人。接下来写在这样的场
景下，"我"的动作、心情："我"很忧愁，睡不着，于是披上衣服在月
光下徘徊。那么有此动作、心情是什么原因造成的呢？原来他是一个异乡
游子，在举目无亲的异地，很想回家，但又不能回家。怎样才能消遣此种
愁思呢？他出门散心，但又独自一人，能向谁诉说自己的愁思呢？没有人
可诉说，怎么办呢？只有回到房间，独自泪流。我们可以看出，诗句间以
及字词间有明显的因果逻辑关系（因为—如何），整首诗的人物、时间、地
点、事由、动作发生顺序都相当清楚。而阮籍的《咏怀》诗就不同了，我
们不知道因什么原因使作者忧愁，在诗中只任凭情境（明月、清风、孤鸿、
翔鸟等）、动作（不能睡着、弹鸣琴、独徘徊）自由舒展，而且这些情境、
动作又没有什么逻辑顺序，诗句结构，特别是中间两联，完全采用场景并
列的方式展开。这样的诗句，也不便于按照日常口语结构去翻译它。这两
相对比，我们更能体会到古诗的本色口语化倾向，以及这种口语化对表现
游子丰富、复杂的心理活动的自然、贴心、通顺易懂。
　　在近体诗高度繁荣的盛唐时期，优秀的古体诗语言依然显露"口语
话"本色风格，与上述作品乃甚相近。如李白的《将进酒》：

　　　　君不见黄河之水天上来，奔流到海不复回！君不见高堂明镜悲

白发，朝如青丝暮成雪！人生得意须尽欢，莫使金樽空对月。天生
我材必有用，千金散尽还复来。烹羊宰牛且为乐，会须一饮三百杯。
岑夫子，丹丘生，将进酒，杯莫停。与君歌一曲，请君为我侧耳听：
钟鼓馔玉不足贵，但愿长醉不愿醒；古来圣贤皆寂寞，惟有饮者留
其名。陈王昔时宴平乐，斗酒十千恣欢谑。主人何为言少钱，径须
沽取对君酌。五花马，千金裘，呼儿将出换美酒，与尔同销万古愁。

全诗以任达放浪之心写人生苦短、圣贤寂寞的万古深愁，诗意极为
明朗，句式三、五、七言不等，语气、语法均富口语倾向，时急时徐，
时快时慢，极尽变化之能事，其奔放之情致，甚为明显。而此古体的语
言风格，正是在李太白本身性情如此之下而形成的，正如严羽所说："盖
他人作时用笔想，太白但用胸口一喷即是，此其所长。"①

2. 律诗

就"律体"而言，最主要的特征是对偶工稳和韵律谐调，对炼字煅
句、谋篇布局也极讲究，在语言上特别显现出严整精丽之美，所以其长
处乃在于形式之精美，而其缺点则在于束缚之严格，不易做到"言随意
遣"。正如袁枚所说："作古体诗，极迟不过两日，可得佳构；作近体诗，
或竟十日不成一首。何也？盖古体地位宽余，可使才气卷轴；而近体之
妙，须不着一字，自得风流；天籁不来，人力亦无如何。"② 所以，创作
"律体"如果未能善于驾驭其特色来用长舍短，完全受此格律之束缚，而
局限于现实的叙写，就不免有拘狭平弱之感，如宋之问"金鞍白马"与
"玉面红妆"（《和赵员外桂阳桥遇佳人》），高达夫的"青风江上"与
"白帝城边"（《送李少府贬峡中、王少府贬长沙》），甚至王摩诘的"山
中习静"与"松下清斋"（《积雨辋川庄作》）。这也是在严格束缚下的一
种必然现象。古人说："诗语大忌用工太过，盖炼句胜，则意必不足；语
工而意不足，则格力必弱，皆自然之理也。"③ 就是说，不顾其意，谨守
格律者，则易流于气格卑弱。而破坏格律不顾者，则又易流于散漫、拗

① 瞿蜕园撰，朱金城校注：《李白集校注》，上海古籍出版社1980年版，第228页。
② 袁枚撰，顾学颉校点：《随园诗话》，人民文学出版社1982年版，第149页。
③ 魏庆之：《诗人玉屑》，上海古籍出版社1978年版，第135页。

口。当然，并非"律体"不能有自然浑成、了无斧凿之迹的作品。比如
崔颢的《黄鹤楼》：

> 昔人已乘黄鹤去，此地空余黄鹤楼。
> 黄鹤一去不复返，白云千载空悠悠。
> 晴川历历汉阳树，芳草萋萋鹦鹉洲。
> 日暮乡关何处是，烟波江上使人愁。

　　这首律诗，严羽称为："唐人七言律诗，当以崔颢《黄鹤楼》为第
一。"①《黄鹤楼》并不是完全规范的七言律诗，其首联和颔联全然不顾
律诗形式规范。从声韵来讲，第一句的第四字（乘）和第六字（鹤），按
照规范本来应该是平声、仄声，诗中却是仄声、平声；第三句的第四字
（去）和第五字（不），也本来应该都是平声，诗中却都是仄声，导致连
用六个仄声（鹤一去不复返）；第四句的第五字（空），本该是仄声，诗
中却是平声，以"空悠悠"三平调煞尾。从对仗来说，首联和颔联不用
对仗，几乎都是古体诗的句法；颈联和尾联才归于律体的整饬。有学者
对崔颢这种古诗入律的句法，持讥评态度。笔者认为，这并不有损于此
诗作为"七言律诗第一"的称号。金性尧先生识得崔诗的妙处，他说：
"三四两句，似对非对，且上句连用六仄，下句连用五平，作者写时当是
信手而就，一气呵成，读来依旧音节浏亮，并不拗口。"②此诗前四句，
鹤去楼空不复返，只剩白云空悠悠，信手拈来，一气呵成，怅惘之情油
然而生，绝无半点滞碍，使我们无暇觉察那些律诗格律上的大忌。第五、
六句，忽一变而为晴川草树，萋萋满洲，隔江远眺的眼前景象。"芳草萋
萋"之语，其意来自《楚辞·招隐士》中"王孙游兮不归，春草生兮萋
萋"诗句的意思，崔颢借此引出尾联"不归"的愁思。尾联，面对暮色
苍茫、烟霭沉沉的长江，一缕怀归之情悠然涌起，诗意重归于开头那种
怅惘、虚无的境界，使我们无暇于诗律的严整。沈德潜评此诗说："意得

---

① 严羽撰，郭绍虞校释：《沧浪诗话校释》，人民文学出版社 1961 年版，第 197 页。
② 金性尧：《唐诗三百首新注》，上海古籍出版社 1980 年版，第 236 页。

象先，神行语外，纵笔写去，遂擅千古之奇。"①　就是说此诗的语言围绕着诗人之意行云流水般自然呈现。

再举一首杜甫的《登高》：

> 风急天高猿啸哀，渚清沙白鸟飞回。
> 无边落木萧萧下，不尽长江滚滚来。
> 万里悲秋常作客，百年多病独登台。
> 艰难苦恨繁霜鬓，潦倒新停浊酒杯。

《登高》是一首精于格律的好诗，曾被誉为"古今七言律第一"②。清人施补华评赞曰：

> 《登高》一首，起二"风急天高猿啸哀，渚清沙白鸟飞回"，收二"艰难苦恨繁霜鬓，潦倒新停浊酒杯"，通首作对而不嫌其笨者：三、四句"无边落木"二句，有疏宕之气；五、六"万里悲秋"二句，有顿挫之神耳。又首句妙在押韵，押韵则声长，不押韵则局板。③

施补华对《登高》一诗语言形式的评价是颇有见地的。从对偶来看，律诗一般中间两联对仗就可以了，此诗一开头就以对仗领起，不仅上下两句对，句中还有自对，比如天对风、高对急、沙对渚、白对清。颔联和颈联，算得上是工对。④　尾联两句虽不全对，但句法布局却极整齐。从

---

①　沈德潜：《唐诗别裁集》，中华书局 1975 年版，第 182 页。
②　胡应麟：《诗薮》，上海古籍出版社 1958 年版，第 95 页。
③　施补华：《岘傭说诗》，《清诗话》，上海古籍出版社 1978 年版，第 992 页。
④　律诗的对仗为了形式上的整练工稳，其要求相当严格、琐细。它不只要求一联之中名词与名词相对，动词与动词相对，而且还要求必须是同一词性、同一范畴的词。比如旧时把名词又分为天文、时令、地理、器物、衣饰、饮食、文具、文学、草木、鸟兽虫鱼、形体、人事、人伦等门类。近体诗中同一门类的词语为对是很工整的对仗，称为"工对"。天文词对天文词，时令词对时令词等。诗人有时为了顾全词意和音律，不得已而用宽对，宽对是一种不很工整的对仗，一般只要句型相同、词的词性相同，即可构成对仗，如一般以名词对名词、以形容词对形容词便可以。然而，那毕竟不够精细，因此，在不致流于板滞的情况，总是刻意工对。用词义的门类比较接近的词为对，便叫"邻对"。所谓词义门类相近，如天文与时令、地理与宫室、器物与衣饰、植物与动物、方位对数量等的关系。

声韵来讲，也完全符合七言律诗的要求，而且两字一节，每节平仄相间，读之音调铿锵，很有顿挫之感。可以说，全篇对偶精工、音律谐整。但我们读之并不觉得对偶有多死板，而是句句流畅自然，正如施补华所说，"通首作对而不嫌其笨"；音律的谐调又与作者壮志难酬、悲愤潦倒的沉郁顿挫之情相应，更值得注意的是，律诗首句末字常用仄声，此诗却用平声入韵，"哀"和"回"相应，一开始诗的意味就显得更为深长、沉郁，沈德潜因有"起二句对举之中，仍复用韵，格奇而变"① 之赞。这种特别的变化，正是"以韵承意"的结果，而不是"迁意就韵，因韵求事"。② 所以，胡应麟高度评价这首诗说：

> 一篇之中句句皆律，一句之中字字皆律，而实一意贯串，一气呵成。骤读之，首尾若未尝有对者，胸腹若无意于对者；细绎之，则锱铢钧两，毫发不差，而建瓴走坂之势，如百川东注于尾闾之窟。至用句用字，又皆古今人必不敢道，决不能道者。真旷代之作也。③

以上，主要以近体诗的声律、对偶为例；以下，再以近体诗、词中特殊的句法为例来体悟"言随意遣"的问题。

诗的句法，在发展之初，从前面所举的《诗经》《古诗十九首》等诗中可以看出，以承转通顺近于散文的句法为主。其后，随着诗歌五、七言的发展，随着声律说的兴起，诗的句法也因局限于句数、声律，又追求精美，从而渐趋于省略，如少用虚字、通常不说明主语等，这样制造意象的功能也就相对增强，诗中的蕴含也越来越丰富。如"余霞散成绮，澄江静如练"（谢朓《晚登三山还望京邑》），"草枯鹰眼疾，雪尽马蹄轻"（王维《观猎》）、"香雾云鬟湿，清辉玉臂寒"（杜甫《月夜》）、"春蚕到死丝方尽，蜡炬成灰泪始干"（李商隐《无题》）等诗句都不同于前面古诗语言的自然，但是其因果层次，仍为通顺明白，如"香雾"是因，"云鬟湿"是果，"清辉"是因，"玉臂寒"是果；"草枯"就会

---

① 沈德潜：《唐诗别裁集》，中华书局 1975 年版，第 190 页。
② 据魏庆之《诗人玉屑》卷六"命意"载："作诗必先命意，意正则思生，然后择韵而用，如驱奴隶；此乃以韵承意，故首尾有序。"（上海古籍出版社 1978 年版，第 127 页）
③ 胡应麟：《诗薮》，上海古籍出版社 1958 年版，第 95 页。

"鹰眼疾"，"雪尽"就会"马蹄轻"；"春蚕到死"的结果是"丝方尽"，"蜡炬成灰"的结果是"泪始干"。这些诗句，变散文句法为紧凑浓缩，然而并没有句法的无序、颠倒。笔者下面讨论的近体诗的特殊句法是和这种有顺序结构的语序相比，更为无序甚至颠倒的句法。所谓无序，就是诗句由一个个实词或者一个个词组并列拼置成一诗句，意义缺乏连贯性。所谓颠倒，就是为求变化而更改语次，即倒装句。那么，诗人是如何在这样的诗句中，表现出内心深处的情感体验呢？

诗句中词语并列的句法列举如下：

大漠/孤烟直，长河/落日圆。（王维《使至塞上》）
野旷/天低树，江清/月近人。（孟浩然《宿建德江》）
月落/乌啼/霜满天，江枫/渔火/对愁眠。（张继《枫桥夜泊》）
星垂/平野阔，月涌/大江流。（杜甫《旅夜书怀》）
千里/莺啼/绿映红，水村/山郭/酒旗风。（杜牧《江南春》）
鸡声/茅店/月，人迹/板桥/霜。（温庭筠《商山早行》）
疏影横斜/水清浅，暗香浮动/月黄昏。（林逋《山园小梅》）
桃李/春风/一杯酒，江湖/夜雨/十年灯。（黄庭坚《寄黄几复》）
楼船/夜雪/瓜洲渡，铁马/秋风/大散关。（陆游《书愤》）
落花/人独立，微雨/燕双飞。　（晏几道《临江仙·梦后楼台高锁》）
舞低/杨柳/楼心月，歌尽/桃花/扇底风。（晏几道《鹧鸪天·彩袖殷勤捧玉钟》）
今宵酒醒何处，杨柳岸/晓风/残月。　（柳永《雨霖铃·寒蝉凄切》）
明月/别枝/惊鹊，清风/半夜/鸣蝉。（辛弃疾《西江月·明月别枝惊鹊》）
枯藤/老树/昏鸦，小桥/流水/人家，古道/西风/瘦马。夕阳西下，断肠人在天涯。（马致远《天净沙·秋思》）

这些诗句，任形象性的词语或词组之间直接拼合，时间上具有跳跃性，空间上具有模糊性，"象"的方面好像是孤立的，但组合在一起时，

"意"的方面有一种内在的深沉的联系，似离实合，似断实连，充满无限情意，给读者留下了无穷想象的余地和再创造的可能。比如张继的《枫桥夜泊》，前两句写了六种景象，"月落""乌啼""霜满天""江枫""渔火"及船上一夜未眠的客人，营造出凄清冷落、孤独寂寞的气氛。深更半夜，月落星稀，暗霜凝结，乌啼声声，冷风凄凄，渔火迷蒙，长夜无眠，一种浓郁的情韵油然而生。在晏几道《临江仙·梦后楼台高锁》的"落花""人独立""微雨""燕双飞"四种景象中，"落花""微雨"，是容易引起忧伤的景色，在此词中，象征芳春过尽。"落花"和"归燕"是晏殊笔中特有的反衬，晏殊有一名联："无可奈何花落去，似曾相识燕归来"；而归来的双飞燕与孤独的愁人又形成反衬，可谓是以乐景写哀，以哀景写乐，倍增其哀、乐。因此，仅仅是这四种景物的拼置，就引起了绵长的春恨、伤逝的情感，令人惆怅不已。

有的作品也是词与词之间的组合，却感觉不到其中蕴含的意味，比如元代戏剧家白朴的《天净沙·秋思》：

> 孤村落日残霞，轻烟老树寒鸦，一点飞鸿影下。青山绿水，白草红叶黄花。

与马致远《天净沙·秋思》比较，两首小令几乎都有夕阳、老树、寒鸦等萧瑟凄清的自然景物，在白朴曲子的结句中，青山、绿水、白草、红叶、黄花五种景物，着以青、绿、白、红、黄五种颜色，色彩斑斓，景象明丽，但似乎与肃杀、凄冷的秋景不相称。整首诗缺乏贯穿所有景物的"意"。而马诗，以一种萧瑟、凄凉、悠远的意境一贯到底。诗人把十种平淡无奇的客观景物，巧妙地连缀起来，通过枯、老、昏、古、西、瘦六个字，将诗人的无限愁思寓于景中。最后一句，"断肠人在天涯"是点睛之笔，这时在深秋村野图的画面上，出现了一位漂泊天涯的游子，在残阳夕照的荒凉古道上，牵着一匹瘦马，迎着凄苦的秋风，信步漫游，愁肠绞断，却不知自己的归宿在何方。此图景透露了诗人无限悲凉的情怀，恰当地表现了自己的思想情感，就不像白朴的《天净沙·秋思》中的那种结句。

诗句中的倒装句法列举如下：

竹喧归浣女，莲动下渔舟。（王维《山居秋暝》）

绿垂风折笋，红绽雨肥梅。　（杜甫《陪郑广文游何将军山林十首》）

沾衣欲湿杏花雨，吹面不寒杨柳风。（僧志南《绝句》）

染柳烟浓，吹梅笛怨，春意知几许。　（李清照《永遇乐·落日熔金》）

在这些诗句中，倒装不是为倒装而倒装，作者并非有意而为之，除了使韵律更为协调外，更重要的是凸显所要强调的"意"。

王维《山居秋暝》中的诗句，按照动作先后承接顺序，应该是浣女之归造成"竹喧"，渔舟之下导致"莲动"，这样就呆板地直叙为"浣女归竹喧，渔舟下莲动"。王维笔下的诗句，虽然不合逻辑顺序，但是合乎作者那一瞬间的内在体验，因为浣女隐藏在竹林之中，渔舟被莲叶遮蔽，作者最初那一瞬间听见的、看见的，一定是竹林喧声，莲叶纷披，才发现浣女、渔舟。

同样，杜甫《陪郑广文游何将军山林十首》诗句中，"绿垂"是"风折笋"的结果，"红绽"是"雨肥梅"的结果，这是作者经验过后的结论，但是在经验的实际进行过程中，情形应该是这样的：诗人在行程中突然看见绿色垂着、红花开着，一时还弄不清是什么东西，警觉后一看，原来是风折的竹笋、细雨滋润过的梅花。

僧志南《绝句》中的诗句也是如此。"杏花雨"，是早春的雨，"杨柳风"，是早春的风。诗人扶杖东行，一路红杏灼灼，绿柳翩翩，本应该是细雨沾衣，似湿而不见湿，和风迎面吹来，不觉有一丝寒意。而作者却用衣裳的似湿未湿来形容初春细雨似有若无，用肌肤的不冷来形容初春的和风微微，因为"沾衣欲湿""吹面不寒"，是作者最直接的肌肤感受，进而作者才觉察到原来是初春的雨和风，这个过程相当细微，是诗人独特的经验感受，可见作者体察的精微，描摹的细腻，耐人寻味。

李清照的"染柳烟浓，吹梅笛怨"，本应该是"烟染柳浓，笛吹梅怨"，即浓浓的烟雾将柳林涂染得更为浓郁；笛子吹奏出哀怨的《梅花落》，是因为原来早于春而开的梅花已经凋谢了。但这是一种理性的分析，在作者的审美经验中，有些体验是根本分不清的，是柳浓，还是烟浓？似乎它们相互融合、相互熏染，也分不清。是笛怨，还是梅怨？是笛子吹奏哀怨的《梅花落》，还是吹奏的《梅花落》凸显了笛声的幽怨，似乎《梅花落》、笛声、哀怨是一种体验，没有因果、先后之分。

这些无序、颠倒的句法，在表现上正是配合了作者最初的感知经验、审美体验来表情达意，而并不以事件的逻辑、句法的通顺为主，它们是"一片文章，语似无伦次，而意若贯珠"。①

（二）文的语言

文的语言，也呈现两种不同的风格，一种是不受人为形式束缚的散文的语言，一种是受对偶、声韵、用典、四六句式等形式束缚的骈文的语言。

1. 散文的语言

散文的语言，没有长短、声律、对偶、用字用句等形式的束缚，是一种较为自由的语言。从语言形式上讲，更易于做到"言随意遣"。但是，自由并不等于有序和美感。古人认为，散文的语言应顺着情感的自然需要，在情感的节奏往复中见规律，这样才能更好地表情达意，作品也因此更具美感。

韩愈提出"气盛言宜"，第一次提出作者的心理状态与语言表达的关系，他说：

> 气，水也；言，浮物也；水大而物之浮者大小毕浮。气之与言犹是也，气盛则言之短长与声之高下者皆宜。②

"气盛"，就是指作者的思想充实、情绪饱满。气盛，则句式长短、声调高下皆能自然合宜。这样便将文气具体化为"言之短长和声之高下"。南宋的陈骙在《文则》中也说："辞以意为至，故辞有缓有急，有轻有重，皆生乎意也。"③清代的桐城派把"文气论"讲得更具体、更实

---

① 范温：《潜溪诗眼》，载郭绍虞《宋诗话辑佚》，中华书局1980年版，第318页。
② 韩愈：《答李翊书》，载郭绍虞《中国历代文论选》第2册，上海古籍出版社1979年版，第116页。
③ 陈骙：《文则》，载王水照编《历代文话》第1册，复旦大学出版社2007年版，第144页。

在，他们认为"文气"就是实实在在的语言形式，毕竟用"神""气"论文太抽象了。刘大櫆认为，人们论文一提到音节、字句，就必嘲笑为是作文的小事情，这种看法看似是重视文章的意义，好像很高明，其实是错误的看法。他说：

> 凡行文多寡短长，抑扬高下，无一定之律，而有一定之妙，可以意会，而不可以言传。学者求神气而得之于音节，求音节而得之于字句，则思过半矣。①

可见，论文章，于音节以求神气，于字句以求音节，这是文章的根本。他又说：

> 神气者，文之最精处也；音节者，文之稍粗处也；字句者，文之最粗处也。然论文而至于字句，则文之能事尽矣。盖音节者，神气之迹；字句者，音节之矩也。神气不可见，于音节见之；音节无可准，以字句准之。②

他说，作文有三个要素，一是神气，"文之最精处"；二是音节，"文之稍粗处"；三是字句，"文之最粗处"。"粗"字在这里的用法并没有贬义，只是让可见的、形式上的文学外在要素，与不可见的、超形式的内在精神要素形成对照而已。在字句—音节—神气的关系中，音节、字句是神气的体现、是神气之迹，由它可以见得作者的"神气"（作者的意旨）。因为人的思想情感有激昂、有平静，有起有伏，发为声音，就会有抑扬顿挫的自然节奏，所以说："神气不见，于音节见之"，"音节高则神气必高，音节下则神气必下，故音节为神气之迹"③。又因为声音的符号是文字，将文字长短相间、错综配合就可以表达作者的语气和神情，同时异音同义的汉字又很多，更充分地为调节声韵提供了有利条件，所以

---

① 刘大櫆：《论文偶论》，载郭绍虞《中国历代文论选》第 3 册，上海古籍出版社 1979 年版，第 436 页。

② 同上书，第 434 页。

③ 同上书，第 435 页。

说："音节无可准，以字句准之"，"一句之中，或多一字，或少一字；一句之中，或用平声，或用仄声；同一平字仄字，或用阴平、阳平、上声、去声、入声，则音节迥异，故字句为音节之矩"①。可见，注重文章的字句，就是注重文章的神气，文章的语言节律需随着主体思想情感的变化而变化。虽然唐代韩愈所说的"气盛言宜"中的"言宜"，就包括"言之长短"和"声之高下"，不过到了桐城派就更清楚地意识到这一点，发挥得也更完备了。所以，散文语言形式应在"气""意"的主导下，决定其长短高下，这样比较自然，且更切合文章的思想情感。以下具体分析一段散文：

> 去年孟东野往，吾书与汝曰："吾年未四十，而视茫茫，而发苍苍，而齿牙动摇。念诸父与诸兄，皆康强而早世，如吾之衰者，其能久存乎！吾不可去，汝不肯来；恐旦暮死，而汝抱无涯之戚也。"孰谓少者殁而长者存，强者夭而病者全乎！其信然邪？其梦邪？其传之者非其真邪？信也，吾兄之盛德，而夭其嗣乎？汝之纯明，而不克蒙其泽乎？少者强者而夭殁，长者衰者而存全乎？未可以为信也。梦也，传之非其真也？东野之书，耿兰之报，何为而在吾侧也？呜呼！其信然矣！吾兄之盛德，而夭其嗣矣！汝之纯明宜业其家者，不克蒙其泽矣！所谓天者诚难测，而神者诚难明矣！所谓理者不可推，而寿者不可知矣！虽然，吾自今年来，苍苍者或化而为白矣，动摇者或脱而落矣。毛血日益衰，志气日益微，几何不从汝而死也！死而有知，其几何离？其无知，悲不几时，而不悲者无穷期矣。汝之子始十岁，吾之子始五岁，少而强者不可保，如此孩提者，又可冀其成立邪？呜呼哀哉！呜呼哀哉！（《祭十二郎文》）

汉魏以来，祭文都是仿《诗经》中雅、颂的四言韵语，也有用骈文的。而韩愈的这篇祭文，不拘常格，语言从肺腑中流出，破骈为散，以散文方式形成奔放自如的语法。在这段文字中，作者将刚听到十二郎去

---

① 刘大櫆：《论文偶论》，载郭绍虞《中国历代文论选》第 3 册，上海古籍出版社 1979 年版，第 436 页。

世时，那种将信将疑、恍惚迷离之状，陈述得如诉如泣，悲痛至极。作者自揣自己还没有四十，就眼花、发白、齿摇、体衰，恐怕活不长久了。十二郎少壮康强，且承蒙"吾兄之盛德"，理当长命。但事实却偏偏相反，十二郎去世了，自己还苟活于人世。回忆与自己亲如手足的十二郎的点点滴滴，这让他怎么能够承受这个事实呢？他以"信邪""真邪""梦也"反复申说，用一连串的怀疑语气状其迷离恍惚之态。然而，事实是无情的，"东野之书""耿兰之报"就在旁边，能不信吗？信！十二郎确实走了，为什么会生此变故呢？作者又情不自禁地向天理、神明发出了一连串无奈而悲愤的质问，甚至生出"几何不从汝而死也"的念头，感情的悲愤达到极致。在情感的起伏抑扬顿挫中，语言形化多端，句子时短时长，音节时高时低，特别是其中穿插了大量语助词。一般来说，文中用语助词太多，则易于使文气卑弱，而此篇文章中的诸多语助词，都用得相当恰当，使表达效果倍增，文气高扬，诚如宋代的费衮所说："退之《祭十二郎文》一篇，大率皆用助语。其最妙处，其'其信然耶'以下，至'几何不从汝而死也'一段，仅三十句，凡句尾连用'耶'字者三，连用'乎'字者三，连用'也'字者四，连用'矣'字者七，几于句句用助词矣，而反复出没，如怒涛惊湍，变化不测，非妙于文章者，安能及此！"[1]

2. 骈文的语言

骈文的语言，讲究平衡对称之美（四六结构）、声韵和谐之美（平仄谐律）、词采上的多样美（辞藻华丽）和含蓄典雅之美（用典方面）等形式，所以在随"意""气"而遣方面，不是那么自由，不是那么合乎自然语言思维习惯。所以，很多形式上非常完美的骈文，都易流于单调板滞、空洞无物。比如，南朝时期一些应教的赋、宫体赋，《桐树赋》（参加者至少有萧子良、萧子恪、谢朓、沈约、王俭诸人）、《梧桐赋》（参加者至少有萧子良、王融、沈约诸人）、《拟风赋》（参加者至少有萧子良、谢朓、沈约、王融诸人）、《七夕赋》（参加者至少有萧子良、谢朓诸人）、《对烛赋》（参加者至少有简文帝、梁文帝、庾信诸人）、《鸳鸯赋》（参加者至少有简文帝、梁文帝、庾信诸人）等，这些骈赋都是同题所

---

[1]　费衮：《梁溪漫志》，上海书店1990年版，第138页。

作，就像竞赛一般，每个人都相当注意形式方面完善，只以文辞为美，非对偶不成句，非用典不成事，千篇一律地制造这样的形式，难怪明代徐师曾在《文体明辨序说》中云："俳赋尚辞，而失于情，故读之者无兴起之妙趣，不可以言则已。"① 但在今天我们认为优秀的骈赋，其形式因素无不是在"言随意遣"、气势自然的统领下，充分发挥它们的功能，取得了震撼读者的艺术效果，戴着"锁链"跳出了动人的舞蹈。我们常说"整齐错综之美"，错综并非有意为之，实则是气势使然；"音韵和谐之美"，音韵的抑扬顿挫实则也与生命情感之自然起伏有关；"雕琢藻绘之美"，正是刘勰所嘉许的"摛表五色，贵在时见"，即在情感需要表现的时候，才呈现，并不是"青黄屡出，繁而不珍"②。以下具体分析一篇骈赋：

> 于是穷阴杀节，急景凋年。凉沙振野，箕风动天。严严苦雾，皎皎悲泉。冰塞长河，雪满群山。既而氛昏夜歇，景物澄廓。星翻汉回，晓月将落。感寒鸡之早晨，怜霜雁之违漠。临惊风之萧条，对流光之照灼。唳清响于丹墀，舞飞容于金阁。始连轩以凤跹，终宛转而龙跃。蹁蹮徘徊，振迅腾摧。惊身蓬集，矫翅雪飞。离纲别赴，合绪相依。将兴中止，若往而归。飒沓矜顾，迁延迟暮。逸翮后尘，翾翥先路。指会规翔，临岐矩步。态有遗妍，貌无停趣。奔机逗节，角睐分形。长扬缓骛，并翼连声。轻迹凌乱，浮影交横。众变繁姿，参差洊密。烟交雾凝，若无毛质。风去雨还，不可谈悉。（《舞鹤赋》）

我们可以看出，在这篇赋中，四、六言句式是很整对的，声节平仄相对、抑扬顿挫，辞藻华丽，然而此语言形式是诗人悲慨、怨怒的排遣，更是抗争中沉着、痛快情绪的外露。那只姿质不凡、高飞云天的仙鹤一会儿振迅腾跃，尘起居于后；一会儿若往而归，合绪相依；一会儿奔机逗节，角睐分形；这奋力地"舞"无不是"见羁"于樊网后的抗争，在

---

① 徐志啸：《历代赋论辑要》，复旦大学出版社 1991 年版，第 52 页。
② 刘勰撰，范文澜注：《文心雕龙注·物色》，人民文学出版社 1998 年版，第 694 页。

这"轻迹凌乱，浮影交横"中无不飞腾着一股年轻生命的无畏风姿。鲍照把"舞"又放在穷阴萧散、狂风走石、冰雪壅塞的万里霜天中，尤显出对逆境的征服，对自我贞洁人格与万里之志的坚持。鲍照以"舞"的精神激荡出动人魂魄的光影，借以表达个人昂扬超拔的生命之姿。此"形式美"最终走向了主体之意。

二　意随笔生

在古代的诗话和创作实践中，强调"言随意遣"，重视言的自然形态的同时，也重视意的自然形态，谢榛在《四溟诗话》中说："诗以一句为主。落于某韵，意随字生，岂必先立意哉？杨仲弘所谓'得句意在其中'是也。"①"意随字生"，即在言语的自由流动中催生诗意。这样的意，谢榛又称为"辞后意"。他说：

> 有客问曰："夫作诗者，立意易，措辞难，然辞意相属而不离。若专乎意，或涉议论而失于宋体；工乎辞，或伤气格而流于晚唐。窃尝病之，盖以教我？"四溟子曰："今人作诗，忽立许大意思，束之以句则窘，辞不能达，意不能悉。譬如凿池贮青天，则所得不多；举杯收甘露，则被泽不广。此乃内出者有限，所谓'辞前意'也。或造句弗就，勿令疲其神思，且阅书醒心，忽然有得，意随笔生，而兴不可遏，入乎神化，殊非思虑所及。或因字得句，句由韵成，出乎天然，句意双美。若接竹引泉而潺湲之声在耳，登城望海而浩荡之色盈目。此乃外来者无穷，所谓'辞后意'也。"②

谢榛针对"客人"提出的问题展开阐述，即怎么做到既避免"专乎意""失于宋体"，又避免"工乎辞""流于晚唐"，做到"辞意相属"的问题。他说，如果开始立意甚大（就是所说的"意来如山""专乎意"等意思），在语言文字方面，就会拘谨无当，词不能达意，就如"凿池贮青天""举杯收甘露"，达不到所要表达的意思。他称这种立意的方式为

---

① 谢榛：《四溟诗话》，《四溟诗话　姜斋诗话》，人民文学出版社1961年版，第35页。
② 同上书，第116页。

"辞前意"，这对我们的创作是不利的。所以，他提出了一个至为重要的创作原则，即"忽然有得，意随笔生"。"忽然有得"，是在意兴盎然的状态下，不需作意，自然就"意随笔生"，因字得句，因句得意，出乎天然，创作必然达到"句意双美"的创作境界。谢榛称这种"意"产生的方式，为"辞后意"。王夫之又称为"以言起意"，他在评孟浩然《鹦鹉洲送王九之江左》中说：

> 以言起意，则言在而意无穷；以意求言，斯意长而言乃短。言已短矣，不如无言。故曰："诗言志，歌咏言"，非志即为诗，言即为歌也，或可以兴，或不可以兴，其枢机在此。①

他认为，诗歌创作中，"以言起意"，即在语言文字中自然而然地生成意，就能够达到言外无穷之意的效果；"以意求言"，即从主观的观念出发，为思想情感编织语言的牢笼，那么在语言中就会显露出主体的造作之意。他还对传统的"诗言志"说提出质疑，认为不一定言"志"（当理解为思想性）才是好诗。的确，许多传世的经典名篇，都不是仰仗其思想性（甚至其思想性可能并无超拔之处）取得文学史上不朽地位的。船山认为，判断诗的价值标准在于是否有"兴"，而能否达到"兴"的效果，又在于"以言起意"的创作方式。

下面，我们通过对比分析几组诗，以更深入地体会"意随笔生"（或"辞后意"或"以言起意"）的道理。

第一组，李白的《登金陵凤凰台》和崔颢的《黄鹤楼》的对比。据辛文房《唐才子传》记载，李白登黄鹤楼本欲赋诗，因见崔颢此作，为之敛手，说："眼前有景道不得，崔颢题诗在上头。"传说或出于后人附会，未必真有其事。然李白确曾两次作诗拟崔颢《黄鹤楼》诗格调。其《鹦鹉洲》诗前四句说："鹦鹉东过吴江水，江上洲传鹦鹉名。鹦鹉西飞陇山去，芳洲之树何青青。"与崔诗如出一辙。又有《登金陵凤凰台》诗亦有明显模学此诗的倾向。虽然，李白作的《登金陵凤凰台》也有很高

---

① 王夫之：《唐诗评选》卷评孟浩然《鹦鹉洲送王九之江左》，文化艺术出版社 1997 年版，第 11 页。

的成就，但和崔颢作的《黄鹤楼》（见前录）相比还是有些细微的差别。《登金陵凤凰台》诗云：

> 凤凰台上凤凰游，凤去台空江自流。
> 吴宫花草埋幽径，晋代衣冠成古丘。
> 三山半落青天外，二水中分白鹭洲。
> 总为浮云能蔽日，长安不见使人愁。

此首律诗，开头两句写凤凰台曾经的繁华，而如今凤去台空，唯有长江空自流。第三、四句就"凤凰台"的故事进一步发挥，在那里建都的东吴、东晋，一代风流人物也进入了坟墓，灰飞烟灭。第五、六句从历史怀古凭吊的悲情转向对大自然壮美的赞叹，气象顿生，对仗工整。最后两句，明显寄寓着深意。问题的关键也就在这最后两句。长安是朝廷的所在，"日"是帝王的象征，浮云之障日月，犹邪臣之蔽贤也。所以，这最后两句诗暗示了皇帝被奸邪包围，而自己报国无门，心情十分沉痛。对此，有学者认为，这首诗抒发忧国伤时的怀抱，意旨尤为深远。这是不错的。但是从诗的艺术界境来看，崔诗确是更胜一筹。王世贞之弟王世懋在《艺圃撷余》中的切中肯綮地谈到崔诗超妙之处：

> 崔郎中作《黄鹤楼》诗，青莲短气。后题《凤凰台》，古今目为劲敌，识者谓前六句不能当，结语深悲慷慨，差足胜耳。然余意更有不然，无论中二联不能及，即结语亦大有辨。言诗须道兴比赋，如"日暮乡关"，兴而赋也，"浮云""蔽日"，比而赋也，以此思之，"使人愁"三字虽同，孰为当乎？"日暮乡关"，"烟波江上"，本无指著，登临者自生愁耳。故曰："使人愁"，烟波使之愁也。"浮云""蔽日"，"长安不见"，逐客自应愁，宁须使之？青莲才情，标映万载，宁以予言重轻？尺有所短，寸有所长，窃以为此诗之不逮，非一端也。①

---

① 王世懋：《艺圃撷余》，载《历代诗话》，中华书局1981年版，第780页。

可见，李太白诗不免涉于理路，落下言筌，分别计较之心太重，如"半落""中分""浮云""蔽日"，尤其是"浮云蔽日"一句，是比的手法，本就有所指，而且指实，作者有意要借用之以含蓄托讽，是一种"辞前意"，不是随着语言文字的流动自然而到来的"意"，正如高步瀛在《唐宋诗举要》中说："太白此诗全摹崔颢《黄鹤楼》，而终不及崔诗之超妙，惟结语用意似胜。"① 所以，李太白诗在"意"的营造上还未能婉转自如，还有某种欠缺。崔郎中诗中虽然也有"使人愁"三字，但是"日暮乡关""烟波江上"没有什么所指，只是兴起，营造了一种可以暗示多种意义的气氛，登临者的忧愁自然而生。笔者认为，正是在这个意义上，提倡"不涉理路，不落言筌，唯有兴趣"的严羽，给予了这首诗"七律第一"的评价。

第二组，我们根据明代谢榛《四溟诗话》中所列举的一组对比来比较。

> 韦苏州曰："窗里人将老，门前树已秋。"白乐天曰："树初黄叶日，人欲白头时。"司空曙曰："雨中黄叶树，灯下白头人。"三诗同一机杼，司空为优，善状目前之景，无限凄感，见乎言表。②

这三句诗都是表达的同一个意思，那就是"人老了"。在韦诗中，是先有了"人老了"这个意思，然后将它直接写进诗中，"将老""已秋"都是理性、抽象的直接表达"老"这个意思的词，诗中没有用形象化的语言把"老"具象化，使之隐含在语言中，所以这两句诗不能感动读者。白诗中，虽然用"黄叶"指明了"秋"的意象，用"白发"说明人老，但似乎也是先有了"人老了"这个意思，然后才找了一个具象化的词来说明和解释，太拘谨，仍然是一个被动衍发。司空曙的诗句，除了用"黄叶""白头"把人老之意具象化之外，还多了"雨中""灯下"两个具象化的词。雨中的枯叶，自然就给人一种风中残烛、日薄西山的感受；灯下的老人，自然就给人孤寂、落寞的感受；无须再费唇舌。所

---

① 高步瀛：《唐宋诗举要》，上海古籍出版社 1978 年版，第 554 页。

② 谢榛：《四溟诗话》，载《四溟诗话　姜斋诗话》，人民文学出版社 1961 年版，第 12 页。

以，诗中没有提到"老"字，也没有对"老"加以说明和解释，只凭
景物的自然呈现，就生成了作者难以把握世事变化的无限悲凉情怀，在
读者脑中构成一幅苍凉的画面，所谓"状目前之景，无限凄感，见乎
言表"。

第三组，唐诗温庭筠的《商山早行》和宋诗黄庭坚的《早行》对比。

晨起动征铎，客行悲故乡。鸡声茅店月，人迹板桥霜。槲叶落
山路，枳花明驿墙。因思杜陵梦，凫雁满回塘。 （温庭筠《商
山早行》）

失枕惊先起，人家半梦中。闻鸡凭早晏，占斗辨西东。辔湿知
行露，衣单觉晓风。秋阳弄光影，忽吐半林红。（黄庭坚《早行》）

这两首诗都是写羁旅行役的主题。黄诗的表现方式，是意先行，是
主体主观地述说和理性地辨知。首联，叙写早行的原因，因为失枕而惊
觉，这时旁人尚在梦中。颔联，写"他"出发了，听见了鸡叫，由于天
还是黑的，所以要"辨东西"。颈联，写在路上，露重辔湿，晓风衣单。
尾联，写秋阳初升的景象，指明了是秋天。整首诗，作者似乎很"着意"
地叙述人物、时间、位置、事件。而在温诗中，霜桥落叶和远浦凫雁的
自然景象，点染出无限秋意和自悲寥落、遥思长安的感慨。尤其是中间
四句，李东阳在《麓堂诗话》中说："'鸡声茅店月，人迹板桥霜'，人
但知其能道羁愁野况于言意之表，不知二句中不用一二闲字，止提掇出
紧关物色字样，而音韵铿锵，意象具足，始为难得。若强排硬叠，不论
其字面之清浊，音韵之谐舛，而云我能写景用事，岂可哉！"① 我们不知
道那些事件的背景、因果、人物，但我们沉浸在"意象"如流水般自然
呈现的浓郁氛围里。

第四组，唐诗韦应物的《滁州西涧》和宋诗苏舜钦的《淮中晚泊犊
头》对比。

独怜幽草涧边生，上有黄鹂深树鸣。春潮带雨晚来急，野渡无

---

① 李东阳：《麓堂诗话》，载《历代诗话续编》，中华书局 1983 年版，第 1372 页。

人舟自横。(韦应物《滁州西涧》)

　　春阴垂野草青青,时有幽花一树明。晚泊孤舟古祠下,满川风雨看潮生。(苏舜钦《淮中晚泊犊头》)

　　笔者认为,这两首诗,差别全在第三、四句。苏诗第三、四句把晚泊的时间(晚泊)、地点(古祠下)、空间(满川风雨)和人物动作(看潮生),交代得一清二楚,仿佛是作者跳出景外,站在犊头渡口古祠下,以旁观者的身份,理性地叙述所见景物,似乎作者之意在表述之前就有所规定。韦诗第三、四句的表现就没有如此精确,只任一片景物并置,以春潮带雨、孤舟自横向我们展露出一种恬淡高远的情怀,作者之意融入景中。

　　在以上所举的例子中,第三组、第四组恰是唐诗和宋诗的对比,也印证了谢榛在《四溟诗话》中对唐人和宋人作诗的比较评价。

　　　　诗有辞前意、辞后意。唐人兼之,婉而有味,浑而无迹。宋人必先命意,涉于理路,殊无思致。及读《世说》:"文生于情,情生于文。"王武子先得之矣。

　　　　宋人谓作诗贵先立意。李白斗酒百篇,岂先立许多意思而后措词哉?盖意随笔生,不假布置。①

　　可见,"意"的自然呈现比命意重要,一首诗的价值不取决于命意。以有意的态度去呈现、刻画山水景物,那么就会去说明、澄清一些事实和意义,为一事一物所拘限,表现现实的感情。相反,如果意随笔生的表现方式,不为着意说明、解释而发,让主体体验自然呈现,一种"意象化"的情感油然而生,此表现既超越客体现实也超越主体预想。郑板桥在《题画》中说,"手中之竹又非胸中之竹也",又说"文高于意",就是因为"落笔倏作变象",有很多原来并没有想好或想到的东西会在后来的写作中不知不觉地跑出来,这是神来之笔。唐诗之风神情韵,其所以高出于宋诗之筋骨思理,道理正在于此。

――――――――――

①　谢榛:《四溟诗话》,载《四溟诗话　姜斋诗话》,人民文学出版社 1961 年版,第23 页。

　　还需要补充的是，这里的"意随笔生"并不是对"意在笔先""胸有成竹"的否定。从以上分析可见，"意随笔生"是强调不要受固定框框的"意"的限制，不要受"涉于理路"的侵扰，不要在创作中先有格套、先有模式，不要为明确表现某种观念、事理而写作，因为这样会"束之以句则窘"，"意"反而成为写作的一种束缚了，所以，郑板桥说"未画之前，不立一格"①。"意随笔生"，绝非对创作对象毫无所知，或仅略知一二，而是要对创作对象进行深入的观察和了解，深思熟虑，把握对象内在之"道"，完全融入对象中，待到成熟时，信笔挥去，自然而出。郑板桥在《题画·竹》中说："文与可画竹，胸有成竹；郑板桥画竹，胸无成竹。浓淡疏密，短长肥瘦，随手写去，自尔成局，其神理具足也。貌兹后学，何敢妄拟前贤。然有成竹无成竹，其实只是一个道理。"② 板桥画竹，随手画去，就能"浓淡疏密""短长肥瘦"，自成格局，神理具足，无不是"胸中成竹"的结果，所以，他又说"有成竹无成竹，其实只是一个道理"。王夫之也说："'采采苤苢'，意在言先，亦在言后，从容涵泳，自然生其气象。"③ "意在言先，亦在言后"，也就是说"意随笔生"和"意在笔先"两者相辅相成、互为补充，共建浑成气象。

　　从以上分析可见，不管是"言随意遣"，还是"意随笔生"，都是力图将语言与感觉、意象等主体之意同一化。唯有意念与语言之间的互动关系真正凝定、真正融合的时候，文学创作才算是真正最后完成。在这里，我们或许可以更深一层地反省《周易》的"言有物""言有序"所蕴含的深意。

　　　　君子以言有物而行有恒。④
　　　　艮其辅，言有序，悔亡。⑤

　　① 郑板桥：《题画·竹》，载《郑板桥全集》，齐鲁书社 1985 年版，第 230 页。
　　② 同上书，第 200 页。
　　③ 王夫之：《姜斋诗话·诗绎》，《四溟诗话　姜斋诗话》，人民文学出版社 1961 年版，第 140 页。
　　④ 《周易正义·家人卦》，载《十三经注疏》，中华书局 1980 年影印本，第 50 页。
　　⑤ 《周易正义·艮卦》，载《十三经注疏》，中华书局 1980 年影印本，第 63 页。

物，事也。言有序，则言有伦序。"言有物"和"言有序"合而言之，就是强调语言要有思想情感，要有条理。显然，这只是《周易》对言语交流功能的朴素意见，但其思想引起了文论家的注意，使之具有文学理论的价值，比如清代桐城派方苞引申说："春秋之制义法，自太史公发之，而后之深于文者亦具焉。义即《易》之所谓'言有物'也，法即《易》之所谓'言有序'也。"① 包世臣在《与杨季子论文书》中说："窃谓自唐氏有为古文之学，上者好言道，其次则言法。说者曰：言道者，言之有物者也；言法者，言之有序者也。"② 刘熙载在《艺概·经义概》中也说："以文言之，言有物为理，言有序为法。"③ "言有物"指文章要有思想情感，"言有序"指文章要讲究形式结构，让意象、情韵、情节、语言等各种因素有"秩序"地配合在一起，表现出作者的思想情感。两者应相互配合，完全融为一体，共同创造出意在言外，给人以感发的审美效果。在读这种言之有物、有序的文学作品时，我们也许不用理性分析，觉察不出言怎么有物、怎么有序，但我们会沉浸于一种深刻的意境中。这便是古人说的文学创造的极境——"不著一字，尽得风流"④ "羚羊挂角，无迹可求"⑤。

结　语

文学创作是以语言文字为对象的一种有秩序、有组织的表现活动，只有创造性地、卓越地运用了语言，并使其臻于完美的境界，那才算是优秀的文学创作。这种作为艺术对象使用的语言不同于一般日常语言，它的主要职能不是传达知识、信息，而是"有序"地表达主体的审美经验，所谓"言有物"而"言有序"也。在追求语言文字的表现活动中，很多诗人都陷入语言

---

① 方苞：《又书货殖传后》，载郭绍虞《中国历代文论选》第 3 册，上海古籍出版社 1979 年版，第 402 页。

② 包世臣：《与杨季子论文书》，载郭绍虞《中国历代文论选》第 4 册，上海古籍出版社 1979 年版，第 22 页。

③ 刘熙载，徐中玉、萧华荣校点：《刘熙载论艺六种·经义概》，巴蜀书社 1990 年版，第 173 年。

④ 司空图：《二十四诗品·含蓄》，载《历代诗话》，中华书局 1981 年版，第 40 页。

⑤ 严羽撰，郭绍虞校释：《沧浪诗话校释》，人民文学出版社 1961 年版，第 26 页。

表意的困惑中，其原因在于诗人对文学的"辞达"理想的追求，即力求用恰当的语言艺术来完美地表现心中之意（"物之妙"），并且做到有余而不尽，给人以感发。为此，他们有意识地、自觉地、非常尽心尽力地反省创作的语言和心意相融的问题，"一字千改始心安"是众多诗人的追求。但又怎样让语言形式更加贴近心灵的真实呢？为此，笔者通过举引历代诗人不同性质的优秀代表作品为个例，总结出"言随意遣"和"意随笔生"的创作原则。但又怎么遵循这样的创作原则呢？这个问题并不是说，我努力去做，就可以做好的。因为，在创作时，诗人心境中有些不可见的势力是自发的，而且诗人也不能预测它的来去。比如，为什么用这种形式可以更好地表现心意，用那种形式就不行？如何在形式的限制中显得语言自然？又如何在创作中不作意？这样问题通常是隐匿难见、捉摸不定的，甚至诗人在创作中也难以意识到它们的存在，更不用说有意识地去确认和分析他所用的那些"技巧"中所饱含的各种复杂因素了，似乎好诗"不知神而所以自神"（司空图）。高工友先生将创作中的这种现象创造性地命名为"潜在的美学"，他说：

> 它是"潜在的"，因为在大多数情况下，它一直是朦胧不明，而且是难以捉摸的；从事创作的诗人甚至不可能觉察到它的存在，更不要说明确认识到所作选择的复杂性了。它是"美学"，因为正是这种选择的整体构成了诗的美感和价值。为方便起见，可以将这些选择看作完全有意识的：它们显示出诗人在形式方面的构思，他对结构的理解，他如何利用规则以适应其创造性的想象，以及如何努力通过这一特定的形式而达到他的意境。①

所以，在创作中，一些问题属于潜在的美学问题，不属于可能设计出一二三规定的技巧性问题，也不可能仅仅依靠学习某种技巧、法则或者模仿某种行为而获得解决的途径。而创作中言和意的矛盾又始终存在着，在优秀艺术家那里会更强烈，在这场有时会毫无结果的寻觅中，灵感成了艺术家的救星，天才成了艺术家的祈求。

---

① 高友工：《律诗的美学》，载《美典：中国文学研究论集》，生活·读书·新知三联书店 2008 年版，第 218 页。

第 五 章

文学创作心理中的"兴"

中外许多著名作家谈到自己的创作经验时，都不同程度地描述了这样的状态：有时似乎不是殚精竭虑地构思、创作，而是突然爆发出一种不由自主的力量，灵思妙想不期而至，佳言妙句摇笔自来，创作轻松自如、文不加点、一挥而就。对创作中的这种状态，中国古代早就有所体悟，且以"兴"为中心，建构了中国传统的灵感说。

第一节　何以为文学创作心理中的"兴"

一　兴意

《说文解字》卷三上舁部释"兴"为："兴，起也。"① 在先秦《老子》《论语》《孟子》《左传》《吕氏春秋》等中"兴"字的用法都由此引申而来。如杨伯峻在《论语译注》附《论语词典》中总结《论语》共用"兴"9次，有兴隆之义（1次）、有兴盛之义（3次）、有举办之义（2次）、有起床之义（1次）、有联想之义（2次）；杨伯峻在《孟子译注》附《孟子词典》中总结《孟子》共用"兴"15次，有兴起之义（13次），有茂盛之义（1次），有昌盛之义（1次）。兴，"起也"这个意思，在中国文学批评史上也很早被运作、引申。据《论语》记载，孔子曾经说过："兴于诗，立于礼，成于乐。"何晏《集解》引包咸注曰："兴，起也。言修身当先学诗。"② 就是说，人的道德修养应当从学"诗"

---

① 许慎：《说文解字》，中华书局 1963 年版，第 59 页。
② 《论语注疏·泰伯》，载《十三经注疏》，中华书局 1980 年版，第 2487 页。

开始。孔子又说："子曰：'小子何莫学夫诗？诗可以兴，可以观，可以群，可以怨。'"① 这里值得我们注意的是，孔子讲诗歌的作用中，政治论文、历史著作、哲学著作，也可以起到"观、群、怨"的作用，比如与"诗"同时的权威性著作"书""易""礼"等，为什么孔子单单言"诗可以兴"而不及其余呢？这是因为，"兴"是诗歌艺术所独用的，那些著作无论如何不可能有"兴"的作用。所以，孔子讲的"诗可以兴"，是指诗歌艺术对人启发鼓舞的感染、感发作用而言的，是对"兴"本义"起也"的发挥。朱熹释"兴"为"感兴意志"②，王夫之释"兴"为"感发志气"③ 基本上是符合孔子原意的。这虽然是从诗的接受方面来解释兴，但是单就感染、感发这个意思，也符合原始诗歌的实际创作情况的。原始诗歌的创作（后代的民歌仍然如此），一般是即兴冲口而出，可能是眼前景物激发了他的诗情，有了作诗的兴致，又一时不知从何说起，便以身边、眼前景物发端，这些物事又多为鸟兽草木。正如孔颖达所说："兴，起也。取譬引类，起发己心，诗文诸举草木鸟兽以见意者，皆兴辞也。"即《诗经》是草木鸟兽的感发而兴起的词。

汉代是一个经学昌盛的时代，汉儒从经学的角度来研究《诗》，而不把它当作艺术作品来看。汉代的《毛诗序》说："诗有六义焉：一曰风，二曰赋，三曰比，四曰兴，五曰雅，六曰颂。"④ 虽然《毛诗序》没有对"兴"做任何阐释，但《毛传》标示兴体诗凡116首，鲁洪生先生在《〈毛传〉标兴本义考》一文中，对《毛传》所释"兴"的寓意做了详赡的考辨，得出结论说，《诗经》中存在大量的抒一己之情的言情诗，特别是那些反映男女之间爱情的诗，虽然我们知道当时诗人很有可能借儿女之情来言君臣之事，但我们也可以肯定它们并非都是为了政治目的而创作的，然而《毛传》一律把它们当作反映圣人之意的经书来注释，借助标兴来发挥比附经义，这就使在诗人手中运用得非常灵活自由的"兴"

---

① 《论语注疏·阳货》，载《十三经注疏》，中华书局1980年版，第2525页。
② 参见朱熹《四书章句集注》，中华书局1983年版，第178页。
③ 参见王夫之《四书训义》，载《船山全书》第7册，岳麓书社1992年版，第526页。
④ 汉代：《毛诗序》，载郭绍虞《中国历代文论选》第1册，上海古籍出版社1979年版，第63页。

法失去了本来面目，变成了专门美刺讽谏政治的方法。① 《周礼注疏》卷二十三郑玄笺"教六诗：曰风、曰赋、曰比、曰兴、曰雅、曰颂"，说："比，见今之失，不敢斥言，取比类以言之。兴，见今之美，嫌于媚谀，取善事以喻劝之。"② 比是刺，兴是美，由于不敢斥言，故借事物来讽刺；由于嫌于媚谀，故借事物来劝美。这里亦是将"兴"牵强地同诗的政治内容联系起来，与孔子讲的"诗可以兴"的"兴"相去甚远。之后，人们对"赋、比、兴"的"兴"，或释为"发端"，或释为"引譬"，比如朱熹释"兴"为"先言他物以引起所咏之词也"③，孔安国释为"引譬连类"④，都与孔子讲的"诗可以兴"的"兴"不很一致，它不是从情感感染、感发的角度讲的，而是仅仅作为某些诗的一种表现技巧来说的。

六朝，随着思想的解放，情感易于外露，自然、人生中的那么一点点风吹草动、变易荣枯都易引起人性真实情感的波澜，在这种情感化的世界中，又加之对文学独立本质的认识，文学的抒情性便得到高度重视。诗人将这种感物而起情的过程，称为"兴"。比如，东汉末年的王延寿，其《鲁灵光殿赋序》中说："诗人之兴，感物而作。"⑤ 西晋的挚虞在《文章流别论》中说："比者，喻类之言也。兴者，有感之辞也。"⑥ 刘勰《文心雕龙·比兴》篇中说，"起情故兴体以立"⑦，把"兴"和"起情"紧密联系在一起。可见，所谓"兴"者，就是因事物的触发、感染而引出表现事物之情意、思想或言辞。此提法，分明显示出从表现技巧的兴、由牵强政教的兴，向原始诗歌创作之兴起的回归，向生命感发、感染之兴起的演化。唐代的贾岛在《二南密旨》中说："兴者，情也。谓外感于物，内动于情，情不可遏，故曰兴。"⑧ 宋人李仲蒙说："触物以起情谓之

---

①　参见鲁洪生《〈毛传〉标兴本义考》，《中国诗歌研究》第 1 辑。

②　《周礼注疏·春官宗伯》，载《十三经注疏》，中华书局 1980 年影印本，第 796 页。

③　朱熹：《诗集传》，上海古籍出版社 1980 年版，第 1 页。

④　参见《论语注疏·阳货》，载《十三经注疏》，中华书局 1980 年影印本，第 2525 页。

⑤　王延寿：《鲁灵光殿赋序》，载《文选》，上海古籍出版社 1986 年版，第 509 页。

⑥　挚虞：《文章流别论》，载郭绍虞《中国历代文论选》第 1 册，上海古籍出版社 1979 年版，第 190 页。

⑦　刘勰撰，范文澜注：《文心雕龙注·比兴》，人民文学出版社 1958 年版，第 601 页。

⑧　贾岛：《二南密旨》，载胡经之《中国古典文艺学丛编》（一），北京大学出版社 2001 年版，第 70 页。

兴，物动情者也。"① 明代的谢榛在《四溟诗话》中："兴不可遏，入乎神化。"② 清代郎廷槐编的《师友诗传录》中张实居说："当其触物兴怀，情来神会，机括跃如，如兔起鹘落，稍纵即逝矣，有先一刻后一刻不能之妙。"③ 这些都说明创作的兴起，是外感于物，内动于情；情不可遏，感情的波澜至高峰；情来神会，思想的领悟至深刻；并且这一切来去迅捷、稍纵即逝。

这种"兴"的心理过程虽然同样由感物而起，但是与那种由感物引起的纯粹单一的知觉情感是有很大区别的。比如，我们在一片大草原上，看到天是蓝的，云是白的，草原是绿色的，野花多姿，颜色多彩，牛羊很安静地在吃草，感到空气清新，微风拂面，极目远望，天野相接。我们会觉得心情很舒畅，仅此而已。这是知觉情感，这种情感飘浮不定，或许只是心血来潮的一时冲动，其实主体还并不真正熟悉这个对象，还不能使景象与自己的生命融为一体。如果是"兴起"，就不同了，我们面对如此景象，会忘我地完全融入其中，思想豁然开朗，一下子感悟到更深刻、更具有普遍意义的东西；想象也分外活跃，无数生动的意象，无数美丽的词句，好像全都毫不费力地发自胸臆，甚至流于笔端，作家沉浸在创作的最大喜悦中。但是也许直到创作完成，都还谈不上一种理智的判明。此兴起的心理状态，古人常常谈及。

刘勰在《文心雕龙·比兴》篇说：

> 诗人比兴，触物圆览。物虽胡越，合则肝胆。拟容取心，断辞必敢。④

"圆"的意思，有着深刻的含义，这一点钱钟书先生体会得精当无比。他说，吾国先哲言道体道妙，亦以圆为象，圆终始若环，圆转无穷，此精神之所以假于道也；又引帕斯卡（Pascal）《思辨录》说："譬若圆

---

① 胡寅：《致李叔易书》，载胡经之《中国古典文艺学丛编》（一），北京大学出版社2001年版，第43页。

② 谢榛：《四溟诗话》，《四溟诗话 姜斋诗话》，人民文学出版社1961年版，第116页。

③ 郎廷槐：《师友诗传录》，载《清诗话》，上海古籍出版社1978年版，第128页。

④ 刘勰撰，范文澜注：《文心雕龙注·比兴》，人民文学出版社1958年版，第603页。

然，其中心无所不在，其外缘不知所在。"① 能圆，才能执其中，抓住其最核心的东西。可见，"圆"的意义大矣。推之到文艺领域，他说："余按彦和《文心》，亦偶有'思转自圆'（《体性》）、'骨采未圆'（《风骨》）等语。乃知'圆'者，词意周妥、完善无缺之谓。非仅音节调顺，字句光致而已。"② 推而想之，笔者认为，"诗人比兴，触物圆览"有两方面的意思，一方面是触物感兴中思维畅通、流转自如的境界，就是物象表面上看起来有很大差别，但在创作者的思维、情感中，却非常合适地相配在一起，非常顺利自如地运转；另一方面是触物感兴中得其环中、辐辏相成的境界，就是把握了"象"中最深刻的东西，用它统率全文。

《文镜秘府论》"感兴势"条还用常建和王维的诗对"感兴"做了具体分析。其云：

> 感兴势者，人心至感，必有应说，物色万象，爽然有如感会。亦有其例。如常建诗云："泠泠七弦遍，万木澄幽阴。能使江月白，又令江水深。"又王维《哭殷四》诗云："浟湙寒郊外，萧条闻哭声。愁云为苍茫，飞鸟不能鸣。"③

感兴被视为人心的"至感"，就是达到顶点和程度最高的感受。在这种感受中，情感很深，遐想无穷，物色万象奔会于胸中，与主体融为一体，意象思维非常顺利。比如唐朝诗人常建的《江上琴兴》写出了被琴声所感动的兴起之情，把他带进一个万树幽静、江月清澈的境界，艺术的意象也就这样诞生了。王维的《哭殷四》写为朋友殷四之死深深地感到悲哀，感情异常强烈，于是产生了荒郊野外、愁云苍茫、飞鸟不鸣、只闻哭声的艺术境界以寄其哀。可见，所感愈炽，所兴愈深。

清代王夫之的"即景会心说"更是全面发展了创作中"兴"的思想。

> "僧敲月下门"，只是妄想揣摩，如说他人梦，纵令形容酷似，

---

① 钱钟书：《谈艺录·说圆》，生活·读书·新知三联书店 2007 年版，第 277—279 页。
② 同上书，第 283 页。
③ ［日］弘法大师，王利器校注：《文镜秘府论校注》，中华书局 1983 年版，第 126 页。

何尝毫发关心？知然者，以其沉吟"推敲"二字，就他作想也。若即景会心，则或推或敲，必居其一，因景因情，自然灵妙，何劳拟议哉？"长河落日圆"，初无定景。"隔水问樵夫"，初非想得。则禅家所谓现量也。①

关于"推敲"的典故，前已所述（见第三章）。贾岛对自己的诗句"僧敲月下门"中的"敲"字，是该换成"推"，还是就用"敲"，拿不定主意。韩愈思考了好一会儿，对贾岛说："用'敲'字好。"王夫之既不同意贾岛在创作构思中"妄想揣摩"，更反对韩愈对别人构思的"横加拟议"。"妄想揣摩"或"横加拟议"都是主体凭知性思维去推测揣摩，正如站在旁观的角度分析他人事，就算说得头头是道，形容得非常逼真，也体现不出丝毫的"关心"。贾岛和韩愈的"意"，是通过"妄想揣摩"加上去的，不是从景中直接兴起的情，这样创作就难以达到"自然灵妙"的境界。王夫之对"推敲"问题做了新的解释，他并不从"推""敲"本身所体现的艺术境界的差别来分析，而是从"即景会心"的角度，也就是从当时心灵世界所直接接触的情况来分析，认为最好的艺术境界应该是真实地表现出当时"心"所体悟的状态，当时是"推"就是"推"，当时是"敲"就是"敲"。

这种"即景会心"的创作心路，在《庄子·田子方》篇中所说的"目击道存"已经触及，但从文艺创作上提出这种思维，则是六朝宗炳在《画山水序》中所说的"应目会心"。他说：

> 夫以应目会心为理者，类之成巧，则目亦同应，心亦俱会。应会感神，神超理得。②

"应目"是作家与山水景象的接触，"会心"是当作家看到山水物象，内心立即有了应感，自己的心灵世界与山水融会了，山水景物成了艺术

---

① 王夫之：《姜斋诗话·夕堂永日绪论内编》，《四溟诗话　姜斋诗话》，人民文学出版社1961年版，第147页。

② 宗炳：《画山水序》，载严可均辑《全上古三代秦汉三国六朝文》，中华书局1987年版，第2545页。

家心灵世界的寄托。这里强调了这种"应目会心"对艺术创作的重要作用。王夫之论文学创作的"即景会心"与这些思想一脉相承。童庆炳对"即景会心"做了精辟的分析，他说：

> "即景"就是直观景物，是指诗人对事物外在形态的观照，是感性把握；"会心"，是心领神会，是指诗人对事物的内在意蕴的领悟，是理性的把握。"即目会心"，就是在直观景物的一瞬间，景（外在的）生情（内在的），情寓景，实现了形态与意味、形与神、感性与理性的完整的同时的统一。①

王夫之还进一步用禅家"现量"一词阐释"即景会心"。其《相宗络索》释"现量"云：

> "现量"，现者，有现在义，有现成义，有显现真实义。现在不缘过去作影；现成一触即觉，不假思量计较；显现真实，乃彼之体性，本自如此显现无疑，不参虚妄。②

相宗是佛教中的一派，关于人们对外物的认识，它提出了"三量说"。三量指"现量""比量""非量"。《宗教词典》释"现量"条说："'量'是尺度、标准的意思，指知识来源、认识形成及判定知识真伪的标准。现量即感觉，是感觉器官对于'自相'（事物的个别属性）的直接反映，尚未加入概念的思维分别活动，不能用语言表述。"③船山独具慧眼，发现了"现量"在诗学上的重大价值，以此比喻创作中瞬间直觉所获得的审美观照。船山所说的"现量"有三层含义：其一，所谓"现在"义，即"不缘过去作影"，强调创作的当下性，是从对眼前对象的感知中直接获得的审美观照，不是缘于过去的印象；其二，所谓"现成"义，即"一触即觉，不假思量计较"，强调创作的直接性，是诗人的感兴或兴

---

① 童庆炳：《中国古代心理诗学与美学》，中华书局 1992 年版，第 71 页。

② 王夫之：《相宗络索·三量》，载石峻等编《中国佛教思想资料选编》第 3 卷之第 3 册，中华书局 1981 年版，第 380 页。

③ 任继愈：《宗教词典》，上海辞书出版社 1981 年版，第 630 页。

会一触即觉，不需要推理、比较、想象、联想等思维活动的参与；其三，所谓"显现真实"义，即"乃彼之体性本自如此"，强调诗人对审美对象内在"实相"的体验，当然"实相"并不是纯粹客观，而是对审美对象体验的真切完整。王夫之推举王维的诗"长河落日圆""隔水问樵夫"，说"初无定景""初非想得"，就是因为其情中景、情中景非事先预定、想好，而是当下获得，直接呈现，显现真实。

船山的"现量说"与宋代严羽的"妙悟说"在操作方式上、在所说特征上有相似之处，都是用佛家语来喻诗歌创作的那种豁然贯通的艺术特征，不过从论述角度上讲，还是有所区别的。严羽《沧浪诗话·诗辨》云：

> 大抵禅道惟在妙悟，诗道亦在妙悟，且孟襄阳学力下韩退之远甚，而其诗独出退之之上者，一味妙悟而已。惟悟乃为当行，乃为本色。①
>
> 夫诗有别材，非关书也；诗有别趣，非关理也。然非多读书、多穷理，则不能极其至。所谓不涉理路、不落言筌者，上也。诗者，吟咏情性也。盛唐诸人惟在兴趣，羚羊挂角，无迹可求。故其妙处透彻玲珑，不可凑泊，如空中之音，相中之色，水中之月，镜中之象，言有尽而意无穷。近代诸公乃作奇特解会，遂以文字为诗，以才学为诗，以议论为诗。夫岂不工，终非古人之诗也。②

严羽说诗的本质特征是什么，就是妙悟，"大抵禅道惟在妙悟，诗道亦在妙悟"。因为"妙悟"一词从禅家之典中拈出，所以有时论及"妙悟"之说，总是在诗教和禅义能否相喻方面兜圈子。其实，严羽以妙悟为诗的目的，是想说明诗歌作为艺术，与学问、理论的不同之处，说明诗有一种兴趣，不为学累，不受理障，超乎语言文字，如空中之色、相中之色一般难以捉摸，正如郭绍虞先生所说，沧浪论诗"约略体会到形象思维和逻辑思维的分别，但没有适当的名词可以指出这分别，所以只

---

① 严羽撰，郭绍虞校释：《沧浪诗话校释》，人民文学出版社1961年版，第12页。
② 同上书，第26页。

好归之于妙悟。不借助于才学，不借助于议论，而孟襄阳之诗能在退之之上，在他看来，这就是妙悟的关系"。① 所以，他强调诗有一种"非理"的、"不涉理路"的妙悟，并不是要用禅代替诗，而是解决"诗的本质特征"问题。他是从本体论出发，在形而上层面将诗的本质规定为"妙悟"，然后又用"正言若反"的方式说，非关书、非关理也，这就像老庄说"道"的方式。这种论述角度与王夫之的"现量"说相比，显得较为虚玄。王夫之"现量"说仅是对创作思维中"即景会心"说的一种补充，或者说是一种强化，并不在于规定诗的本质。而本身"即景会心"说，就将情景因素隐含在"兴"的心理机制中，揭示了"兴"的审美体验过程、要素，使其审美活动不再神秘。所以，在理解"即景会心"之后，我们便更能具体理解王夫之在《诗广传》中描述的"兴"的含义。其云：

> 有识之心而推诸物者焉，有不谋之物相值而生其心者焉。知斯二者，可与言情矣。天地之际，新故之迹，荣落之观，流止之几，欣厌之色，形于吾心以外者，化也；生于吾身以内者，心也；相值而相取，一俯一仰之际，几与为通，而渤然兴矣。"有敦瓜苦，烝在栗薪，自我不见，于今三年。"俯仰之间，几必通也，天化人心之所为绍也。②

这段话的意思就是说，在一俯一仰之际，自然界和人事间的"天地之际，新故之迹，荣落之观，流止之几，欣厌之色"，与吾心相合的才相取，不相合的则不相取。显然，纳入艺术家审美观照的是与自身相符合、相融合的方面，在此融合中，"几与为通"。"一俯一仰之际"，突出了观照的瞬间性，"几必通也"，突出了观照的深刻性。船山很多次提到这个"几"字。几者，微妙之物也，就是说不但把握了事物的表象，而且还透过表象直达本质，把握事物间微妙的内在联系。这种观照的心理，船山称为"渤然兴矣"。他列举《诗经·豳风·东山》中的四句诗说明这个道理。诗中的"瓜"，乃征人与其妻的情感见证物，征人之妻（思妇）于

---

① 严羽撰，郭绍虞校释：《沧浪诗话校释》，人民文学出版社1961年版，第22页。
② 王夫之：《诗广传》，载《船山全书》第3册，岳麓书社1992年版，第383—384页。

"俯仰之间"见到久弃在栗薪上的瓜，自然触景生情，不胜思念之悲苦，情景俱到。可见，这里的"相值而相取，俯仰之间，几与为通，而渤然兴矣"，也就是"即景会心""现量"的含义。

二　兴辞

笔者需要特别指出和特别强调的是，"兴"不仅是一种豁然贯通的心理状态，而且还时常表现为佳言妙句顺畅自如地自动获得，所谓"兴辞"也。明代的董其昌就深深领悟到这点，他说：

> 作文要得解悟。时文不在学，只在悟。平日须体认一番，才有妙悟。妙悟只在题目腔子里，思之思之，思之不已，鬼神将通之。到此将通时，才唤做解悟了。解时只用信手拈来，头头是道，自是文中有神，动人心窍。①

董其昌认为，心理的豁然贯通状态，或者是一种大致构想的突然涌现，或者是一种创意的不期而至，等等，这些只是"题目腔子里"的"妙悟"。创作不仅要得"妙悟"，还要得"解悟"，即传达中语言文字与审美体验之间没有任何疏离，一个词，或一个句子，或一段文字瞬间涌现，信手拈来，头头是道，甚至整个佳作一气呵成。

陆机在《文赋》中描绘的"应感之会"就已认识到"兴"唤起的丰富想象和创造性运用文辞的能力，他说："思风发于胸臆，言泉流于唇齿……文徽徽以溢目，音泠泠而盈耳。"② 陆机之后，很多诗人都认识到艺术灵感中文辞的非凡创造力，好诗、妙句、佳言都是由"兴"所起。沈约在《答陆厥书》中说："若以文章之音韵，同弦管之声曲，则美恶妍蚩，不得顿相乖反。譬由子野操曲，安得忽有阐缓失调之声？以《洛神》比陈思他赋，有似异手之作，故知天机启则律吕自调，六情滞则音律顿舛也。"③ 沈约认为，"天机启则律吕自调，六情滞则音律顿舛"，并且举

---

① 董其昌：《画禅室随笔》，江苏教育出版社 2005 年版，第 213 页。
② 张少康：《文赋集释》，人民文学出版社 2002 年，第 36 页。
③ 沈约：《答陆厥书》，载郭绍虞《中国历代文论选》第 1 册，上海古籍出版社 1979 年版，第 224 页。

例说，曹植的《洛神赋》词采流转、情意缠绵，就是"天机启"的结果。"天机启"，就是陆机所说的天机骏利，何纷不理。李善注陆机《文赋》中"方天机之骏利，夫何纷而不理"一句解释说："《庄子》：'蚿曰：今予动吾天机。'司马彪曰：'天机，自然也。'又《大宗师》曰：'其耆欲深者，其天机浅也。'刘障曰：'言天机者，言万物转动，各有天性，任之自然，不知所由然也。'"① 可见，天机，就是一种自然地发动。"骏利"，就是快捷顺畅的意思。在"天机启"的状态中，意称物，言逮意，文辞圆转，音律自调，都自然而然地快捷顺畅，似乎不会经过理性的想象、思考。钟嵘提倡"直寻"，也是对兴起状态中，古今胜语皆直接自动获得的认识。他说：

> 夫属词此事，乃为通谈。若乃经国文府，应资博古，撰德驳奏，宜穷往烈。至乎吟咏情性，亦何贵于用事？"思君如流水"，即是即目。"高台多悲风"，亦唯所见。"清晨登陇首"，羌无故实。"明月照积雪"，讵出经史？观古今胜语，多非补假，皆由直寻。②

钟嵘认为，不能把文学和非文学的写作混淆起来，诗歌是吟咏性情的，不能由苦苦思索、潜心推敲而来，不能以用事用典的形式来表达。用事用典带来的"文章殆同书抄"的恶劣影响，是对真情实感的遮蔽，是对事物本来面目的蒙蔽。诗歌中好的语言都是在触景生情、景与物融合的直感过程中产生的，即止所见，寓目辄书，直接书写。这种直感和直接书写的过程，钟嵘称为"直寻"。历来对"直寻"的理解，都倾向于"直感"这种心理方面的认识，笔者认为，"直寻"是表现真实审美经验的言和意的自动获得，是言和意的统一，这样才能取得"自然英旨"的艺术效果。

司空图、苏轼等继承钟嵘的"直寻"主张，认为：

---

① 张少康：《文赋集释》，人民文学出版社 2002 年，第 36 页。
② 钟嵘：《诗品》，载《历代诗话》，中华书局 1981 年版，第 3 页。

　　直致所得，以格自奇。①

　　俯拾即是，不取诸邻。俱道适往，著手成春。②

　　取语甚直，计思匪深。忽逢幽人，如见道心。③

　　此数十纸，皆文忠公冲口而出，纵手而成，初不加意者也。其文采字画皆有自然绝人之姿，信天下之奇迹也。④

　　他们所说的"俯拾即是，不取诸邻""直致所得""冲口而出，纵手而成"，就是强调直接书写眼前所见之景，直接获得语言文字的现实，不必冥思苦想。在这种创作状态下，表面上是手不由心，言不由己，理性似乎失去控制，要写什么和怎么写，皆非原先所预设（即所谓"初不加意"），而实际上言之物和言之序都暗合于主体内心的情感，是对触目所见的最直接、最真实、最生动的反映，能够取得"自然绝人之姿"的艺术效果。苏轼说："吾文如万斛泉源，不择地皆可出，在平地滔滔汨汨，虽一日千里无难。及其与山石曲折，随物赋形，而不可知也。所可知者，常行于所当行，常止于不可不止，如是而已矣。"⑤ 他讲自己作文的思路，就如万斛之源泉，滔滔不绝，一泻千里，无滞无碍、任意自然。其实，若非创作的兴起，这种畅快自由奔放的状态是很难达到的。

　　清代叶燮有一段精辟的话，全面总结了创作兴起中言、意的表现特征以及表现效果。

　　原夫作诗者之肇端而有事乎此也，必先有所触以兴起其意，而后措诸辞、属为句、敷之而成章。当其有所触而兴起也，其意、其辞、其句，劈空而起，皆自无而有，随在取之于心。出而为情、为景、为事，人未尝言之，而自我始言之，故言者与闻其言者，诚可

　　① 司空图：《与李生论诗书》，载郭绍虞《中国历代文论选》第2册，上海古籍出版社1979年版，第196页。

　　② 司空图：《二十四诗品·自然》，载《历代诗话》，中华书局1981年版，第40页。

　　③ 司空图：《二十四诗品·实境》，载《历代诗话》，中华书局1981年版，第42页。

　　④ 苏轼：《题刘景文欧公帖》，载孔凡礼点校《苏轼文集》，中华书局1986年版，第2198页。

　　⑤ 苏轼：《自评文》，载孔凡礼点校《苏轼文集》，中华书局1986年版，第2069页。

悦而永也。①

他说，作诗之肇端，在于触物而兴起，这时，"其意、其辞、其句，劈空而起"，随在取之于心，信手拈来，敷之成章。就是说在兴的创作心理状态中，诗人对意象构成和表现技巧都轻松自如，创作会顺利完成。而且作者并不是像作品既成之后评论者分析出的思想那样先思考好了的，而是未经意识的提炼和加工，随兴所至表现在作品中，所谓"劈空而起，皆自无而有"。在此创作中，作品具有表现力、独创性，所谓"人未尝言之，而自我始言之"。并且，能够收到"言者与闻其言者，诚可悦而永也"的效果，即作诗者和读诗者都能从这一过程中获得极大的满足和愉悦。

从上述可知，中国传统灵感论认为，灵感来自诗人之心与外物相触所引发的一种感发，所以，称灵感为"感兴"。虽然，在后来的文论发展过程中，称谓又有所变化，比如又称为"兴会""即景会心""直寻"等，但是这种源于触物而起兴的思想贯穿于中国古代灵感论的始终。在西方文论的早期，对这种兴发感动，也是早有体会的，在不知其来源的情况下，他们将它归之于外来神灵的力量。在苏格拉底与诵诗人伊安的对话中，论及诗人的创作时，苏格拉底说："凡是高明的诗人，无论在史诗或抒情诗方面，都不是凭技艺来做成他们的优美的诗歌，而是因为他们得到灵感，有神力凭附着。""诗人只是神的代言人，由神凭附着。"②荷马在其史诗《伊利亚特》的开端便曾向缪斯女神呼求灵感的降临。可见，相比西方最初对灵感的认识，中国传统的"感兴"说显得不那么神秘，显得容易让人把握，显得自然而实际。③ 这种"兴"的创作状态，往往与艺术创作的最佳状态相联系，想象活动和文辞运用都畅顺自如、灵活圆通，是创造不落痕迹、自然灵妙的作品的最理想的方式。

---

① 叶燮：《原诗·内篇》，载《原诗—瓢诗话　说诗晬语》，人民文学出版社1979年版，第5页。

② 柏拉图：《柏拉图文艺对话集》，朱光潜译，人民文学出版社1959年版，第6—7页。

③ 当然，中国古代也有一些语为"神助"之类的说法，笔者认为，古人论神助之作，并不是把此作品看作某种超越现实的另一个独立存在，也不是出于对作者创作心理的关心，而是出于对作品创作的言意相配"浑然天成"境界的赞美、欣赏。

第二节　养兴

一　兴起的无意与养兴

艺术思维中此神奇超妙的高峰状态，不是招之即来，不是按照诗人意图和自觉思考而发出的，不是任何时候有所触都能起兴的，它的发生是难以把握、难以为主体自我知觉的。

陆机在《文赋》中说的："若夫应感之会，通塞之纪，来不可遏，去不可止。""来不可遏，去不可止"，很好地形容了"感兴"的无意发生。《文镜秘府论》中说："自古文章，起于兴作，兴于自然，感激而成，都无饰练，发言以当，应物便是。"① 兴于自然，便是兴于无所意。另外，古人对"兴"总是说"触物"而起，这里"触物"二字，是大有深意的。钱钟书发挥宋人李仲蒙的"触物以起情谓之兴，物动情者也"这句话说："'触物'似无心凑合，信手拈起，复随手放下，与后文附丽而不衔接，非同'索物'之着意经营，理路顺而词脉贯。"② 这个发挥颇有见地，把"触"这种无心耦合的状态分析得很精辟。苏洵用"风水相遭"这个非常具有哲学意味的现象，说明贵在无意为文的道理，无不可视为对"触物"的形象生动的诠释。他说：

> 今夫风水之相遭乎大泽之陂也……此亦天下之至文也。然而此二物者，岂有求乎文哉？无意乎相求，不期而相遭，而文生焉。是其为文也，非水之文也，非风之文也。二物者非能为文，而不能不为文也，物之相使而文出于其间也，故此天下之至文也。今夫玉非不温然美矣，而不得以为文；刻镂组绣，非不文矣，而不可与论乎自然；故夫天下之无营而文生之者，唯水与风而已。③

"风水相遭"这个现象来自《周易》。《周易》中的"涣"卦，上

---

① ［日］弘法大师，王利器校注：《文镜秘府论校注》，中华书局1983年版，第278页。

② 钱钟书：《管锥编》第1册，生活·读书·新知三联书店2007年版，第111页。

③ 苏洵：《仲兄字文甫说》，载郭绍虞《中国历代文论选》第2册，上海古籍出版社1979年版，第268页。

"巽"为风，下"坎"为水，《象传》谓"风行水上，涣"。孔颖达正义曰："风行水上，激动波涛，散释之象，故曰：风行水上，涣。"① 故取风吹水面，涣然呈文之象。风行水上，猝然相触，无意相求，不期而遇，自然成文，极富美学意蕴。苏洵论文由此发挥，他认为，天下至文的形成，就像风行水上般自然，完全出于偶发，是不能不为文，而非有意为文也。在艺术表现上那些精湛、巧妙的创造，常常不是艺术家精雕细琢、刻意追求所得，许多都是艺术家凭着自己颖悟的心灵无意所得。比如谢灵运的"池塘生春草，园林变鸣禽"这两句诗，历代对这两句诗都有很多赞美之言，但都没讲清楚它妙在何处，似乎是神助之语。钟嵘的《诗品》中就记载："《谢氏家录》云：康乐每对惠连，辄得佳语。后在永嘉西堂，思诗竟日不就，寤寐间忽见惠连，即成'池塘生春草'。故常云：'此语有神助，非吾语也。'"② 叶梦得精辟地揭示了诗句艺术魅力的创作奥秘，他说：

> "池塘生春草，园林变鸣禽。"世多不解此语为工，盖欲以奇求之耳。此语之工，正在无所意，猝然与景相遇，借以成章，不假绳削，故非常情所能到。诗家妙处，当须以此为根本，而思苦言艰者，往往不悟。③

谢灵运这两句诗的妙处就在于诗人在并无预设的心态下，情与景猝然相遇，而成天籁之音。所以，创作的兴起、妙诗的所得，贵在无意间发生，如果有意苦苦而寻之，刻意苦吟，闭门觅句，往往不得其悟。明代的谢榛也发表了同样的意见，他说：

> 诗有天机，待时而发，触物而成，虽幽寻苦索，不易得也。如戴石屏"春水渡傍渡，夕阳山外山"，属对精确，工非一朝，所谓"尽日觅不得，有时还自来"。④

---

① 《周易正义·涣卦》，载《十三经注疏》，中华书局 1980 年影印本，第 70 页。
② 钟嵘：《诗品》，载《历代诗话》，中华书局 1981 年版，第 14 页。
③ 叶梦得：《石林诗话》，载《历代诗话》，中华书局 1981 年版，第 426 页。
④ 谢榛：《四溟诗话》，《四溟诗话　姜斋诗话》，人民文学出版社 1961 年版，第 41 页。

就是说，兴起的状态需要等待，必待到主客体偶然相遇，兴会神到，自然高妙；若是苦吟强作，必无神韵。就原初的诗歌样式《诗三百》中的一些歌谣而言，没有什么"文"不"文"的追求，却打动了众多读者的心，叶燮认为，就在于"其兴会所至，每无意出之"。他说：

　　原夫创始作者之人，其兴会所至，每无意所而出之，即为可法可则。如三百篇中，里巷歌谣，思妇劳人之吟咏居其半。彼其人非素所诵读讲肆推求而为此也，又非有所研精极思、腐毫辍翰而始得也。情偶至而感，有所感而鸣，斯以为风人之旨。①

诗三百中的里巷歌谣的创作，不以力构、不以学成（指不要去炫耀学问），是情偶至而感，感而有所鸣，顺乎自然，此乃风人之旨，此观点正与孔子"诗可以兴"的"兴"感染、感动的原初意义相照应。清人吴雷发也认为："作诗固宜搜索枯肠，然着不得勉强。故有意作诗，不若诗来寻我，方觉下笔有神。诗固以兴之所至为妙，唐人云：'尽日觅不得，不时还自来。'进乎技矣。"②

可见，"兴"是无意所得的，是不可能人为追求、人为制造的，只能通过"养"以促成"兴"的到来。

二　如何养兴

如何"养兴"？主要有这样四个方面，一是要保持"闲"的心境，让自己精力充沛、有余闲；二是要积极寻觅引发兴会的机缘；三是善于抓住、深造兴会，持续进行创造性活动；四是必须有深厚的文学积淀。

首先，保持"闲"的心境。刘勰在《文心雕龙·物色》篇说：

　　是以四序纷回，而入兴贵闲；物色虽繁，而析辞尚简；使味飘

---

　　① 叶燮：《原诗》，载《原诗一瓢诗话　说诗晬语》，人民文学出版社1979年版，第187页。

　　② 吴雷发：《说诗菅蒯》，载《清诗话》，上海古籍出版社1978年版，第897页。

飘而轻举，情晔晔而更新。①

　　"闲"在这里是什么意思呢？《庄子·齐物论》中有："大知闲闲，小知间间；大言炎炎，小言詹詹。"成玄英疏："闲闲，宽裕也。间间，分别也。夫智慧宽大之人，率性虚淡，无是无非；小知狭劣之人，性褊促，有取有舍。有取有舍，故闲隔而分别，无是无非，故闲暇而宽裕也。"②"闲闲"，无是无非，宽裕、从容自得之意，闲才有大智慧，成天忙于凡俗事务只能有小智。所以，刘勰说的"入兴贵闲"，就像庄子里面"大知闲闲"的解释一样，是一种闲适、从容自得，不被凡俗小事所困的心态，这样才能为达到"兴"的境界做好准备。骆鸿凯先生说：

　　　　四序纷回，入兴贵闲者，盖以四序之中，万象森罗，触于耳而寓于目者，所在皆是，苟非置其心于悠然闲旷之域，诚恐当前好景，容易失之也。陶诗：采菊东篱下，悠然见南山。山气日夕佳，飞鸟相与还。此中有真意，欲辨已忘言。因采菊而见山，一与自然相接，便见真意，而至于欲辨忘言，使非渊明摆落世纷，寄心闲远，曷至此乎？③

　　心如果非置于"悠然闲旷之域"，就是面对当前好景，也不能起兴。陶潜之"采菊东篱下"一诗，采菊见南山，一俯一仰之间，兴意渤渤，非寄心闲远，是不易有此佳作的。

　　刘勰在《文心雕龙》的其他篇章中也对"入兴贵闲"的意思做了深入阐发。《神思》篇说，"陶钧文思，贵在虚静"，"秉心养术，无务苦虑；含章司契，不必劳情"④，就已涉及此问题；《养气》篇所论也与此联系非常密切，范文澜先生这样阐述"养气"之旨："彦和论文以循自然为原则，本篇大意，即基于此。盖精神寓于形体之中，用思过剧，则心神昏迷。故必逍遥针劳，谈笑药倦，使形与神常有余闲，始能用之不竭，

---

① 刘勰撰，范文澜注：《文心雕龙注·物色》，人民文学出版社 1958 年版，第 694 页。
② 郭庆藩：《庄子集释·齐物论》，中华书局 2004 年版，第 51 页。
③ 黄侃：《文心雕龙札记》附录，上海古籍出版社 2006 年版，第 206 页。
④ 刘勰撰，范文澜注：《文心雕龙·神思》，人民文学出版社 1958 年版，第 494 页。

发之常新，所谓游刃有余者是也。"① 黄侃认为："此篇之作，所以补《神思篇》之未备，而求文思之常利也。"② 这些都是很有见地的。那么，文思怎样"常利"呢？其《养气》篇云：

> 昔王充著述，制养气之篇，验己而作，岂虚造哉！夫耳目鼻口，生之役也；心虑言辞，神之用也。率志委和，则理融而情畅；钻砺过分，则神疲而气衰：此性情之数也。③

刘勰认为，兴起的现象是人的精力充沛、旺盛时才可能有的，如果精神过于疲劳、情绪低落，就不可能兴起。他提倡"率志委和"，"率志"就是随顺自己的心志，"委和"就是附和天地之和，亦即自然之意；反对"钻砺过分"，也就是神思篇所说"无务苦虑"，"不必劳情"。怎么做到"率志委和"呢？他说：

> 是以吐纳文艺，务在节宣，清和其心，调畅其气，烦而即舍，勿使壅滞；意得则舒怀以命笔，理伏则投笔以卷怀，逍遥以针劳，谈笑以药倦，常弄闲于才锋，贾余于文勇，使刃发如新，凑理无滞，虽非胎息之万术，斯亦卫气之一方也。④

刘勰提出要保持"清和其心，调畅其气"，特别是"烦而即舍"，即在心境不好、情绪烦乱的时候，就不要勉强地再往下写，暂时放一放，勿使思路堵塞不通。有了兴致，得心应手了，就展开胸怀，任意抒写；思理杂乱，难以为继，那就放下笔，掩怀休息。在逍遥自在、怡然自得之中，消除疲劳和怠倦，培养为文的兴致，这样做，就会使文思"刃发如新，凑理无滞"，顺利进行下去。

遍照金刚在《文镜秘府论》南卷"论文意"部分，也强调了作家创作时不要过于劳苦，要保养精神的重要性。

---

①　刘勰撰，范文澜注：《文心雕龙·养气》，人民文学出版社 1958 年版，第 648 页。
②　黄侃：《文心雕龙札记》，上海古籍出版社 2006 年版，第 180 页。
③　刘勰撰，范文澜注：《文心雕龙·养气》，人民文学出版社 1958 年版，第 646 页。
④　同上书，第 647 页。

夫作文章，但多立意。令左穿右穴，苦心竭智，必须忘身，不可拘束。思若不来，即须放情却宽之，令境生。然后以境照之，思则便来，来即作文。如其境思不来，不可作也。①

凡诗人夜间床头，明置一盏灯。若睡来任睡，睡觉即起，兴发意生，精神清爽，了了明白，皆须身在意中。②

意欲作文，乘兴便作，若似烦即止，无令心倦。常如此运之，即兴无休歇，神终不疲。③

凡神不安，令人不畅无兴。无兴即任睡，睡大养神。常须夜停灯任自觉，不须强起。强起即昏迷，所览无益。纸笔墨常须随身，兴来即录。若无纸笔，羁旅之间，意多草草。舟行之后，即须安眠。眠足之后，固多清景，江山满怀，合而生兴，须屏绝事务，专任情兴。因此，若有制作，皆奇逸。看兴稍歇，且如诗未成，待后有兴成，却必不得强伤神。④

所谓"思若不来，即须放情却宽之，令境生"，就是说不要强迫创作。无兴之时，如果疲惫困倦，想睡就睡，一定要睡醒之后才起来，如果为了创作勉强起来，精神则昏迷。睡醒之后，精神饱满，面对山川美景，才能兴发意生，创作才有"奇逸"。当然，有时创作不可能一下子完成，这时，如果没有了兴致，就不要再勉强创作，等待有了兴致之后再创作。这个意思与"入兴贵闲"的精神相同。

其次，积极地寻觅引发兴会的机缘。据《韵语阳秋》记载：

诗之有思，卒然遇之而莫遏，有物败之则失之矣。故昔人言覃思、垂思、抒思之类，皆欲其思之来，而所谓乱思、荡思者，言败之者易也。郑綮诗思在灞桥风雪中驴子上，唐求诗所游历不出二百

---

① ［日］弘法大师，王利器校注：《文镜秘府论校注》，中华书局1983年版，第285页。
② 同上书，第290页。
③ 同上书，第305页。
④ 同上书，第306页。

里，则所谓思者，岂寻常咫尺之间所能发哉！①

"诗思"就是诗兴的意思。郑綮诗思产生于灞桥风雪中、驴子上，灞桥在长安之东，是古人送别之处，说明诗兴，不是寻常咫尺之间就能生发的，而是需要主动寻觅能够引起感召的景、物。这就是古人常常说的"江山助兴"。此外，古人对"书本助兴"也是十分重视的。《文镜秘府论》说：

> 凡作诗之人，皆自抄古人诗语精妙之处，名为随身卷子，以防苦思。作文兴若不来，即须看随身卷子，以发兴也。②

就是说作者可以把古人诗语精妙之句，抄在卷子上，随身携带。当创作陷入困境的时候，就可以用此"卷子"发兴，以防苦思。

再次，善于抓住、深造兴会，持续进行创造性活动。当"养兴"促成"兴"的机缘到来时，作者还要善于迅速抓住，否则创作就会半途而废。据《韵语阳秋》记载：

> 诗之有思，卒然遇之而莫遏，有物败之则失之矣。……小说载谢无逸问潘大临云："近日曾作诗否？"潘云："秋来日日是诗思。昨日捉笔得'满城风雨近重阳'之句，忽催租人至，令人意败，辄以此一句奉寄。"亦可见思难而败易也。③

潘大临秋来每日都是诗思，刚捉笔得"满城风雨近重阳"一句，忽逢催租人打扰，再也无法继续写下去，仅得一句，可见，只要有某种内心的或外在的干扰，作者没有抓住诗兴，"兴意"就易败坏。因为有时灵感或许只是一个好的构思，一种新颖的启示，或许只是一个"毛坯"，一个初级产品，是创造之源，不是创造之果，这时就需用高度发达的自觉

---

① 葛立方：《韵语阳秋》，载《历代诗话》，中华书局1981年版，第500页。
② ［日］弘法大师，王利器校注：《文镜秘府论校注》，中华书局1983年版，第290页。
③ 葛立方：《韵语阳秋》，载《历代诗话》，中华书局1981年版，第500页。

意识，甚至是大量艰苦的工作来引导它，否则不容易出成品。明代胡应麟说：

> 严氏以禅喻诗，旨哉！禅则一悟之后，万法皆空，棒喝怒呵，无非至理。诗则一悟之后，万象冥会，呻吟咳唾，动触天真。然禅必深造而后能悟，诗虽悟后，仍须深造。自昔瑰奇之士，往往有识窥上乘、业阻半途者。①

胡应麟针对严羽以禅喻诗论妙悟做了很深刻的补充。胡应麟以为禅与诗求悟是相同的，均须了悟，不悟不进；但了悟之后，禅与诗就不同了，禅必深造而后能悟，诗虽悟后仍须深造，如果悟后不"深造"，就算是上乘之悟，也会半途而废，也就是兴起的夭折。

清人陆桴亭更是形象地描述了悟后的深造：

> 人性中皆有悟，必工夫不断，悟头始出。如石中皆有火，必敲击不已火光始现。然得火不难，得火之后，须承之以艾，继之以油，然后火可以不灭。故悟亦必继之以躬行力学。②

他说，人性中皆有悟，就像石中皆可生火一样，敲击不已，火光就会出现，但是"得火之后"，想让火继续燃烧下去，还须加之以艾，继之以油，若不继，火何以续？他以此比喻，有悟之后，还要功夫不断，所谓"继之以躬行，深之以学问"。

这些强调悟后深造、躬行力学的论述，都是深得要领的，对提高诗的创作水平很有实践意义，是对灵感说的一个补充。这是因为，一方面，需将刹那凭感悟所得到的东西进一步深化，因为它有时还停留在比较朦胧的水平上，对于事物的一些逻辑关系、系统性，未必一下子都能有深刻的理解。这就要求，作家努力把对象放到自己的意识前面来进行审视，剥丝抽茧，鞭辟入里，处处从深一层着想。另一方面，文学是以语言为

---

① 胡应麟：《诗薮》，上海古籍出版社 1958 年版，第 25 页。
② 转引自钱钟书《谈艺录·妙悟与参禅》，生活·读书·新知三联书店 2007 年版，第 235 页。

对象的艺术种类，诗家以妙悟领悟到还不够，还不一定能写出好诗来。诗论家所谓"不睹文字""不落言筌"是从接受角度来说的。从创作角度来说，则需用语言把心中的思想情感表现出来。尽管我们前面说过，文学语言不同于一般日常语言，它所表达的不是概念，不是作为事物客观属性代码的"意义"，而是表现主体对对象的情感体验，即"个人含义"，可以不按照日常常规语言来表述，但无论如何，词义总是离不开概念这一核心内容。这就使得文学相对于其他艺术体裁更富有理性内涵，在创作中更需要作家意识活动的参与。对文学语言的熟练驾驭和非凡悟性一样，在艺术创作中具有极为重要的地位，许多人虽有灵感，但因没有创造出与其灵感相当的完美的语言形式而遭到失败。

最后，必须有深厚的文学积淀。无论是闲适心境的保持，还是外在机缘的寻找，还是悟后的深造，都需要作者有深厚的文学积淀。如果没有深厚的文学积淀，纵使有闲适的心境、有外在的机缘，也不可能促成"兴"的到来。"兴"总是在长久积累、辛勤劳作之后，在苦苦求索、久思不得之后，创作者意外获得的一份难得的喜悦，一种非凡的启示。

清人袁守定对"兴"的积累总结得最为全面。他说：

> 文章之道，遭际兴会，撼发性灵，生于临文之顷庆者也。然须平日餐经馈史，霍然有怀，对景感物，旷然有会，尝有欲吐之言，难遏之意，然后拈题泚笔，忽忽相遭，得之在俄顷，积之在平日，昌黎所谓有诸其中是也。舍是虽刉精竭虑，不能益其胸中之所本无，犹探珠于渊而渊本无珠，采玉于山而山本无玉，虽竭渊夷山以求之，无益也。①

文章创作之道，在于遭际兴会，撼发性灵。为了这种心理状态的到来，须平日孜孜苦读。连提倡诗道贵在"妙悟"的严羽，也深刻地认识到，诗家的"妙悟"不能像禅家离开文字如此潇洒，而应当以"熟参"各种优秀作品为前提。他在《诗辨》中说：

---

① 袁守定：《占毕丛谈·谈文》，载胡经之《中国古典文艺学丛编》（一），北京大学出版社 2001 年版，第 54 页。

　　工夫须从上做下，不可从下做上。先须熟读《楚辞》，朝夕讽咏以为之本；及读《古诗十九首》，乐府四篇，李陵苏武汉魏五言皆须熟读，即以李杜二集枕藉观之，如今人之治经，然后博取盛唐名家，酝酿胸中，久之自然悟入。虽学之不至，亦不失正路。①

　　天下有可废之人，无可废之言。诗道如是也。若以为不然，则是见诗之不广，参诗之不熟耳。试取汉、魏之诗而熟参之，次取晋、宋之诗而熟参之，次取南北朝之诗而熟参之，次取沈、宋、王、杨、卢、骆、陈拾遗之诗而熟参之，次取开元、天宝诸家之诗而熟参之，次独取李、杜二公之诗而熟参之，又取大历十才子之诗而熟参之，又取元和之诗而熟参之，又尽取晚唐诸家之诗而熟参之，又取本朝苏、黄以下诸家之诗而熟参之，其真是非自有不能隐者。②

　　他认为，要熟读各个时期的诗，特别强调要"熟读"汉魏盛唐优秀作家的作品，反复品味它们的审美特点，相互比较，以见真是非，从而更能从优秀作品中汲取好的成果，逐渐地，作家头脑里积蓄的意象多了，情感深厚了，表现能力丰富了，艺术技巧熟练了，熟能生巧，巧能通神，最后自然而然地进入庄子以庖丁为喻的那种得心应手、驾驭自如的创作境界，这就是"酝酿胸中，久之自然悟入"。

　　那么，在作品中我们"熟参"什么呢？谢榛具体说道：

　　历观十四家所作，咸可为法。当选其诸集中最佳者，录成一帙，熟读之以夺神气，歌咏之以求声调，玩味之以裒精华。得此三要，则造乎浑沦，不必塑谪仙而画少陵也。③

　　在优秀作品中，熟读求神气，即是在反面熟读后自能从中领悟一种意味、精神，一种深刻的思想。歌咏求声调，即是从吟咏中领悟声音、

---

① 严羽，郭绍虞校释：《沧浪诗话校释》，人民文学出版社 1961 年版，第 1 页。
② 同上书，第 12 页。
③ 谢榛：《四溟诗话》，《四溟诗话　姜斋诗话》，人民文学出版社 1961 年版，第 80 页。

节奏、韵律、句法等语言方面的风格，比如，有时虽然对一首诗情意的领悟不是那么深刻，但是仅仅在吟咏中，在其节奏、韵律、句法上，自有一种兴会来玩味精华，即是从玩味中得出作品精华之处。所以，读书要讲究读法，要夺神气、求声调、哀精华，正如郭绍虞先生补充严羽"熟参"的意思说："'读书破万卷，下笔如有神'，这里边要注意的是个'破'字，万卷书要读得破，才能去其糟粕，取其精华；读和不破，则成为獭祭，成为饾饤，成为袁枚所说的抄书作诗，而离这'神'字也就相差很远了。陶渊明好读书不求甚解，而诗格甚高，可见读书并不妨碍作诗。读书可以增加人们的间接生活知识，所以问题不在读书不读书，而在如何读法。这即是钱澄之《说诗》所说的'诗有别学'。所以沧浪所谓'古人未尝不读'，正是指出这个关键。"①

除"餐经馈史"外，还须"对景感物"，即对社会、人事、自然景物的亲历感受，否则就不可能"霍然有怀""旷然有会"，这一点第二章已强调了很多。这些有所感、有所悟要形成"欲吐之言，难遏之意"，还必须对创作苦苦构思。古人认为，苦思是创作的重要过程，苦心从来不会白费，苦思有苦思的收获。提倡"但见情性，不睹文字"②"直于情性，尚于作用，不顾词采，而风流自然"③的皎然，同时也认为创作的苦思不会伤害诗的自然之质，灵感（神王）的出现，需要创作者长期"先积精思"。他说：

> 又云：诗不要苦思，苦思则丧自然之质。不要苦思，苦思则丧自然之质。此亦不然。此亦不然，夫不入虎穴，焉得虎子？取境之时，须至难、至险，始见奇句。成篇之后，观其气貌，有似等闲，不思而得，此高手也。有时意静神王，佳句纵横，若不可遏，宛如神助。不然，盖由先积精思，因神王而得乎？④

清代的朱庭珍在《筱园诗话》中对苦思以促进兴会的作用说得尤为

---

①　严羽撰，郭绍虞校释：《沧浪诗话校释》，人民文学出版社1961年版，第36—37页。
②　皎然：《诗式》，载《历代诗话》，中华书局1981年版，第31页。
③　同上书，第30页。
④　同上书，第31页。

精辟：

> 诗人构思之功，用心最苦，始则于熟中求生，继则于生中求熟，游于寥廓逍遥之区，归于虚明自在之域，工部所谓"意匠惨淡经营中"也。每一题到手，先须审题所宜，宜古宜今，我作何体，布置略定，然后立意。立意宜审某意为题所应有，某意为题所应无……然后沈思独往，选意炼词……迨思路几至断绝之际，或触于人，或动于天，忽然灵思泉涌，妙绪丝抽，出而莫御，汩汩奔来，于是烹炼之，剪裁之，振笔而疾书之，自然迥不犹人矣。所谓成竹在胸，借书于手；又所谓兔起鹘落，迅追所见，稍纵即逝也。今人惮于费心，非枝枝节节而为之，即以应酬了事。心思尚不能锐入，何能锐出？未曾用心至思路欲断之候，何能望有思路涌出之时，安可希得心应手之技乎？①

虽然经过苦心探索，思路受阻，或许会几经中断，甚至最后根本无所得，但是他苦苦思考的痕迹，包括种种沉积的印象、思路、结果，会深深地烙印在脑中，使艺术构思大幅度展开，到成熟时，在情感机制的作用之下，豁然贯通，所谓"一悟之后，万象冥会"，"不能锐入，何能锐出"。所以说，兴会的到来并非虚静地等待，而是要积极地思索。

有所感、有所悟、有所思的积累，才能有"欲吐之言，难遏之意"，才能触目兴怀，提笔创作。正如李贽在《杂说》中说："其胸中有如许无状可怪之事，其喉间有如许欲吐而不敢吐之物，其口头又时时有许多欲语而莫可所以告语之处，蓄极积久，势不能遏。一旦见景生情，触目兴叹；夺他人之酒杯，浇自己之垒块；诉心中之不平，感数奇于千载。"②灵感绝不会光顾腹中空空者，这样的人要"遭际兴会"，就如同去不生珠的地方求珠，不产玉的地方采玉一样徒劳。所以，兴会俄顷得之的偶然，出于平日积累的必然。

---

① 朱庭珍：《筱园诗话》，载《清诗话续编》，上海古籍出版社 1983 年版，第 2346—2347 页。

② 李贽：《杂说》，载郭绍虞《中国历代文论选》第 3 册，上海古籍出版社 1979 年版，第 121 页。

由此可见，创作中无意的兴起，必定是诗人长期生活和艺术实践的结果，必定来自创作者平常长年累月地对思想、情感、感受、知识、语言的淬炼和累积，并且对自己所酝酿的东西已非常熟悉，对已蓄积的情感非常深厚的时候，在一个看似偶然的机会中，受到某种事、物的触发，创作者豁然开朗，情不可遏，主体与往昔的丰富体验、感受等被沟通了，平时许多零散的东西也很快有意或无意地连成整体，不招自来，汇聚笔下，于是作家自然而然地完成创作。

结　语

金圣叹在《水浒传叙一》中把文章创作的"心手关系"分为三种境界。其云：

> 心之所至，手亦至焉；心之所不至，手亦至焉；心之所不至，手亦不至焉。心之所至手亦至焉者，文章之圣境也；心之所不至手亦至焉者，文章之神境也；心之所不至手亦不至焉者，文章之化境也。夫文章至于心手皆不至，则是其纸上无字无句无局无思者也，而独能令千万世下人之读吾文者，其心头眼底，乃窅窅有思，乃摇摇有局，乃铿铿有句，而烨烨有字，则是其提笔临纸之时，才以绕其前，才以绕其后，而非徒然卒然之事也。①

这三个境界，分别是"心之所至，手亦至""心之所不至，手亦至""心之所至，手亦不至"，从低至高递进。"心之所至，手亦至"是最基本的一种境界，用语言把心中所想的表现出来，这可以凭借人的努力、学习，提高创作见识而达到。但是金圣叹认为，文学创作还有更高的境界，比圣境更进一步的是"心之所不至，手亦至焉"，也就是说，"手"所表现的内容，不仅是"心"已经想到的，而且能表达出"心"还没有想表达的内容，文章臻于高妙，这是超乎人的努力、意想所能达到的，所以

---

① 金圣叹：《水浒传叙一》，载郭绍虞《中国历代文论选》第 3 册，上海古籍出版社 1979 年版，第 250 页。

说这是"文章之神境"。然而，金圣叹认为这还不是文学创作的最高境界，比"文章之神境"更高的是"心之所不至，手亦不至焉"，也就是说，文学创作未提笔并无意和言，一提笔即会形成完美的创作，完全摆脱了心和手的束缚，远远超出了人力所能的程度，似乎得其神灵之助，这样的文学创作，"无字无句无局无思"，是天然之化境。

　　这种"化境"，是古人的最高审美理想，而实现此种审美理想的理想心理状态，便是创作之兴起。兴，是中国古人认为文学创作所需要的一种理想心理状况，当触物而兴起时，创作欲望特别强烈，思绪泉涌，通畅无阻，不仅奇妙的构思得以形成，而且可能一气呵成，完成创作。养兴，为"兴"的心理状态做了准备，将其为无意地发生积淀更丰厚的底蕴，帮助其持续进行创造性活动。值得一提的是，"兴"一定需要"养"，但"养"不一定会有"兴"。文学创作的"兴"在实践中始终是一个难以把握的问题，可遇而不可求。所以，古今中外，很多学者又把它归结为天才的才能，归结为先天的禀赋。正如康德对构成天才的各种心灵能力的归纳：

> 　　天才是处于这样一种幸福的关系之中，他能够把某一概念转变成审美的意象，并把审美的意象准确地表现出来。这一点，既不是学问，也不是勤奋所能够办到的。正是借助于这样的表现，由于与某一概念相伴随的审美意象所引起的主观的心意状态，就能够传达给旁人。这样的一种才能，就叫作灵魂。因为要把心灵中不可言说的、与特殊的形象显现结合在一起的东西，表现出来，并普遍地传达给旁人，不管是语言、绘画或雕刻来表现，都需要一种才能，它既能把握住想象力瞬息万变的活动，而又能够在不受任何规矩的束缚下传达出某种概念，与某种概念契合。①

　　在历代文论中，天才之说源源不断。关于"天才"的问题，还有待于以后进一步探讨。

---

① 康德：《判断力批评》，载伍蠡甫《西方文论选（上）》，上海译文出版社 1979 年版，第565 页。

主要参考文献

［美］阿恩海姆：《视觉思维》，滕守尧等译，四川人民出版社 1998 年版。

［美］阿恩海姆：《艺术与视知觉》，滕守尧等译，中国社会科学出版社 1984 年版。

［美］阿瑞提：《创造的秘密》，钱岗南译，辽宁人民出版社 1987 年版。

［古希腊］柏拉图：《柏拉图文艺对话集》，朱光潜译，人民文学出版社 1959 年版。

［英］鲍桑葵：《美学三讲》，周煦良译，上海译文出版社 1983 年版。

［苏］波果斯洛夫斯基等：《普通心理学》，魏庆安等译，人民教育出版社 1981 年版。

［法］布留尔：《原始思维》，丁由译，商务印书馆 1981 年版。

［美］布龙菲尔德：《语言论》，袁家骅译，商务印书馆 1980 年版。

［苏］布罗夫：《美学：问题和争论——美学论争的方法论原则》，张捷译，文化艺术出版社 1988 年版。

曹顺庆：《中国古代诗学话语》，巴蜀书社 2001 年版。

陈鼓应：《老子注译及评介》，中华书局 1984 年版。

陈骙：《文则》，载王水照编《历代文话》第一册，复旦大学出版社 2007 年版。

陈良运：《中国诗学体系论》，中国社会科学出版社 1992 年版。

陈曦钟等辑：《水浒传会评本》，北京大学出版社 1981 年版。

丁福保辑：《历代诗话续编》，中华书局 1983 年版。

董其昌：《画禅室随笔》，江苏教育出版社 2005 年版。

范蕴：《潜溪诗眼》，载郭绍虞《宋诗话辑佚》，中华书局 1980 年版。

方东树著，汪绍楹校点：《昭昧詹言》，人民文学出版社 1961 年版。

方薰：《山静居画论》，载俞剑华《中国古代画论类编》，人民美术出版社
　　1998 年版。

冯宪光：《审美意识形态的文本分析》，四川大学出版社 2001 年版。

高步瀛：《唐宋诗举要》，上海古籍出版社 1978 年版。

高友工：《美典：中国文学研究论集》，生活·读书·新知三联书店 2008
　　年版。

何文焕辑：《历代诗话》，中华书局 1981 年版。

葛兆光：《汉字的魔方——中国古典诗学语言学札记》，复旦大学出版社
　　2008 年版。

龚鹏程：《中国文学批评史论》，北京大学出版社 2008 年版。

桂诗春：《心理语言学》，上海外语教育出版社 1985 年版。

郭庆藩撰，王孝鱼点校：《庄子集释》，中华书局 2004 年版。

郭绍虞：《照隅室古典文学论集》，上海古籍出版社 1983 年版。

郭绍虞：《中国历代文论选》，上海古籍出版社 1979 年版。

郭熙、郭思：《林泉高致》，载俞剑华《中国古代画论类编》，人民美术出
　　版社 1998 年版。

哈尔滨师院编：《形象思维资料汇编》，人民文学出版社 1980 年版。

［德］黑格尔：《美学》第三卷，朱光潜译，商务印书馆 1999 年版。

［日］弘法大师撰，王利器校注：《文镜秘府论校注》，中华书局 1983 年版。

洪迈：《容斋随笔》，上海古籍出版社 1978 年版。

胡经之：《中国古典文艺学丛编》，北京大学出版社 2001 年版。

胡明扬：《西方语言学名著选读》，中国人民大学出版社 1988 年版。

胡应麟：《诗薮》，上海古籍出版社 1958 年版。

胡震亨：《唐音癸签》，上海古籍出版社 1981 年版。

胡壮麟：《认知隐喻学》，北京大学出版社 2004 年版。

胡仔：《苕溪渔隐丛话》，人民文学出版社 1962 年版。

黄侃：《文心雕龙札记》，上海古籍出版社 2006 年版。

金开诚：《文艺心理学论稿》，北京大学出版社 1982 年版。

金性尧：《唐诗三百首新注》，上海古籍出版社 1980 年版。

［美］克雷奇等：《心理学纲要》，周先庚等译，文化教育出版社 1980
　　年版。

孔凡礼点校：《苏轼文集》，中华书局 1986 年版。

郎廷槐：《师友诗传录》，载王夫之等撰《清诗话》，上海古籍出版社 1978 年版。

朗格：《艺术问题》，滕守尧等译，中国社会科学出版社 1983 年版。

李东阳：《麓堂诗话》，载丁福保辑《历代诗话续编》，中华书局 1983 年版。

李学勤：《古文字学初阶》，中华书局 1985 年版。

李泽厚、刘纪纲：《中国美学史——魏晋南北朝编》，安徽文艺出版社 1999 年版。

李泽厚、刘纪纲：《中国美学史——先秦两汉编》，安徽文艺出版社 1999 年版。

刘岱主编：《中国文化新论文学篇（二）：意象的流变》，生活·读书·新知三联书店 1992 年版。

刘润清：《西方语言学流派》，外语教学与研究出版社 2002 年版。

［美］刘若愚：《中国文学理论》，杜国清译，台湾联经出版事业公司 1981 年版。

刘伟林：《中国文艺心理学史》，三环出版社 1989 年版。

刘熙载著，徐中玉、萧华荣校点：《刘熙载论艺六种》，巴蜀书社 1990 年版。

刘勰著，范文澜注：《文心雕龙注》，人民文学出版社 1958 年版。

刘义庆著，余嘉锡笺疏：《世说新语笺疏》，中华书局 1983 年版。

刘永济：《文心雕龙校释》，中华书局 2007 年版。

［苏］卢利亚：《神经语言学》，赵吉生、卫志强译，北京大学出版社 1987 年版。

吕本中：《童蒙诗训》，载郭绍虞《宋诗话辑佚》，中华书局 1980 年版。

吕澂：《中国佛学源流略讲》，中华书局 1979 年版。

吕景云、朱丰顺：《艺术心理学新论》，文化艺术出版社 1999 年版。

［德］马克思、恩格斯：《德意志意识形态》，载《马克思恩格斯全集》第三卷，人民出版社 1972 年版。

孟昭兰：《普通心理学》，北京大学出版社 1994 年版。

牟宗三：《才性与玄理》，广西师范大学出版社 2006 年版。

［苏］尼季伏洛娃：《文艺创作心理学》，魏庆安译，甘肃人民出版社
　　1984 年版。

欧阳修：《六一诗话》，载何文焕辑《历代诗话》，中华书局 1981 年版。

［瑞士］皮亚杰：《儿童的心理发展》，傅统先译，山东教育出版社 1982
　　年版。

［瑞士］皮亚杰：《发生认识论原理》，王宪钿译，商务印书馆 1981 年版。

启功：《诗文声律论稿》，中华书局 2002 年版。

钱谷融、鲁枢元主编：《文学心理学教程》，华东师范大学出版社 1987
　　年版。

钱钟书：《管锥编》，生活·读书·新知三联书店 2007 年版。

钱钟书：《谈艺录》，生活·读书·新知三联书店 2007 年版。

强幼安：《唐子西文录》，何文焕辑《历代诗话》，中华书局 1981 年版。

任继愈主编：《中国佛教史》第二卷、第三卷，中国社会科学出版社 1985
　　年版。

任继愈主编：《宗教词典》，上海辞书出版社 1981 年版。

阮元：《十三经注疏》，中华书局 1980 年版。

［美］萨丕尔：《语言论》，陆卓元译，商务印书馆 1985 年版。

沈德潜：《唐诗别裁集》，中华书局 1975 年版。

沈德潜著，霍松林校注：《说诗晬语》，人民文学出版社 1979 年版。

沈括著，胡道静校证：《梦溪笔谈校证》，上海古籍出版社 1987 年版。

施补华：《岘傭说诗》，载王夫之等撰《清诗话》，上海古籍出版社 1978
　　年版。

石峻等编：《中国佛教思想资料选编》，第一卷，中华书局 1981 年版。

释慧皎撰，汤用彤校注：《高僧传》，中华书局 1992 年版。

释皎然：《诗式》，载何文焕辑《历代诗话》，中华书局 1981 年版。

释僧祐：《出三藏记集》，中华书局 1995 版。

司空图：《二十四诗品》，载何文焕辑《历代诗话》，中华书局 1981 年版。

［苏］斯大林：《马克思主义与语言学问题》，《斯大林文选》，人民出版
　　社 1962 年版。

［苏］斯米尔诺夫编：《苏联心理科学的发展与现状》，人民教育出版社
　　1984 年版。

［美］桑塔耶纳：《美感》，缪灵珠译，中国社会科学出版社 1982 年版。

［瑞士］索绪尔：《普通语言学教程》，高名凯译，商务印书馆 1980 年版。

汤用彤：《汉魏两晋南北朝佛教史》，中华书局 1983 年版。

汤用彤：《魏晋玄学论稿》，上海古籍出版社 2005 年版。

唐彪：《读书作文谱》，载王水照编《历代文话》第四册，复旦大学出版
　社 2007 年版。

唐兰：《中国文字学》，上海古籍出版社 2005 年版。

陶东风：《中国古代审美心理六论》，百花文艺出版社 1990 年版。

滕守尧：《审美心理描述》，四川人民出版社 1998 年版。

童庆炳：《艺术创作与审美心理》，百花文艺出版社 1999 年版。

童庆炳：《中国古代心理诗学与美学》，中华书局 1992 年版。

外国文学研究资料丛刊编辑委员会编：《外国理论家作家论形象思维》，
　中国社会科学出版社 1979 年版。

王弼著，楼宇烈校释：《王弼集校释》，中华书局 1980 年版。

王夫之：《古诗评选》，文化艺术出版社 1997 年版。

王夫之：《诗广传》，载《船山全书》第三册，岳麓书社 1992 年版。

王夫之：《唐诗评选》，文化艺术出版社 1997 年版。

王夫之：《周易内传》，载《船山全书》第 1 册，岳麓书社 1992 年版。

王夫之著，舒芜校点：《姜斋诗话》，人民文学出版社 1961 年版。

王国维著，徐调孚注：《人间词话》，人民文学出版社 1960 年版。

王实甫著，金圣叹批：《金圣叹批本西厢记》，上海古籍出版社 1986
　年版。

王士禛：《渔洋诗话》，载王夫之等撰《清诗话》，上海古籍出版社 1978
　年版。

王嗣奭：《杜臆》，上海古籍出版社 1983 年版。

王先霈：《文学心理学概论》，华中师范大学出版社 1988 年版。

王先谦：《荀子集解》，中华书局 1988 年版。

王元化：《文心雕龙创作论》，上海古籍出版社 1984 年版。

王运熙、顾易生主编：《中国文学批评通史》，上海古籍出版社 1996
　年版。

［苏］维果茨基：《思维与语言》，李维译，浙江教育出版社 1983 年版。

［苏］维果茨基：《艺术心理学》，周新译，上海文艺出版社1986年版。

［奥地利］维特根斯坦：《逻辑哲学论》，贺绍甲译，商务印书馆2005年版。

魏庆之：《诗人玉屑》，上海古籍出版社1978年版。

吴雷发：《说诗菅蒯》，载王夫之等撰《清诗话》，上海古籍出版社1978年版。

伍蠡甫：《西方文论选》，上海译文出版社1983年版。

［美］希尔加德等：《心理学导论》，周先庚等译，北京大学出版社1987年版。

萧统撰，李善注：《文选》，上海古籍出版社1986年版。

谢榛著，宛平校点：《四溟诗话》，人民文学出版社1961年版。

徐复观：《中国文学精神》，上海书店2006年版。

许慎：《说文解字》，中华书局1963年版。

雅斯贝斯：《历史的起源和目标》，魏楚雄、俞新天译，华夏出版社1989年版。

严可均辑：《全上古三代秦汉三国六朝文》，中华书局1987年版。

严羽著，郭绍虞校释：《沧浪诗话校释》，人民文学出版社1961年版。

颜之推撰，王利器集解：《颜氏家训集解》，上海古籍出版社1980年版。

杨伯峻：《论语译注》，中华书局1982年版。

杨伯峻：《孟子译注》，中华书局1982年版。

杨载：《诗法家数》，载何文焕辑《历代诗话》，中华书局1981年版。

叶朗：《胸中之竹》，安徽教育出版社1998年版。

叶梦得：《石林诗话》，载何文焕辑《历代诗话》，中华书局1981年版。

叶维廉：《中国诗学》，人民文学出版社2006年版。

叶燮著，霍松林校注：《原诗》，人民文学出版社1979年版。

伊格尔顿：《当代西方文学理论》，王逢振译，中国社会科学出版社1988年版。

［美］宇文所安：《中国文论：英译与评论》，王柏华、陶庆梅译，上海社会科学出版2003年版。

袁枚著，顾学颉校点：《随园诗话》，人民文学出版社1982年版。

袁行霈：《中国诗歌艺术研究》，北京大学出版社1996年版。

张岱年、成中英等:《中国思维偏向》,中国社会科学出版社 1988 年版。

张少康:《文赋集释》,人民文学出版社 2002 年版。

张少康:《中国古代文学创作论》,北京大学出版社 1983 年版。

张少康等:《中国文学理论批评发展史》,北京大学出版社 1995 年版。

章太炎:《国故论衡》,上海古籍出版社 2003 年版。

章学诚:《章学诚遗书》,文物出版社 1985 年版。

郑板桥:《词钞自序》,载卞孝萱编《郑板桥全集》,齐鲁书社 1985 年版。

郑板桥:《题画·竹》,载卞孝萱编《郑板桥全集》,齐鲁书社 1985 年版。

钟嵘:《诗品》,载何文焕辑《历代诗话》,中华书局 1981 年版。

朱承爵:《存余堂诗话》,载何文焕辑《历代诗话》,中华书局 1981 年版。

朱光潜:《诗论》,生活·读书·新知三联书店 1998 年版。

朱光潜:《文艺心理学》,安徽教育出版社 1996 年版。

朱光潜:《西方美学史》,人民文学出版社 1963 年版。

朱光潜:《朱光潜美学文集》,上海文艺出版社 1983 年版。

朱庭珍:《筱园诗话》,载郭绍虞编,富寿荪校《清诗话续编》,上海古籍
　出版社 1983 年版。

朱熹:《诗集传》,上海古籍出版社 1980 年版。

朱熹:《四书章句集注》,中华书局 1983 年版。

朱自清:《诗言志辨》,华东师范大学出版社 1996 年版。

宗白华:《美学散步》,上海人民出版社 1981 年版。

后　记

　　求学之路是人生的宝贵财富。虽然此路上充满艰难险阻，但在历经阅读的收获、思考的煎熬、写作的畅快和顿悟的喜悦后，却赢得了无尽的人生财富。此书兴许算是此财富的一部分吧。尽管此财富非彼财富，这也是多年的辛苦所得，以致我不能兼善天下，但却能独善其身。如此等等，权当自我调侃。

　　书稿经数次校对，即将付梓，由衷地感谢博士生导师冯宪光先生给予的悉心指导，感谢同窗好友和家人的帮助，感谢中国社会科学出版社的关注以及编辑所付出的劳动。人生的路上有你们相伴，足矣！铭记于心！

　　由于资质愚钝、学识浅陋、时间仓促，著述许多地方思考还不周到，疏漏之处肯定不少，所以，恳请方家给予批评指正。